大美中国

柳林遗风

海南

龚文瑞 著

云南民族出版社

图书在版编目（CIP）数据

椰林蕉风 / 龚文瑞著. -- 昆明：云南民族出版社，2014.4
　（大美中国）
　ISBN 978-7-5367-6088-2

Ⅰ. ①椰… Ⅱ. ①龚… Ⅲ. ①散文集—中国—当代 Ⅳ. ①I267

中国版本图书馆 CIP 数据核字(2014)第 044796 号

书　名	椰林蕉风
作　者	龚文瑞著
策　划	高力青　赵和平
主　编	柳　岸
责任编辑	张一龙　杨浩林
责任校对	张京宁
装帧设计	吴楚人
出版发行	云南民族出版社
	（昆明市环城西路 170 号云南民族大厦 5 楼　邮编：650032）
邮　箱	ynbook@vip.163.com
印　制	南京汇文印刷有限责任公司
开　本	787mm×1092mm　1 / 16
印　张	14
字　数	200 千
版　次	2014 年 3 月第 1 版
印　次	2014 年 3 月第 1 次
印　数	1～5000
定　价	32.8 元
书　号	ISBN 978-7-5367-6088-2 / I · 1163

本书若有印装错误，请与承印厂联系调换。

总 序

美丽中国！中国美丽！

这种美只能是一种大美，一种大气、大化、大写之美：既有杏花春雨的优美，又有骏马西风的壮美；既有肃穆山岳的静美，又有奔腾江河的流美；既有高楼广宇的华美，又有边村野寨的淳美；既有椰林蕉风的自然美，又有秦关汉月的人文美；既有古色古香的经典美，又有日新月异的时尚美；既有乡风民俗的人情美，又有大餐小吃的风味美……不同美的形态，体现了不同的文化特征；不同的文化特征，又造就了不同的文化地域：江南、西北、塞外、中原、湖湘、岭南、青藏、川渝、皖赣、齐鲁……大体上便组成了中国的文化地域版图。

深入中国的文化地域版图，了解不同地域的文化，或许是我们许多人都有的愿望，因为中国文化的这条大河虽然宽阔而绵长，但它毕竟是由一条条支流汇集而成的；唯有深入这些支流，才能了解中国文化的来龙，当然也更能把握其去脉，以及其特质、品位和优势，以至懂得如何珍惜，如何利用，如何发展。

因为是深入支流，自然面临的或许是更小的支流，甚至是一条条文化的毛细血管，所以我们选择以散文的语体来叙写——唯有散文的语体，可以或记叙，或描写，或议论，或抒情，使作者自由书写、多方地揭示；唯有散文语体，最平实，最亲切，最生动，最自然，使读者可读、可感、可思、可叹；唯有散文语体最能与实地印证，与实物比读，与实景对照，使读者"读万卷书"后，方便"行万里路"。

本丛书的十位作家,都是生活在各文化地域中的一流实力散文家,老、中、青三代,各书都是他们有关本地域文化散文的精品力作。全书采用图文并茂的版式,精编精印,以期为读者提供一套精品文化读物。

我们期望你通过本书的阅读,能更加了解"中国的美丽",进而更加热爱"美丽的中国";

我们期望你读完放下本书后,能走出书斋,就此踏上人生"行万里路"的征程,去追寻更广阔的世界;

我们期望再次回到现实的你,能为自己的人生书写出更丰富、更美丽的篇章,也为"美丽中国"增添上新的美丽。

柳 岸

2014年3月20日

目　录

风景风物 之美

每个人都有属于自己的风烟道场。无论在世俗背负多少苦难，咽尽多少沧桑，在这个属于自己的精神天地里，你都将获得安详。心如止水，内心强大。

红河曲	002
岭南梯田	008
来去苍茫	013
南方油桐	017
记忆	020
风烟道场	023
邹家地	028
九连山笔记	032
荷话	036
榕城	039
五指峰	041

风云风烟 之美

喜欢元好问的"细柏含古春"。当过往的喧嚣沉入泥土，笙歌不在了，美姬不在了，酒香与脂粉都不在了。青苔深重起来，群鸟热闹起来。你再次以一个过客的身份走入历史现场。踩着厚厚的时间，感慨万千，然而却风烟俱灭，只好任意东西。

汀州瞻秋白……………………………………………………048
庾岭一枝春……………………………………………………051
韶关琐记………………………………………………………056
山语……………………………………………………………059
谒海瑞墓………………………………………………………065
天涯随记………………………………………………………068
南沙行走随录…………………………………………………072
风雨桥遐想……………………………………………………080

风貌风情 之美

每处地方当你接触都可能在心里留下一方轮廓。有些轮廓是深的，有如刀子镌刻。有些却是浅浅的，很容易遗忘。而风情也是这般。有些地方散发出浓浓的体香，沉淀在你的心里，无法忘却。而有些却挥洒掉了，消灭在空气里。

宁都道情………………………………………………………084
遗韵……………………………………………………………086
夏府记…………………………………………………………089
围屋……………………………………………………………099
父亲……………………………………………………………135
母亲……………………………………………………………142
小弟……………………………………………………………144
童年书…………………………………………………………150
1972年的碎片…………………………………………………153

风月风雅 之美

少年多少风流事,唯有佳人独自知。曾经的风月总是那般撩人,然而到今天一切都冷了。私藏的良辰美景、赏心悦事除自己知道以外,当年与我同乐的伊人俨如雪泥鸿爪,难以寻觅。繁华易逝,盛筵难再。一切美好的瞬间,总是稍纵即逝。

农场轶事…………………………………………………156
上学记……………………………………………………159
痕迹………………………………………………………162
从化学到文学的路………………………………………165
泛黄的春天………………………………………………168
琐记………………………………………………………171
怀想横溪…………………………………………………174
再进赖村…………………………………………………180
行走中的惶然……………………………………………183
游荡在城墙根下…………………………………………185
我们的人生:行走式聚散………………………………188

风致风韵 之美

风致是一种修为,风雅是一种气度。花总是看半开,酒总是饮微醺。风致使人肃然起敬,风雅使人心醉神迷。

清明记……………………………………………………192
春节杂记…………………………………………………194
关于理想主义者…………………………………………198
宽容………………………………………………………201

慧……………………………………………………203
歇息魂灵……………………………………………205
卑微与高贵…………………………………………207
仁者…………………………………………………210

风景风物 之

每个人都有属于自己的风烟道场
无论在世俗背负多少苦难
咽尽多少沧桑
在这个属于自己的精神天地里
你都将获得安详
心如止水
内心强大

红河曲

1

红河,南方以南,没有走进它之前,只觉得它遥远得像个梦,神秘得像个谜。走进它之后,才发现它是如此的美丽——处处是景、时时有歌的红河,美丽得斑斓如画、壮阔如歌。

红河是山水的,河流、高山、梯田、湖泊……相映成趣,美轮美奂;红河是历史的,南诏国、新安所、勐垅司、状元府……沉积岁月,厚重如磬;红河是文化的,多民族文化、农耕文化、工业文化、边域文化……纵横交错,五彩斑斓;红河是风情的,民族风情、口岸风情、山寨风情、城市风情……万种情韵,醉人心魂;红河是豪迈的,个旧锡都、蒙自石榴、哈尼梯田、弥勒烟业……举世闻名,风采卓越。

所以说,红河之旅是一次发现之旅,它让我们沿途饱览山川美景;红河之旅是一次文化之旅,它让我们一路感受人文胜境;红河之旅是一次心灵之旅,它让我们的灵魂一次次受到撞击、一回回得到洗礼!

我们虽然没能从高空俯瞰红河,少了对滔滔红河那淌红于天地间、蜿蜒于山水中的雄姿美韵的直接体验,但足踏红河大地,与之亲密接触而亲身获得的种种理解与认识累叠在一起，红河给人的印象已然足以成为一幅美画、一首赞歌。

不可思议的是，我人还未离开红河，却有了为之赞美的情愫在涌动！11月6日，在国家历史文化名城建水，我彻夜未眠，几天来红河给予我的种种印象令人心动不已，忽然有了一种十分想倾吐的欲望——隐约中有一种从历史深处传来的强劲脉动在撞击我的灵魂，它有力的呼吸起伏间，激发我一种强烈的感觉——这块土地太鲜活了！鲜活得让我倾诉的欲望腾腾如斯。

然而，激烈的躁动后，最终我还是选择了静默。因为后面还有行程，还有胜景。再者，真正有价值的是静默一段时间以后心灵深处沉淀下来的东西，我想十天半月后，红河还能留在我脑海中的东西才是真正它给予我的收获。今天，掐指算来，离开红河已近半月，正值周日，我关闭手机，安静地坐在书桌前，撷取最美的画面，在电脑键盘上敲下了一段段红河真正给予我心灵触动的深切感受。

2

蒙自，既是县城所在地，也是红河哈尼族彝族自治州州府所在地。

之前，我对蒙自的印象几乎为零，只是在葛优主演的电影《非诚勿扰》相亲场面中与一彝族姑娘见面时提及到蒙自，才让我对蒙自有了极为浅薄的了解。从电影里人物对话中，蒙自给人的感觉是N远的一个偏僻之地。到了蒙自，才知道电影有些夸张，从昆明出发至蒙自城，车行也不过就四五个小时。依这个路程看，大约也就是赣州到南昌的距离，所以感觉上我以为蒙自很有点像赣南——遥距省城，偏踞南方，却风采独具，风情别样。

原以为，蒙自会有些老旧模样，不想，蒙自一点也不老态，相反它簇新、漂亮得直让人嫉妒。这里用"嫉妒"这个词，缘于我们赣南与红河州一样，均是被定位为经济欠发达的边远山区，所以我们心理上先入为主——红河州肯定比赣州好不到哪里去！不想，国土面积与赣州近乎一样，人口却只有赣州一半，改革开放起步才十五年（缘于战备因素）的红河州，2008年的

财政收入竟高达130个亿,而赣州去年拼死拼活才突破百亿大关。强大的财政支撑下,州府所在的蒙自县城市建设如火如荼,满眼所见全是清新、洁净的街衢,高大的建筑物非常疏朗地铺陈在绿荫之间,巨大的城市空间给人一种清丽、大气之感。尤其是州政府行政大楼可谓独具一格——遥对大青山,巨大的拱穹下楼群有序地分布在鲜花、绿树、翠草中,全开放的公园化格调,静雅、别致,诗意流淌,情趣盎然:楼内是紧张有序的机关运作团队,楼外是流连忘返的市民、游客。我们参观行政中心区期间,就见着了一对对情侣在拍婚纱照,还有一些老人、小孩在溜达,那幸福、休闲的模样不知是憧憬于未来还是陶醉于当下? 试想,没有高墙深院,没有篱笆坚壁,平和、安静地与百姓共享美好、共享生活,不容易呀! 它需要的是公仆们的大情怀,奠基却是蒙自人的高素质。仅从这一点理解,蒙自便让人油然生出敬意!

不过,蒙自最让人心动的还是南湖!

南湖一名,很容易让人联想起同名的嘉兴南湖,也很容易让人联想起杭州的西湖、赣州的八境湖。嘉兴南湖的红船上飘荡过中国共产党最早的宣言,南湖成了当代最著名的文化胜地之一;杭州的西湖山水间积蕴了中国文化人最浓的诗情,自白居易修白堤,苏东坡筑苏堤,特别是南宋赵构建都于此以后,西湖卓然成为中国湖文化乃至水文化的最高境地;赣州的八境湖偏隅于八境台下,毗邻古老的宋城墙,可听滔滔三江水汇合,也贮了周敦颐的《爱莲说》、苏东坡的《八景吟》、文天祥的《正气歌》、蒋经国的《新生活梦》……自然也是一个藏风藏水的好地方。蒙自的南湖呢? 不同于嘉兴南湖,它没有红色故事在流传;不同于杭州西湖,它没有西湖之水浩荡;也不同于八境湖,它这里的人文并不在千年之远。诚然,蒙自南湖,与嘉兴南湖、杭州西湖、赣州八境湖有着共同之处,即一样的安详、静谧。此外,蒙自南湖还记忆着国难家仇、风云际会,它浸润着中国最近一百年的边域文化,沉淀着中国最近一百年的人文历史——这里有云南第一个海关、第一个电报局、第一个邮政局、第一个外资银行、第一条民办铁路……云南诸多的"第一"都缘于蒙自,而岁月沧桑,百年蒙自一年年变化着,许多情景都随着

风远逝了，许多故事都随着雨淡化了，唯有这南湖还生生活着，积淀着人文，映现着历史。

更确切地说，南湖不仅沉睡着旧梦，而且收藏着今天，人类当代创造的奇迹也被它一一收藏着，存贮着成为后人寻旧的大梦。如此看来，南湖便不能不让人走近了！

住在南湖边的官房大酒店，来回走过几次南湖，感觉如诗。晚霞的余晖中，我看见自己的影子淡淡地投在水面；清晨的轻风里，我享受着岸畔杨柳随风轻舞的诗意场景……凝视南湖，让我这个更南边来的文化人生出许多情思……

蒙自南湖，有一种冷静超凡的力量。凝视它，仿佛可以看见七十年前闻一多、朱自清、陈岱孙等西南联大那些著名教授们冷峻而坚毅的神态。这些民族的脊梁、民族的忠魂，为了民族的未来，他们率领莘莘学子，辗转万里，负笈南下，他们肩负起的是沉重而壮伟的救国救民之道义呵！湖边的哥胪士洋行，曾留住过西南联大师生的躯体与思想。老照片上南湖的那棵冬风中凛然伫立的老柳，我虽然没在南湖边寻着，但我看见无数正在茁壮成长的杨柳，年轻的它们在伸展枝节，它们仿佛在伸展理想，又似乎在诉说前辈传承下来的那段情景，在回忆那些民族精英们的勃勃英姿。离开蒙自时，我看见南湖不远处是一所以一位文化名人命名的中学，我忽然想，如同湖南的岳麓书院衍生了今天的湖南大学，赣州的阳明书院衍生了今天的赣州一中一般，西南联大与南湖衍生了蒙自的未来与希望！

蒙自南湖,有一种冷暖自知的坚忍。凝视它,似乎可以闻见一百年前哥胪士洋行里法国人品茗的咖啡香。诚然,这种咖啡香因为源自异国他乡,因为浸染着民族的自强与屈辱因子,因而其味是复杂的,其香是不纯真的。在碧色寨,我怀着十分复杂的心情随着参观的人群游走在城郊寨子里的崎岖小道上,残花败柳式的铁路小站,四周散落着一间间片石垒积的土屋,屋的前后总能看见一些长得成了大树的仙人掌,它们张牙舞爪的样式以及浑身的刺,总让我联想起国人因国弱民贫而饱受欺凌的情景,比如那骨瘦如柴、孤苦伶仃的华工形象,一看见就让人目光凝重,思绪万千。我喜欢彰显我们民族自豪感的历史片段,那段彰显过民族斗志,与法国铁轨抗衡过的中国"寸轨"呢?哦,覆没在茫茫野草与时光岁月中了。1921年10月,一个三角梅灿然盛开的日子,这条小铁路从锡都个旧遥遥而来,载着民族自强的大梦,用微弱而倔强的姿态向世人展示中国人的力量。尽管这力量不够坚强,但这种姿态是雄浑而豪迈的。我相信,正是这种雄浑姿态,鼓舞着一代代中国人,坚忍不拔,自强不息,奋发图强,才有了碧色寨今天的庄严,以及蒙自乃至红河人今天的豪迈。在碧色寨,法国人用米黄色营造的殖民梦,不是如同那枚没有内芯的洋钟一般,只有把沉重的叹息抛在深深的南湖的份了吗!?

蒙自南湖,有一种冷藏思想的功能。凝视它,轻易就可以捕捞起当代人对这座城市这块土地的深深热爱。在新安所生活着大批从我们江西迁徙过去的老兵的后代,他们是明代朱元璋实行"卫所制"时期从南昌郡过去的"客家人",他们世代从军,子孙繁衍,渐渐将荒芜的兵家之地改变成了今天人丁兴旺的农耕家园。今天,江西人的外貌、语言在他们身上已然改变,但江西人热情好客、勤劳执著的情怀依然在他们身上顽强显现。今天的蒙自人最自豪的产物是什么?石榴!蒙自城外,绵延万亩,尽是结满红果的石榴园。喜种石榴、桂树,从来都是中原人、客家人的美好习俗。万里迁徙,其中多少艰辛,一路皆是客乡地,留下就是新家园!战乱与国难,让客家人离家出走得都怕了,只要能有一块安居乐业之地留下来就满意!留,谐音"榴",于是,栽种石榴,无疑就是栽种家园的根、栽种理想的梦!在取意"石榴多籽"的"诸子楼",极目四望,石榴林如诗歌一般在蒙自大地无边地生长,仿佛是新安所人追求美好生活的大梦在恣意地蔓延。

诸子楼下,一位施姓妇女一如我们赣南客家妇女,性情谦和,寡言少语,见我过来,只是一个劲地让我尝她家种的石榴。她家的石榴奇好,粒粒榴籽,晶莹剔透,饱满如斯,一口下去,水汪汪,手黏黏,满是甜蜜。品尝中,我似乎咀嚼出一种很是亲切的味道——我们彼此是同根呀!鄱阳湖畔的南昌郡人,与我们一样,都是自晋唐以降一次次从中原南迁而来的汉先民呀,只是他们为鄱阳湖的美景迷恋留在了南昌,我们的祖先则继续南行选择了赣南;只是他们的祖先从明初又迁往了西南的红河蒙自,而我们的祖先的一部分则迁往了海外的南洋。彼此生命血管里涌动的都是中原的文化与血脉,流淌出的人性、人情味道能不一样吗?!

有了这样的理解,蒙自一下子就让我亲切如故,尽管它是一个远在数千里之外的他乡。

岭南梯田

元阳是个历史不过50年的新县。1950年,这片"山高谷深,沟壑纵横"的山区,从建水、个旧、蒙自三县划出,成为新民县,次年,更名为"元阳县"。

关于元阳县名由,我当时忘记追问,原以为网络可以提供答案,谁知,我失望了。年轻的元阳县,年轻得连名由也无人考究。静思之后,我觉得元阳名或与高山人家及日出有关。红河州最高巅为金平县的西隆山,海拔3074米,然而,西隆山虽高,却无人家,真正最早看到日出的,当是元阳县境内梯田之巅的哈尼族居民。因此,这块最早沐浴阳光的地方就被叫成了"元阳"。如此说来,当初将新民县改名为元阳县的人,当属一个有文化的远见者了。我想,元阳人当为之溯源,为此人立碑。毕竟元阳之所以今日名噪天下,功劳完全归于梯田。是梯田造就了元阳的"世界奇观",是梯田让元阳成为"中华风度"!

能誉为"风度"之地,显然不同凡俗! 我的印象中,广东韶关有条"风度路",纪念的是唐朝著名宰相张九龄。据说,安史之乱平定后,唐明皇终于后悔当年不听张九龄谏奏,此后每当任用官员,皇帝必问:"其风度如张九龄卿否?""风度路"由此得名。如今,"风度路"熙熙攘攘,成了韶关最繁华的商业步行街,每天数以万计的市民风度翩翩,踩着历史,挽着时尚,穿行于岁月的风流中。

翻阅词条,可知"风度"的本意是指一个人内在实力的自然流露,指人一种富有内在实力的人格魅力。风度是不可模仿的,风度往往是一个人的独有的个性化标志。如此看来,将一个喻人的词语如此夸张地应用在自然

景观上,多少有些唐突,却足可见人类之词穷也,也更可见元阳哈尼梯田之无可比拟的魅力!

说到梯田,我并不陌生。就在生养我的赣南,崇义县上堡乡境内的南柳及赤水一带,也满是层层叠叠的梯田。2003年10月,为撰写《山水赣州》一书,我第一次走近南柳,就被这处早已为摄影家们的相机无数次扫描过的人间景观深深震撼。赣南梯田的发现最早,早在明代南赣巡抚、理学家王守仁撰写的《立崇义县治疏》就提及梯田。王阳明平定了南赣的乱匪后,为巩固其战争成果,上疏朝廷要求设立崇义县。在这篇疏文中,他介绍了了从广东返迁此地的客家先民胼手胝足开垦梯田的事迹——为了维持生计,客家先民在岭上依山建房,开山凿田。由于山高坡陡,聪明的客家先民依狭窄的山势开垦小田,甚至在沟边坎下石隙之中,都会奋力开凿,从山脚开到山顶,不浪费寸土块石,让它们都变成田地,长出粮食……今天,1.2万多亩梯田散落在上堡乡12个自然村大大小小的山岭上。那层层叠叠涌向天际的梯田多达数百级,犹如横亘在天地间的一部厚重史诗,写满了一代代客家人的智慧和汗水,成为当今客家农耕文明的一道奇观,为后人创造出一种与自然和谐统一的完美杰作。

然而,我记忆犹新的是,当时就有人告诉我,上堡梯田的规模与品位远次于云南元阳、广西龙胜,充其量只能名列全国第三。当时,我就想,什么时候定往元阳、龙胜去欣赏更壮美的梯田景观。前年,我去了趟桂林旅游,

眼见得"龙胜"就在岔路口，碍于时间紧促，没能前去。直到这回红河采风，才了了我夙愿，而且是走近了中国最大的梯田群——哈尼梯田！

　　哈尼梯田，当真了得！其规模宏大，气势磅礴，绵延了整个红河南岸的红河、元阳、绿春及金平等县，其中仅元阳县境内就有17万亩梯田，是红河哈尼梯田的核心区。元阳县境内全是崇山峻岭，所有的梯田都修筑在山坡上，梯田坡度在15度至75度之间。其中梯田最高级数有的达3000级，在中外梯田景观中是极其罕见的。我们此行，主要参加了老虎嘴、多依树、坝达三大景区——老虎嘴梯田分布于深谷间，状如一巨大的花蕊，3000亩梯田形状各异，如万蛇静卧于花蕊中，阳光照耀下似天落碧浪，浪花泛起，万蛇蠕动；多依树的10多万亩梯田群，背倚大山，如万马奔腾，似长蛇舞阵，梯田、村寨忽隐忽现于茫茫云海中，变幻无常，绚丽多姿；坝达梯田尤为壮观，从海拔1100米的麻栗寨河起，连绵不断的成千上万层梯田，铺天盖地，直伸延至海拔2000米的高山之巅，星星点点的村落隐隐约约显现于梯田与云海之中，1400多亩梯田宛如一匹巨大的天幕，气势磅礴，忽拉拉直披眼底……现如今，哈尼梯田正在申报世界自然遗产。

　　记得在去多依树的路上，我们有幸成了元阳县旅游局局长李文科这个临时导游的游客。一路上，李文科谈笑风生，激动时总是主动地以一段民歌来表达心意，带给我们诸多欢笑。多依树下，本是哈尼青年谈情说爱的好地方，如今成了世人欣赏梯田的绝妙处。据说，1991年被一位法国人发现了哈尼梯田后，最先成为法国人的旅游热点（由此想到，崇义上堡梯田发现于20世纪70年代，却依然是"人在深闺未被识"）。后经全国广大摄影爱好者的热情宣传，哈尼梯田开始在国内风行。如今的元阳人在这幅诗意盎然的山水写意画上，把流光溢彩的梯田景致打造成了令人心驰神往的游览胜地，让大山里的风情开始走向外面的世界，让外面的游人一批又一批走近哈尼梯田。今年，元阳市投入大量硬件建设，哈尼梯田正式成为旅游产品，俏媳妇向全世界撩开了神秘面纱！

　　在坝达梯田，我们问一位哈尼族老人：梯田上并不见"天池"，哪来的水？他庄重地说，山有多高，水有多长！梯田边有多少条溪沟，哈尼人就有多少个"沟长"。是呵，4560条溪流分布在大山四周，从2000米的高巅流往山下百米处低洼，山底的高温又将水蒸发成水汽，水汽在高巅遇冷又变成水滴，森林和土地吸收后汇入沟里成为溪流。如此循环往复，就是坝达梯田常年有水滋养的"秘密"。有趣的是，哈尼人为了合理、有序地分配宝贵的水资源，每一条溪水沟指派德高望重者为沟长，负责让沟中的溪水平均地流经每家的梯田中。于是，就有了"木刻"的产生。木刻，乃一种分配溪水的古法，即在溪流经过某家梯田口时，用刻了衡度数字的木板引水到这家人梯田，以保证每家用上同样多的溪水。显然，这是中原亘古未有的农事方法，它显示着哈尼人的聪明智慧，更是哈尼人和谐生活的真实写照。听到此，我们很是感慨。逶迤、浩荡的梯田群前，我们向大山致敬，也向哈尼人致敬。难怪一些法国游客会对哈尼梯田一见钟情，听说他们更多的是喜爱哈尼人的淳朴与智慧，他们甚至租住下哈尼人的房舍，和哈尼人过上一阵完全相同的生活——着哈尼服饰，吃粗茶淡饭，上梯田劳作，在夜晚歌舞……然后，才恋恋不舍地离开。

可惜，我们来到梯田的时节不对。时值秋冬交替，金黄的稻子已然收割，秋的韵律散淡了；哈尼人的"长街宴"刚摆过，展示民族风情的日子错过了；山上的层林尚未染色，冬的韵味又还要些时日才显现。看来，只有等来年春天的"梯田节"舞蹈了。据说，欣赏梯田最美的季节有三个阶段——春季，尚未插下秧的梯田里，水静如镜，倒映着青山和蓝天，还有着盛装舞蹈的哈尼族人，此时，梯田的层次与镜头感最为丰富；夏季，此时梯田泛着绿色，不规则的田畴与规则的绿苗，生长着诗情与画意，梯田里流淌的满是哈尼人的歌声；秋季，梯田里的稻子已呈金黄色，在山里的劲风舞动下，飘逸起伏的稻浪，韵律般轻奏起天地之梵音，悠扬而醉人。我想，能在这样三个

季节来旅游的人最幸运——不是摄影师的人也可以拍出靓照,不是画家的人也可以画出好图,不是作家的人也可以写出美文!

提及作家,我想云南或红河的作家还真不少。采风结束,临离开红河时,市委宣传部送给我们的礼品书中有一本是红河市委书记刘一平著的哲理散文集《远行的思想》。"放弃了思想就放弃了一种快乐,放弃了希望,就放弃了唯一可以自己固守的阵地。"(刘一平语)从一个具有文学素养具有文化修养的学者型领导身上,完全可以窥视出一个地方文化的深度与文明的高度。11月7日晚,中国副刊百名文化记者在弥勒可邑文化村结束整个采风活动时,大家共同唱起了一路上百遍不累地听学来的红河歌曲《长街宴》,用来回报红河人民。我们陶醉于这歌声,不仅是因为歌唱家谭晶唱得美妙、动听,也不仅是因为画面上表现的红河梯田之大美、长街宴之壮观,更多的因素是因为这首歌的作词者徐荣凯是一名文化型领导,仅从一个高官身上显现的这份炽热的文化情怀,我们百名记者就明显感受到了红河乃至云南人对这块土地无比热爱的博大情怀。

"踏上哈尼梯田,一级一级登天,拖来彩虹当桌摆成长街宴。裁剪蓝色天幕,长席铺上桌布,撒下彩云朵朵,长街成花河……"除了诗歌,还有什么比歌声更美的吗?!

来去苍茫

一进入这个地域,扑面而来的是震撼人心的南方的绿。山绿,水绿,地绿。这个被绿浸染的地方,底色是厚重的,神情是飘逸的,姿态是奔放的——厚重如磐的是峰峦连绵的大山雄峰,飘逸如斯的是郁郁葱葱的森林竹海,热情奔放的是清波荡漾的河流大川……是呵,山川之美,勾勒出这个地方的生态轮廓;绿色家园,描绘出关于这块土地的生态印象。

这是怎样一种壮观呀!纵横交错的大小河川,形成悠长的天然河道,流域面积蔓延10万平方公里以上,柔柔地流淌在赣南重重叠叠的山峦密林间。日复一日,年复一年,亘古如斯,这块土地被养育得格外滋润——河泊终年不竭,树木千年不朽,野草春发夏荣。放眼望去,这个美丽的家园,每一处都呈现出绿色与青春,每一方寸都是如此深情和动人。

有人把这块土地比作一个聚宝盆。这个比喻缘于此地的山形地势——东北横卧着的武夷山脉、南方盘亘着的南岭山脉的大庾岭和九连山、西北盘踞着的罗霄山脉的诸广山,三条长长的山脉的余脉竟然全都在赣南聚首!当真是无与伦比的天工造化,宛若天然屏蔽,一座巨大的绿色盆地得以诗意般地形成。

盆地、沼泽纵横。上古的时候,在这片沼泽地里生长着一个族群。追溯历史，我们惊喜地发现，《山海经》竟然把这一传说记下了，并把这个族群的名字传扬至今——赣巨人。如同周口店的猿人成了北京人的祖先，憨态可掬的南方野人成了这个地方古老的先祖，他们有着一副爱笑的脸，长着一双足跟往后生的修长的双腿。

时光流逝中，赣巨人不知哪里去了。到了春秋战国时，这里有了专门管理山泽的开发和渔猎的虞人出现，由于他们生活在赣巨人的故乡，世人把他们叫做赣虞人。这些身份考证为百越族的赣虞人，终生与山水为伴，长年奔跑于长山大谷，栖息于河流两岸，繁衍生息，世代相传，成了这块土地上最早的土著居民。

先祖们没有文字，只有山歌；没有国家，只有家园。他们把一切思想都化成季风化作歌唱，融在了苍茫的森林与河流中。森林无边无际，河流却有始有终，从大山的石壁中渗出第一滴水，尔后一路汇溪纳涧，终成蜿蜒之川、滔滔大江。让我们溯源吧！这是一条爱的河流——先是长满参天古树的湘赣边际的聂都流出的水，在三江口与庾岭山脉的河崟流出的水融合，以更浓烈的爱欲更强大的力量朝着它的另一半奔跑迎去，直到崆峒山下形似龟角尾的一片山岭起伏地，终于寻找到了它的另一半———条从闽赣交界的石寮崟的林海中涌出的流水。如此，裹挟着西部剽悍雄风的西部来水和洋溢着东方敦厚母性的东面来水，如两条巨龙急急交合，在龟角尾处汇聚成深潭，以雷霆万钧之势，大气磅礴，一路北去，最后将满腔激情倾注浩浩鄱阳湖。

我们的祖先何等聪慧，他们从最能表征这块土地特征的赣巨人、赣虞人身上，为水取名。是呵，苍茫如斯，山脉有多远，水流就有多长；土地有多宽厚，灨水就有多深。我们的家园最早就是从灨水的脉流开始文明之旅的书写的——

灨水自从有了名字，它的宁静与自由就开始有了文明的"侵入"。最早的"侵入者"是肩负着秦始皇"南定百越"使命的屠睢，他率领十万秦军溯灨水匆匆南下，一路伐木、修路，艰辛不止。然而，当大军翻山越岭行进到庾岭脚下的一大片平畴地时，劳顿的他触景生情，忽然念想起了北方大平原上的咸阳城，耳边隐约听到了宫阙里的妙音袅袅传来，他舒展浓眉，开心地笑了！他下

令在后来叫池江的这个地方安营扎寨。瀻水深处的第一个军事政权——南野县，如一支闪亮的利剑劈开南方混沌的天空，这片天空第一次闪现文明与政权的光耀。可惜，秦王朝太过短命，没多少年，咸昌城与阿房宫在项羽的一把大火中化为灰烬，在南方伐木、修路的十万大军"树倒猢狲散"，或北归中原，或滞留在南方上洛山一带，成了后来苏东坡"八景"诗中的"秦木客"。

不过十数年，瀻水再次见证了人类文明的深度"侵略"。这次走近的是一支更加庞大的军队。勇猛的西汉大将灌婴挥舞巨麾，一路南扫，将秦朝的遗梦在南方彻底瓦解。有趣的是，灌婴竟然是个仁者，他乐水、亲水，他选择将绣着"汉""灌"字的旌旗插满了如同风水八卦态势的瀻水的鱼眼处。他从赣巨人、赣虞人、瀻水中汲取元素，取"赣"字为县名——建立起了这块土地上的第二个军事政权。汉时，赣、瀻通假，赣水、瀻水互称。

这片土地的历史从此有了新的篇章！灌婴建立赣县后，发现这片大山里挟的土地漂泊着太多大大小小的湖泊，少有见过湖泊的中原人喜极。于是，瀻水被冷落了，名字被汉朝政权改为湖汉。没有受到冷落的是赣县名，它的名号一叫就是2208年，从来也不曾改变。

东晋永和五年，郡守高琰相中了龟角尾这片三角区。他把南康郡城建在了三江汇合处。传说，数万军民夯土的声音从头年荷花盛开的季节一直飘荡到来年的江水潮涨时日。城池建好后，三江风光旖旎，人们却意外地发现右边从虔化县（宁都县古名）流来的虔化水比左边的江水更加壮阔，于是隋朝时期官府取虔化水之"虔"字名虔城。

瀻水或赣水，抑或湖汉，万年如斯，亘古流逝。从郡城或县邑各处源源不断地有茶叶、重纸、黄金、瓷器、战船通过赣水往北方送去，以致东汉的中原人就对这处总有贡品送来的"赣"地有了非常实惠的理解：这是一块贡地。（《说文》《韵会》）

之后，朝廷更迭，战火纷飞，刀光剑影中林

士弘把皇冠戴过一回，卢光稠把城池扩了三倍，孔宗瀚把城墙浇了铁水。时光走到南宋初年，隆佑太后把城市吃空走了，虔化县李氏兄弟聚数万人造反，虔城官兵揭竿而起把官僚杀了……这几件大事，终于惊动了皇帝，宋高宗"康王"赵构将目光聚集到了这水的上游。他百思不得其解——这到底是一个怎样的城市？一方面经济繁荣，"商贾如云，货物如雨，冬无寒土，万足践履"，盛产七里瓷器、茶叶，还具有占全国造船能力近半的造船业，是全国赫赫有名的三十六座名城之一；一方面，这里又是一个经常闹匪，且兵也反叛、民也作乱的地方。会不会是这虔城之"虔"字带了"虎"头，寓了凶意呢？是不是可以考虑为之取个更吉利些的名字呢？南宋的文臣们各显其能，纷纷上奏。有趣的是，面对金兵侵扰时表现得优柔寡断的南宋皇帝，这回变得毅然决然了。这是一个值得记忆的历史性日子，南宋绍兴二十三年十一月，朝廷决定以古赣县名为州府新名，虔州改名为赣州（同时，将虔化县复名宁都县）！虔州名从此归隐历史，赣州一名沐浴着南宋王朝的光芒堂而皇之地登上了历史舞台。

赣水一名再次复活，只是为了与赣州州府名更贴近些，人们不再使用湖汉、瀼水一说，而齐齐叫了赣水、赣江。后来，文人们继续发挥解字功能，把"赣"字一分为三，左边"章"字给了城市左边这条江做名字——章江；右边"贡"字给了右边这条江做名字——贡江；"贡"上面的"文"字仿佛是"第三条河"，寓意着它既保留了原来的文化脉络（"虔"字中的"文"字），也显示这座城市有着源远流长的文化内涵，是一条看不见身形却丰饶无比的文化之河。

呵，你从远古走来，你向未来奔去。浩浩乎赣水，在岁月风的抚摸下，北去的身影愈显豪迈愈加雄健——蓦然回首，源头的城池早已突破高墙深巷窄院，东扩南移西进，崆峒山下厂房林立，三江六岸层楼耸秀，老城区古色文化与现代文明交相辉煌，新城区时尚生活与淳朴民风融为一体，锦绣家园流淌出的尽是欢乐；昂首前行，一路有玉虹古塔与和谐钟塔携手相挽，有晓镜储潭与湖州夏府前呼后拥；一路有文天祥的正气歌与白鹭洲的读书声紧紧相随，有滕王阁的巍巍身姿与鄱阳湖的泱泱大气鼓舞前行……天地寥廓，吾土赣州，家园厚土；吾水赣江，苍茫壮阔，风光依旧。

南方油桐

四月,又到了油桐花开得最盛的时节。

我对于油桐花的印象,要追溯到二十五年前。1981年,我毕业分配在一个叫横溪的乡村中学教书。学校生活极为简朴、单调,教书之外几乎没有一点带色彩的生活内容。好在那时年轻,十九岁的生命如花一般,从来就不缺乏美的创造。记忆中就是那三年的乡村生活,我学会了纵情山水,热爱自然。四季,我都可以从山水自然中寻得自己的快乐——春天满山岭地采摘杜鹃,夏天行走在溪水中浣足,秋天躺在草丛中听虫鸟啁鸣,冬天跑到雪地里看天地清然景象。

我经常让自己幻化成自然之子,或是一枚嫩叶,或是一只小蝶……迷醉于醇醇的季风吹拂中。我的居室在一面山坡上,围墙外面是无数绵延不尽的群山,让我对"开门见山"这个成语格外有体验;山风终年不息,响如哨音,特别是冬天,风声简直可以用凄厉来形容。我的居室兼办公室,一张睡觉的木床,一张堆满教科书和作业簿的写字桌。那时,我还没有沉醉于文学创作,也没有阅读梭罗的《瓦尔登湖》,便自然体会不到我的简朴如斯的居室,其实也有着梭罗建在瓦尔登湖旁的木屋一样的宁静与恬美。虽然我的居室旁没有天池般的湖泊和无边无际的原始森林,但也有一条溪水从不远处的围墙外边流过,夜深人静时,我总能听见终年不息的水流过顽石的潺潺声,许多个批改作业或备课的子时时分,笔尖流淌的墨水仿佛是蘸着溪水在书写,而且我的简朴居室中总是有山野的精灵们在泛艳——我喜欢在桌面上摆些各个季节的花卉,充当案头清供,比如春天的红杜鹃,夏天的

太阳花,秋天的含羞草,冬天的野菊。

当然,一年12个月份里,我最喜欢的是四月。此时,春渐渐远去,大地浸染透了诗意——山水绿如蓝,花儿芬芳地开。四月,可以不要采摘任何花,室内就有芬芳,因为我的窗外那片山坡上有许多油桐花在绽放。我始终相信,花是有情物,懂得爱人与被人爱,甚至会释放情感。在乡村单调乏味的生活里,年轻的生命自然渴望有爱情降临,但最先让我纯洁的生命所爱的,不是来自异性的吸引,而是来自这校园的油桐花。每每在夜里,我的十平方米斗室里便溢满了油桐花的清香,微风吹过,花香荡漾,我在芬芳中入梦至沉醉。直到次日和煦的晨光穿过窗帘,将我年轻的脸照得灼热,我又在花香中醒来。感受着为我催眠的油桐花香,一个乡村教师粗粝的生活被温暖,我的心里好多回滋生出一种淡淡的幸福感。数年以后回到城里,从此远离乡野与山花,竟然不再喜欢微笑,甚至多了许多愁眉的时刻,清静时默想其中道理,是不是在太多欲望的城市里生活得躁动不安,身心缺少了乡村油桐花的氤氲与爱抚呢?又过了好多年,我重入江湖,以性灵之心走进乡野,并付诸文字,才将从年轻时便积蕴的那份山水之情尽然释放。

在那个精神贫乏的年代,油桐花香给我的幸福远不仅只有催眠作用,油桐花落的情景就很有诗意!记得那几年的每个油桐花开的季节,晚饭后,我一定要做的一件事,就是踏着晚霞与学生或是同事们往横溪或桃江边散步去。穿过深幽寂静的油桐林,静静地坐在岸畔,看日落西下,听斑鸠唱归,直到天幕落下。而这个过程中感觉最美的总是走过那长长的油桐林的时候。那是怎样一种情景呀!路径旁的一棵棵油桐树像张开的巨伞,绿

色华盖上缀满了大朵大朵怒放的桐花,灼灼的神态,灿烂的云霞,远远望去像一把把镶着绿边的碎花阳伞,在天穹下涌动着春浪,摇荡着妩媚,让走近它的人心旌摇动,仿佛迎着身着长裙的艳妇似的,花未羞红人先心跳。待走得近来,但见一地落花,宛若铺了一张白色锦缎,若正好有微风掠过,花枝颤动,落英缤纷,瓣瓣花儿如音符从长号中倾情泻出般纷纷坠地。

　　四月油桐花,还是我的文学的开始。记得一位学生为油桐花写了篇作文,送我阅读后,我尝试着修改了起来,修改修改,竟全文重写了一回,甚至不惜指力用钢板刻印了数份,送给周围的同事欣赏。自然,那篇作文还算不上美文,甚至没有留存下来,但那毕竟是我的文学初恋,心底里是抹不去的。

　　这份由油桐花及至文学的恋情,因为纯洁而美丽,因为美丽而隽永。

记忆

记忆构成生命的所有内容。生命中所有感动人的人物事都将成为记忆。

记忆是有选择的,它选择沉重与浪漫,选择悲苦与幸福。记忆使得生命有了重量,无论记忆之棒或长或短,或诗意或粗糙。这种记忆之重,甚至使人的身体与思想也有了质量。佛家说得道高僧死后化为灰烬时会有舍利子出现,我则宁愿理解那舍利子是生命记忆的结晶,谁能叩开它,必定能解读他的一生。

记忆令生命岁月有了长河的概念,奔腾不息,汩汩长流。记忆随着生命的行走而积累,随着时光的消逝而淡化。记忆如一口井,生命有多长久,记忆之井就有多深厚;记忆如一垄田,生活内容有多丰富,记忆之田就可以耕耙多少回。

记忆通过一张张照片、一段段文字、一件件物什、一个个人物、一次次遭遇、一回回聚散、一场场离合而复活。记忆是有遗传的,前辈死了,将微笑的目光转化成我们的记忆;我们死了,也将微笑的目光转化成别人或后代的记忆。记忆让目光有了温度,让微笑有了含义。

记忆让生命有了从前,有了往事,有了童年,有了少年,有了青年,有了壮年,有了中年,有了老年,有了年轮,有了自己的历史。记忆让生命印记下父亲的音容、母亲的笑貌,印记下妻子的守望、儿女的依偎,印记下家庭的温暖,印记下血缘的挚爱。永远都不要忽视血缘的巨大力量,哪怕彼此隔了三代五代。血缘让一个个家族生生不息,也让一个个家族的记忆充满温馨。我永远不会忘记那个寒冷的冬至,从赣州回到南昌梁家渡老家的情景,这是父亲过世的第二个冬天,当时正值午夜,饥寒交迫的母亲和我们兄弟二人,跌跌撞撞敲开堂叔水清家虚掩的宅门,两位七十多岁的老人空着肚子围着一桌子饭菜竟然等了我们五六个小时。当婶婶忙碌着热菜热饭,叔叔为我们端来热腾腾的洗脸水时,我们的心里如春风化雨,温暖无比。叔叔说,我们两家共一个太公,我们是一家人呀!

记忆让爱情有了情节,让男欢女爱有了场景。记忆让人把一生的爱恨情仇都植入灵魂深处,记忆中爱情、善良、真诚成分多些的人,自己活得开心,亦受人尊重;记忆中仇恨、丑恶、虚伪成分多些的人,自己活得累,更不受人尊重。现当代文人中,我最崇拜的人是巴金。巴金是金,何以为金?因为他毫不市侩,敢于说真话写真文章,他对人生充满爱心,对社会充满关切,对生命满是真诚,他真正是社会的良心、道德的标杆。2005年10月,我正在从九寨沟返回成都的大巴上,得到武汉作家刘醒龙发来的短讯,他充满悲怆地告诉我:中国的良心——巴金逝世了。当时一车人正在依次唱歌说笑,轮到我出节目时,我把这一则消息当作了节目,一车人顿时陷入沉默。巴金厚重如山,我想,他给人的记忆将会是长久的。

记忆让歌唱有了声音,让喜悦有了笑容,让感动有了眼泪。很多时候,我在想同一个问题:人假如不会脸红,不懂得流泪了,还是不是人?写这篇文章时,正值中国南部在经受冰雪灾害。夜半难眠,我看了湖南卫视播放新赶制出来的反映冰雪中英勇殉职的三名电力职工的专题片,不觉中心中最柔软的部分受着触动,眼角爬下了一抹咸涩的液体,人届中年的我感动于英雄的平凡与献身,也感动于自己还懂得感动与流泪。

记忆让山有形势,水有了流变,风有了速度,云有了色彩,雾有了厚度,月有了盈亏,潮有了涨落。记忆让日月星辰有了光辉,记忆让春夏秋冬有了冷暖。记忆让飞雪有了形态,花草有了芬芳。我一直以自己是自然之子而自居,山水给了我太多的美好印记。我以为最容易召唤人的灵魂回归生

命本来的事物就是走近山水。融入山水时，我甚至觉得自己在返璞归真，如古人文天祥对山水就有着宗教一般的崇拜与痴迷，以为山水中蕴涵着天体宇宙无限奥妙。记得每一回我徜徉在丛林、原野、溪流中，大自然都仿佛把我彻里彻外地荡涤了一回，身心所携来的尘世世俗气息完全被氤氲的野花香或清新的芳草味替代，这种大自然的原始味道充满玄机，足以让我抵御相当长一段时间下一次尘世的市俗侵蚀。当然，山水让我记忆最深刻的莫过于阳岭之夜了。在崇义县阳岭作家村旁的兰溪沟谷雨林，大山巍峨，溪水如带，其中散落着无数顽固而圆滑的石头，还有泛绿的草兰在石旁滋生。那是中秋节的前夜，晚饭后，我和深圳来的石地、一石及赣州、崇义的几个文友聚落在溪中，散坐在石上、水陂，听溪水淙淙，闻桂子飘香，看山岚渐变，一种诗意开始涌动，一种意境悄然成形。深圳的朋友率先唱起了歌，随后歌声此起彼伏，直到深夜，直把整个山林都听倦了，鸟虫也歇了，只有一溪流水陪伴我们，任我们放纵性情。可惜，那日少了一位山水画家在场，否则定会有一幅惊世之作——"兰溪拾闲图"问世！

　　记忆令生命有收获，也有遗憾，有安详，也有激动。我永远记得攀登石城通天寨时那朵在山野草丛中三支并蒂而开的野百合花，那种曼妙的姿态，那种清雅的芳香，至今仍令我难以忘怀，当时只是不舍得独占了它的美而放弃了采撷，心中却恋恋不舍始终没有放下，这种遗憾是不可弥补的，如同远逝的爱情，花儿开过了谢过了，哪里还寻得着？尽管明天花儿还开，但花不再是那朵，景也不再是那景了。我永远记得英年早逝安详而去的小弟的形象，如同佛归西天，他慈眉善目，略显肥胖的脸上比他活着时不知安详了几多，我甚至赞成同病房老太的说法：小弟是佛神转世。这种安详让人想象到沉静似海这个词语，海纳百川，方显安详。

　　我们生命的深处无不收藏着来自岁月每个瞬间引发的种种记忆。同样，我们生活中的某个细节也不经意地成为这个时代的某种记忆，被或远或近的某个灵魂收藏。

风烟道场

　　城东的马祖岩较之二十里之外的杨仙岭,似乎颇有些受冷落。杨仙岭因为附丽了杨救贫的故事而有些神化,近一两年来又因为登山热被鼓噪得日趋热闹。马祖岩近在咫尺,从浮桥至马祖岩步行来回不过两三个小时,却少有人攀爬。是马祖岩少了仙气,还是民间的关于"山鬼"令马祖远避的传说把众人给吓倒了?

　　其实,这实在是一大误解。较之杨仙岭,马祖岩也丝毫不逊色。马祖岩早在杨救贫上杨仙岭前便有名了,甚至唐末五代初来到虔州的杨筠松还拜谒过一百多年前便声名赫赫的马祖岩。可以肯定地说,马祖仙逝后,至少是北宋以来,马祖岩便成了历代文人墨客朝圣之地。今天的我们甚至可以随意从史册中俯拾起一串串诗歌,而杨仙岭的成名则不过是改革开放这一二十年来随着客家文化兴起而有了对地方民俗文化聚焦的结果。事实上也是,我们搜寻史册也难以寻找到只言片语古人关于杨仙岭的诗赞,有关它的一切故事只飘逸在民间的传说与故事中。

　　然而,马祖岩的地位何以退隐得如此凄凉,当真是令马祖避而离开的"山鬼",还是其中沉积的文化被时光冲刷得暗淡无光了?

　　我喜欢攀爬马祖岩,本意是锻炼身体,顺便将在闹市中沾染的尘嚣消解在自然的风流中,不想在攀登的过程中,放飞的思想不经意地触摸到马祖驻赐时遗落下的文化种种。于是,我收敛起漫不经心的游山玩水之情愫,开始了一番跨越千年的历史巡游……

　　或许也是这样一个寒冷的冬日,虔城迎来了从抚州临川翻山越岭后顺

梅水一路漂来的道一法师。遗憾的是,当时的人们忘了记下这个日子的确切时间,今天的我们只能通过史料知道这年是公元745年。

显然,虔城没有留住道一和尚。真正的僧侣永远也不属于城市。如同从西方远道而来的达摩法师,一路奔波不止,最终选择了河南少室山下的少林寺,选择了可供他面壁坐禅的冰冷的石窟。从六祖高足怀让大师处获得心传的道一法师,同样一路跋山涉水,从湖南衡山到福建佛迹岭到江西临川,最终选择了三江交汇的虔州,选择了可供他面壁坐禅的贡水另侧的佛日峰之冰冷的石窟。

佛日峰是虔州东面最高的山峰,是虔城最早承接太阳光芒的地方,也是离城池最近的安详之地。无疑,正是它的安详状,把道一法师的目光深深地吸引了。他把弟子们安置在山巅平缓处,任由他们筑庐构舍,掘井种植,焚香坐禅,自己则将更多的时间打磨在半山腰东侧的一眼石窟中,继续他未曾完全成形的"平常心是道"的禅之参悟。

我对禅法少有关注,前些日看了电影《一轮明月》,感动于弘一法师献身禅法研究与传授的精神、气度,遂对禅学有了些崇敬。李叔同,这位最早将西文文艺理论引入中国的国学大师,人到中年竟然抛家别舍投身于佛门,成为俗世与佛界均有重大影响的人物——弘一法师,在中国五千年历史中可谓前无古人后无来者。从迭幻的镜头中,我铭记住了弘一法师手持竹杖、足蹬芒鞋,奔波于名山大川,苦苦寻求禅理的苦行僧形象。当时,我就感觉弘一法师多么像在效行一千多年前的道一法师,所不同的是,弘一法师是文人出家,形态儒雅,而容貌奇异的道一法师则有着"牛行虎步"之雄性姿态。

平常心是道,是道一对中国佛学的一大贡献。"平常心"是马祖道一禅法的突出特点和根本旨趣,它主张在平平常常的生活中体现心性、张扬真理。其中所体现出的平民化、世俗化、生活化、简易化等品质,促进了中国禅宗追求大乘入世精神的信仰价值趋向——世俗世界就是佛国净土，平常的生活蕴涵着佛法大意，人在举手投足、扬眉瞬目、自然而然之间能够显示出生命的真谛，一念回转就可以获得心灵的自由与生命的超越。我觉得道一的禅法与孔子的儒家理念之"七十而从心所欲"颇有共通之处，当一个人处于从心所欲的生命状态，本性清明如水，不就进入了禅境？无疑，自道一之后，中国佛教从庄严圣殿开始走进乡野山林，走进平常百姓……

天地也必定欢叹——不知是佛日峰有缘于道一，还是道一有缘于佛日峰！从745年枫叶染红山岭的冬天开始，直到次年荷香从虔州城漫过贡江的夏天，佛日峰除了天天守望日落日出，守望贡水东逝，聆听晨钟暮鼓，聆听鸟语虫唧，开始有了一个伟大而高贵的灵魂在与之共舞，有了一颗虔诚的佛心在与之一齐脉动。随着大山的一呼一吸，一百多个日日夜夜，道一的禅法如蚕虫即将脱茧而出。

可以想象，佛日峰空气中的风、林中的鸟、草中的虫，甚至是山上的石头，从来未曾被如此幽深的禅意浸淫着。一千多年后的今天，当我行走在佛日峰，除了因为物是人非让人感受到时光在消逝，每一缕风中所萦绕的禅意却依旧深切如斯。尽管马祖在佛日峰并没有开坛设学，尽管马祖在佛日峰仅仅不过数月时间，却丝毫没有影响后世对这座山峰的敬仰。我们可以揣测，佛日峰的数月时间的面壁，怀让师父密传给道一的南宗"心印"之秘，有很大程度是在佛日峰石窟中释悟的，他的"平常心"之禅法也多半是在这个时期形成的。否则为什么道一大师一到了龚公山就可以开始广为传道，甚至一传就是二十八年之久？否则为什么在道一离开佛日峰之后的不久，他面壁的石窟便被人改叫了"马祖岩"，衍至整座山岭被统称作了"马祖岩"，从而令白居易、赵卞、周敦颐、苏东坡、文天祥等文人骚客纷至沓来拜谒之？

相当长的一个时期，没有人因为"山鬼筑垣马祖避往龚公山"这样一个说法而对这座圣山持有丝毫怠慢。北宋的文人最富有诗意了，他们饱读诗书，钟爱屈原，读懂了屈子《九歌》中关于"山鬼"的美喻——他们宁愿相信令马祖离开佛日峰的"山鬼"只不过是屈原歌吟中的"美女"，他们甚至想象那美女山鬼为道一筑垣实在是想为他营建一个温暖的家园，只是道一一心

向佛，坚定无比，丝毫不愿意接受美女山鬼的爱意而远避之罢了。所以，北宋的官僚文人们将种种美好根植在佛日峰上，甚至在这座山的五个峰巅建了一憩亭、吸江亭、尘外亭……五个亭台，极尽想象，放纵诗情，留下无数的歌唱。其中孔宗翰则更是了得，他竟然从这座山上一次性就取了两个景点列入北宋虔州八景，一个是马祖面壁的岩洞——马祖岩，一个是山巅最大的瞭望台——尘外亭。北宋人执著地相信，是马祖岩孕育了佛教南宗的真禅，开创了虔州文明之旅，而佛日峰之巅的尘外亭肯定是当年马祖驻足远望的地方，他们要为马祖搭个遮日避雨的处所，他们也想沾染些马祖的遗韵流风。

佛日峰的确是个瞭望风景的好地方。南可望郁郁葱葱的巍巍崆峒山，西可眺匍匐于贡水之南的层楼耸秀之古城，北面是比马祖岩还得名更古远的储山，东边则是涂满翠色的逶迤群山。这一脉青色，仿佛沉淀了千年时光，阳光下沉静如梦、浩瀚似海，以致我思接千载，想象当年马祖离开佛日峰时就是循着这势态雄浑的青色往东边走去，直走到大山深处的上洛山，问同朝遗老龚毫讨了一块地，建了宝华寺，从而开始他的心印传授，遂使马祖成为一代宗师的。是呵，佛日峰迎来了竹杖芒鞋的道一，又送走了满身禅味的马祖。感谢道一法师吧，不是他的驻足，佛日峰何以成为马祖岩，何以成为佛家圣地，又何以成为虔州文化高山？

当然，我们不排除赣州文人对文化与文化人的渲染。在地名上做秀，似乎是历代赣州文化人的专长，如同田螺岭叫了贺兰山、三佛坛前叫了生佛坛前一般。佛日峰也因此改叫了马祖岩，注入人文内涵后，迅速为人们接受并传诵开来。其中传诵得最多的是，到了宝华寺的马祖身上发生了许多神话故

事,诸如以袈裟取地、出木井取木、千人锅造饭等等,让人觉得马祖本人就是一个活生生的佛,而马祖岩则理所当然地成了"神仙居住过的地方"。神仙曾经居住过的地方,不是很神圣,很值得攀谒吗?如此,曾经容身道一面壁坐禅的马祖岩,甚至整个佛日峰便成了拜谒者脚步追寻的地方……

1200多年后的近数年,我数以十次地攀爬于马祖岩的丛林古道上。其中,随85岁的伍攀桂老人在绵绵冬雨中攀过,偕知己好友在炎炎盛夏中攀过,更多的则是独自一人饮寒风或沐秋阳攀爬在佛日峰的崎岖山道上。

今天的我们足踏旅游鞋上佛日峰,不愿步行的人还可以沿宽敞的水泥路驱车上山,较之当年足踏芒鞋上佛日峰的马祖,我们不知是幸福了多少倍。我不喜欢驱车上山,总感觉如此失去了攀山的意义,甚至是先乘车到山脚再徒步登上山巅这种贵族式的登山形式,我都觉得有辱这圣山的威德。因此,每每独行时,我宁愿做古朴状,刻意追寻古人风雅,选择完全步行的平常状态,穿过古城斜街,越过宋浮桥,走进马祖岩村,从村子右侧的古道攀登上山,并且在登山前一定找上一根木棍或是竹子充当拐杖,助自己青春渐老足劲渐乏的脚力,也营造些马祖,或东坡,或僧侣们竹杖芒鞋的山人味道。我不知道,这样孤独地以平常心态行走于蜿蜒山道的情景可有些许禅意?我想象,马祖,抑或之后的周敦颐、苏东坡、洪迈均有过一个人走过的情景,他们攀爬马祖岩肯定不仅仅是为了登高望远,他们毕竟是属于思想领域的大智者呀。

今天,时值大寒,大地清冷无比,本色如斯。马祖岩村靠近山脚的池塘里,一池的荷叶,荷秆尽然枯竭,七零八落的样子,很有些八大山人晚期的山水画味道,不经意地写意着冬韵,传达着个人情愫。巧的是,密密的冬茅中,半山一侧有一株野生的山茶花开得正欢,硕大,洁白,大大方方,自然开放,张扬着性情,把一整个萧瑟的山岭附丽上一抹淡淡的温暖。有趣的是,枯荷,抑或茶花,在我眼中竟一概地喜欢。是老了,还是有了些马祖清静本性的"平常心"了?我不得而知。遐想中,脚步渐近山巅,佛日峰阴晦的天空竟然明丽了起来。

邹家地

隆木古时称"龙穆",说的是古时龙、穆二姓人家在这里开基建业。因繁体的龙与穆二字太过复杂,在中华人民共和国后便叫做了"隆木"。

值得当今隆木人还有些咀嚼的是它怀抱着的一座大山、一处山地,一个被称作"南康的阿里"的边域,一个在南康人眼里充满了神奇色彩、四面被崇山峻岭层叠裹掖着的村落,一个整年风唱着季歌、泉淌着激情、石显出峥嵘、花开得异艳、天蓝得无瑕的世外桃源。这,便是隆木邹家地。

峻岭雄奇是邹家地的第一大特征。从墟镇往北望去,南康最高峰——1040米的白鹤岭,犹如一道天然屏障,与四周连绵无止的崇山峻岭,四面御雨抵风,守护着这块神奇的土地。

走向大山深处,是种生命体验。这种旅行,明显带着自我挑战的意味。前方只是原始与未知,只有坎坷艰难。旅行之人,似乎需要的就是这样一种与求知遭遇的感觉。大山太伟大了,高大得让人屈膝弯腰,巍峨得让人联想泰山。我们是凭着一股勇忍之心气往山的高巅处爬去,时不时要歇歇脚。只是山野的空旷辽阔之美随着高度与角度的转换呈现的绮丽风景,让我们无论如何也歇不下被自然迷醉的双眼。身临的境界,四面环山,层峦无限,茶树绵绵,层叠的梯田如画般美丽,线条在大地母亲身上任意涂鸦,山河之大美便也在如此不经意地涂鸦中营造出来了。此时,我们感觉到了人的渺小,生命的简单,在大山的怀里,我们只不过一棵树一株草般,一个普通的生命物而已。好在高山之巅,我们的思想可以借助高山放飞得更高远些。那一时刻我想,我们多么像山之子、自然之子。

《山路十八弯》是一首歌名，也是邹家地的真实写照。山里人世代生存于这大山深处，麻木与忽视了这山之高峻、路之艰险，倒是每每有城里人来过邹家地后，总是大发感慨，借总结邹家地的地理形势之险恶，炫耀自己的这番不平凡的经历。于是关于邹家地的所谓"七上八下十八弯，弯弯汗水一箩担""邹家地，好稀奇，六月六，盖棉被"的顺口溜便不胫而传，也因此愈发增添了邹家地的名头，活生生把个千年沉寂的高山搅热了。如此各种场面上的人物的频繁光顾，既为坚守着家园的山民捎来了几串关怀，也自然地将这邹家地演变成了锻炼人脚力与意志的一个竞技场。仿佛登长城的中国人怀揣着"不到长城非好汉"的心态一般，也总有一拨一拨的南康人或者像我这样的迷恋山水之人受不了的鼓动，历尽艰难来到隆木走进邹家地寻找"南康人的好汉感"。

　　就在我们将登上阻隔邹家地的高大屏障之山巅时，忽然，在山巅东风坳口的天空上，一只苍鹰蓦然现身，鹰的身体几乎凝固，呈现着卓立孤傲的姿态，定格在空寥的天穹。这个极美的瞬间和东风坳的不可言喻的劲风，让我想起传说中老赣州城二城门的风，我们一边释着乏，一边胡乱地生着感想。我们有些豪迈，邹家地的陡山险路，再蜿蜒，再曲折，再坎坷，不也在我们一步步的攀登中走过来了吗。大山曾经的高傲不也在我们一尺尺的脚步丈量中失了它的威风，最终温柔地匍匐在我们的脚下了吗。其实，山是永远不懂得屈服的，登上山巅的人类只不过被包容在山之博大中罢了。神鹰居高临下，当是最看得透大山的情怀与人类的悲哀的。它在警示我们读懂大山的幽深是要用平常心才行的。

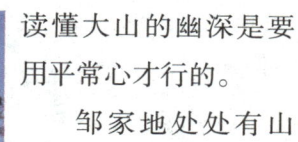

　　邹家地处处有山珍，"茶油石拐斗方蛇，清泉狞石毛栗子"是它的特产。我们在翻过东风坳开始走进邹家地大峡谷的时候，其实

便走进了邹家地的宝藏之中。山上随处可见簇拥成林的茶树,可惜茶花刚开过,否则我们将在一个芬芳如雪的茶花世界中走过。入坑的石级刚走过不几步,耳边便泛起哗哗的泉响,不知从哪个石缝里涌出了第一股泉流,接下来,每几步便可见另一股泉流汇入,而等到我们到得邹家地腹地时,山溪汇纳百泉竟成了大溪河了。在经过的一处处深幽的山水涧洞里,无疑便有蛇与石拐在阴暗处相守着一方幽静。山里毛栗树如同茶树一般,在邹家地多得数不胜数,而毛栗子是好东西,每天叩几粒可固齿健肾延年益寿,因此,每年秋天的邹家地,满山尽是采果之人,纯朴的村民一边唱着山歌,一边把喜悦流淌田园。而满山的毛栗子肯定是摘不尽的,大多的毛栗子落入土地里,经过岁月的冶炼,成了黑色沃土成分里最亮丽的部分。

山里人也用科学也赶时尚。眼看着满山丰沛的水源,山里人学会了利用"牛尿发电机"从落差不过三五米的水流中发电。一个被塑料袋罩着的小机器,任随并不巨大的泉流作用,即可十分简单地解决一家人照明、看电视的用电。而邹家地与外界联络的工具,是整个邹家地独有的一部电话。电话线从大山南面的福田村远远拉来,比山还高出一头地蜿蜒伸向邹家地,常年互通着山里山外的信息,交流着一份生命彼此的关怀。

现时,邹家地正逢春天时节,满山泛绿,水清澈,天碧蓝,石也生动,花也娇艳。邹家地的石头都不规则,顽冥之状,天然品相。邹家地的花儿不很多,偶尔见着一丛丛杜鹃花,或是别的什么叫不出名的山花,却发现开得灿烂异常,别有韵味,颜色或纯白,或粉红,或洋红,或紫色,惹得随行的摄像师欢喜得满山地奔跑觅花的芳踪。邹家地整体是简单、朴素的,这山花或许便是可以洗眼悦心的唯一的美色了。

白云深处有人家。今天的邹家地已经没有地名特色了,山村连一户邹姓人家也没了。现在袁、刘、谢、黄四姓人家近百户约三百人口安居乐业于邹家地,四季守望着春花秋月,日夜与层次分明、肥沃得流油的梯田和满山满溪的怪石清泉、满山满坡的翠竹松林做伴,听花的轻语,看月的盈亏。山风吹老了岁月,吹老了山里人的生命激情。

让人羡慕的是,邹家地的人生存状态与生活理念已完全融入到了这山

里的风、水与阳光中去了。溪水淙淙,奏响的不仅仅是春天的舞曲;山花怒放,绽放的还有山民的那份生命的快乐。灰瓦土墙承受着山风吹打的同时,还包容着一个个家庭自然的喜怒哀乐;大山巍峨遮挡着山外的风流的同时,也将一份份曾经平和的生命原色演绎得有歌有舞。春天的阳光下,三五成群的山民,或喝着山茶侃着农事,或理着冬天的用什,或梳割着田地的野草,翻耕着播种的细田。卵石、大理石铺张着的道路与屋基本色无华,几只冬天用过的火笼被洗净晾晒在溪河里的大石上。像城里70年代流行的"老三件"一般,少妇手上还戴着一只新表,张扬着邹家地的时尚。

村小学有二十七名学生,两名老师。刘老师,也是校长,1978年高中毕业,1981年开始在村里充当民办教师至今。教室后有两棵巨大的古树,一棵为槐树,一棵为枫树,都有三五百年的老态模样,苍茫而高古。不知它对这片土地的无华无果有何感受,它可以向我们这些探访者传递些什么信息呢? 树与这里的大山一般无二,缄口无语,让我们有些沉重。以大山为背景,我们为山里孩子留下了影。孩子们较之电影《一个都不能少》的孩子们来说,贫穷而简朴得多。他们渴望的眼瞳分明在向我们山外人投寄着一种愿望,是在向往能像我们一般可以城里乡里自由快活地走往吧?! 而戴着近视眼镜的刘校长一身书生气,少言少语,犹如那棵老槐透着生命的坚忍。

我们在返归的路上,看见了一件奇迹,让我们再次对生活在山里的生命生出了敬意。一双明显母子的黄牛,在山坡上自由地放逐着生命,母牛刚分娩的模样,胎衣还残留在屁股上,牛犊却蹒跚地在山上颤颤地走动了。许久,我们情怀激荡,为山里的生命力量的强盛惊叹! 牛尚且如此,人,不是更坚强吗?

邹家地,犹如豆蔻少女,将不再"待字闺中人未识"。我们完全可以想象,不久的将来,当道路完全畅通、车马奔驰于山间之日,便是春风度过白鹤岭、邹家地美丽之时。

九连山笔记

前些日子,我独自寄身于九连山大森林中,开始了所谓的封闭写作,也开始了我与九连山的亲密接触。

我居住的地方,名叫虾公塘——龙南县九连山国家级自然保护区管理局下面的一个保护站。我是个地名迷,每到一个地方,总喜欢琢磨琢磨当地的名由。虾公塘之名很俗,许是先人因这里的长滩中鱼虾丰饶而取名吧。不想,唐君笑道:原名很美,叫霞光滩,原因是每到晴日的傍晚或清晨,会有一片霞光从山巅洒向长滩。听过甚憾,因为口误,美名改成了俗名。

不过,在九连山听雨,却是一件十分诗意的事儿。进山的头天傍晚,突然雷鸣电闪,几阵霹雳过后,停电了。如此,我只有早早地上床,醒着眼,一面聆听竹楼外淅淅沥沥的雨声,一面作些诗意的想象。芭蕉林在稍远处,雨打芭蕉的韵致感受不到,但窗外雨打树叶的声音也别有韵味。因为森林茂密,枝叶繁复,形如天棚,雨水便不能直接触地,每每是先打在叶面上再往下掉。这种雨打叶上的声音,脆生生的,韵律铿锵,煞是好听。

在九连山,一年四季的大部分时光都与雨露有关。了解森林的人都知道,凡是植物繁茂的大山,蓄水量便大,就容易形成水分不断蒸发成水汽,水汽又不断凝聚成雨雾的小气候。九连山经过三十多年的全封闭保护,植物丰饶,雨量充沛得如同泛滥的溪水。往往是一场雨刚歇下,天空还没晴透,甚至山道还湿润如斯,云又如潮涌般从密林中铺卷了过来,要看到一个或数个放晴的日子当真要有些造化才行。九连山如此诡秘的气候,虽然让我始料不及,却也因此为我本是枯燥的写作增添了无限的生动。在大山里的一周,我几乎天天都是在雨的交响、雾的腾升中度过的。有雨时,听窗外雨打树叶的脆响声;起雾时,听"滴答"的轻叩声,这是另一场雨——是山雾积聚在叶面的雾水往地面上掉落的声音。在九连山静谧的竹楼内,好多时刻,我是在一种曼妙的声音中渐渐沉浸于写作状态的。其时,室内指敲键盘之音和窗外的雨声不知在什么时候悄悄地融为一体,我的创作情愫便在这曼妙的和音中被调动,一行行文字宛如行云流水般,迅即铺满了页面。如此,直到夜半时分,我才将乏极的身子置于厚厚的棉被里,然后,和谐着大山呼吸的韵律沉沉睡去。直到次日清晨,眼还没睁开,心又被窗外不息的雨声,以及稍远处的霞光滩滩声给唤了起来。

在霞光滩,我遇见了中科院生态学博士后毕业的杨清培。杨博士身着迷彩服,脚蹬解放鞋,表面上毫无大学者的样子。他是湖南怀化人,大学本科毕业后,读了三年研究生,三年博士,三年博士后,读书读到三十过头。今年过年后,他没有休息过一天,一个月前,他还和同事们在崇义的高山之巅,为齐云山申报国家级自然保护区而奔波,这次到九连山是自费来采集树木标本的。在我离开九连山之前的一天,他和保护局的梁工一起陪我往坪坑去看红豆杉群。这一天,我们行走在寂然的幽静山道,看山花灿烂、彩蝶翩翩,听野鸟欢鸣、山溪潺潺,他一路采撷植物标本,我一路拍摄奇花异草……大丘田漂流的河滩上留下了我们侃聊人生的欢笑,下湖有机蔬菜基

地记住了我们畅谈生物的对话。记得我问过他,为什么老喜欢往山里跑?他说:"城市让我窒息,山里让人感觉和谐、自然"。我问他若有钱了想怎么用?他说,建个自己的考察站!答案出乎我的意料。我满以为他会说:有钱了,为自己放个假,带老婆、孩子去喜欢的地方旅游休闲。

梁工告诉我,九连山经常有国内外的专家、学者来考察,中国科学院的李教授在九连山定居考察已经二十多年了,每年他都有相当一段时间住在山里,他对九连山的了解,甚至胜过了林区的干部职工。可惜,前不久,年逾八十的李教授临时回京了。临走时,他还委托保护站的陈站长替他测量、收集生态数据。印象中,我在保护站的几天,每天早饭后,便见陈站长一抹嘴一抬脚,光着膀子便上深山老林中的观测点去了。他给人的感觉宛如自然之子,他一上山就喜欢唱歌,山风把他的歌声一声声传了回来,粗犷而生动。我喜欢这样环境里的歌唱。每次,望着他隐去的方向,我是每每听他的歌声直到淡渺,才肯收回心思。不到四十的他说,头发都白了,不会唱流行歌,就唱老歌吧。是呵,九连山太大太寂寞了,守山的人要甘于寂寞,又不能被寂寞困死,要在寂寞中快乐过好每一天才行。

每天有两三次,在我写作得累乏的时候,我喜欢一个人缓缓地穿行于森林步道中,任由细微的雨露打湿头发、衣裤和足履。这时,森林中的万物簇拥着我,把一些细节与微妙的声音向我展示——我在路边发现好些个子高大些的树,它们的主干上总是爬着各式藤,如杜仲树,它的主干有几十米高,海丰藤便跟随着蔓延了几十米,而树身上这时往往还附生着某种蕨草或苔藓,有时甚至是一株兰花或几朵

山菇野生于斯。这种大地养育了树，树又携养了藤、蕨、苔、草、花、菇，和谐美好的生态情景，当真像不同血缘的一个大家庭，相安无事，相扶相携，共同繁盛！可是，现实中的人类怎可与大森林相比较，现实中的人类有着太多利益上的计较与争斗，太多情感上的悲欢与离合，大自然面前，人类的品格显得是多么的低微。

天稍放晴，森林呈现另一种景象。此时，森林里的虫蝉啁鸣得格外躁动，生怕人类不知道它们的存在似的。其时，我观察到，山脚下的树都静止着，既不为人类匆匆的脚步所动容，更不为虫蝉声声的嘶喊所干扰。笔直的鹅掌楸披着一身的马甲状的叶子纹丝不动，巨大的柳杉张开伞状的华冠稳定自若，便是重重叠叠、冬枯春发了无数个轮回的茅草或野蕨也无动于衷。开始，我想是不是它们麻木不仁了呢？毕竟太多的守山人和观鸟者的脚步惊扰过他们。可后来我琢磨出了其中道理——木秀于林，风必摧之。山脚下的草木，秉性谦和，才赢得了如许沉稳与安宁。

于是，初衷是来写书的我，不自觉地获取了作品之外的许多东西。此刻，当我品读着九连山这本大书时，我忽然觉得自己当初的"到九连山去写书"的这种想法是何等轻浮。是呵，厚重如磐、繁复如书的九连山大森林，我写的这区区数万字的文字置入这汪洋之中，哪及一片小草地，更不要说那参天的华木、连绵的森林了！

荷话

荷抑或莲，佛人尊为神圣之物，至少是美好与神圣的象征与指引。比如，大慈大悲的观音菩萨的座下之物即为莲花，莲花怒放，祥云缭绕，鼓舞人心向善。因此，在佛教圣地，每每有莲池，供养着一方幽然，散淡着几丝高洁，氤氲着淡淡禅意。

据传，周敦颐在南方的南安府做官时，公闲之余，喜欢独往大山深处的丫山古寺去，与古寺方丈探讨佛学道理、议论天下大事，然后，独对寺中那一池青莲，流连忘返，徘徊徜徉，思索人生，吟风弄月，久而久之，竟然悟出了许多凡人所不能体察到的道理，后来竟写出了寥寥一百二十九字却光照千秋的《爱莲说》。周敦颐爱莲如痴，在他后来的为官岁月里，处处都散淡着莲的韵味，如他在虔州任通判后，自称莲溪先生，在梅林植梅种莲，在罗田岩植柏种莲……

世事纷繁，做人很难纯粹，也很难脱俗。由做人很容易让人联想到"出污泥而不染"的莲花。莲花，是人类对品格高尚之类人物的比照，一般来说，能写出这样一句千古名言的人，必定如莲花一般"出污泥而不染"。

荷与莲常常被人用混。如古人有的轻吟"接天莲叶无穷碧，映日荷花别样红"，有的浅唱"江南可采莲，莲叶何田田。"捧读《辞海》，方知莲即是荷，莲为荷的别称，属睡莲科，多年生水生草本。因此，荷与莲用混了不要紧，两个字眼，一样意义。至于是先有荷的说法，还是先有莲的说法，则难以说得清楚了。如同是先有鸡还是先有蛋这个问题一样，迷离得很。民间有一种说法，远古时中原辽阔，文化隔绝，这种根茎细瘦如指，向下生须根

膨胀大成藕,向上抽长圆叶并生出花蕊,夏天开淡红或白色花,花谢后留下蓬子的植物,有的地方称荷,有的地方称莲,直到中原文化汇合后,觉得荷、莲都有其存在意义,便荷、莲并用了。

古人将荷神化、美化了。在中国古代,出于对观音的敬仰,人们把农历六月初六设定为观音生日;出于对荷的敬仰,风雅至极的江南人则设定农历六月二十四日为荷花生日。这天,王亲国戚、才子佳人,无不往荷池涌去,或赏莲花,或吟青莲,或画莲景,欢乐情景从清晨日出一直延续到月上西楼。古人如此敬仰荷,自有其道理。荷谐音合、和,合欢花、合家欢,和美、和谐、祥和……尽是美好之词语,观荷可以惬意心情,舒畅美意,岂能不钟爱之?

荷或莲是地道的中国原产物,如同粽子诞生于中国一样。粽与莲都是很有文化意义的物。粽子寓意屈原与端午节,蕴藉着一丝丝凄凉之美;莲仿佛为诗歌而存在,富蕴诗情画意。记得孔仲平的《观舞》诗:"云鬓应节低,莲步随歌转。"莲步,美女的脚步,当然,也指古时女人的三寸金莲。莲步轻移,人面桃花,杏眼流转……莲一旦拟人化,竟是如此栩栩如生,令读者眼前一亮,一个绝色女子飘然而至。

明末清初著名画家南昌八大山人朱耷,画过一幅著名的中国画《荷花双鸟图》。画的右方悬崖畔侧出荷花荷叶,秀削恣肆;左方荷叶荷花自下扶摇而上,豪放婀娜;湖石上一鸟回首斜睨,突岩顶一鸟白眼傲视,形成高低左右的呼应,以其苍劲冷峻的意趣,隐喻着这位明朝朱氏王朝后人对清朝的不屑与鄙视。世人评其荷"胜不在花在叶",即俗人所说的"红花还需绿叶扶"。艺术的表现与欣赏是需要智慧的。荷花大美,无论是含苞,或是怒

放,都让人触景生情,然而,荷花的大美正是田田的荷叶以其铺张的绿衬托的必然。有谁画荷花不画荷叶的?独画枯枝败叶可以坦然入画,独画荷花难言其美。"留得残荷听雨声",至少枯叶会令人想象它曾经的丰姿、底部的肥藕,以及它所经历的风雨沧桑。而一支肥大的荷花,可以予人多少哲学思想呢?

莲最早的功能并不在于供诗人画家写诗作画,也不在于供哲学家产生思想。古代荷花的最早的实用功能是用来裹物和食用,其次才是入药、欣赏。硕大的荷叶,是古代最好的包裹纸,包熟牛肉,包碎银,裹玉兰花,裹米糕……以后遂有了荷包之说,有了以锦缎、皮革代替荷叶之演变。锦缎做成的荷包,往往是长大成人的女儿家送给相中的青年男子的定情物,里面置了些香花,泛出芬芳,诱男人坠入爱情之河;皮革做成的荷包,则成了今天大众化的钱包,贮存着人类的财富与虚荣。如今,赣粤闽的客家人依然把荷及荷包的最原始意义留存了下来,比如大余新城镇用荷秆做成的酸菜,成了风味极佳的客家小吃;南康的荷包肉,取硕大的荷叶裹上拌好佐料的猪肉,用柴火猛蒸一天一夜,便成了散着荷香、肉香的一道客家名菜。

在南方,荷花最盛的地方是石城。石城,本是山石峥嵘之地,往往给人以穷乡僻壤之错觉,天工造物,它却是荷得天独厚的生长的乐园!在无数的大山皱褶之间,在大片的田畴之上,乃至在每一块空地上都种满了荷,荷叶田田泛绿,莲花亭亭玉立,开满乡野阡陌,山石累累的石城竟被一地荷花柔化得诗意荡漾。风月无边的莲,承传着客家人对中原文明的苦苦追寻,也点缀得这块"石耸如城"的古老乡村宛如芳菲世界。

在石城通天寨下的王家百家屋,古树葱茏,几片池田植满了绿色的荷。偎依着大山的土地,仿佛汲取着天地灵气,这里的莲叶长得异常的青绿,荷花开得异常的洁白,没有一丝俗气,没有一点浮躁,只有一种顽强与韧性在我们的眼中弥漫。

看来,周敦颐的思考是对的。莲,最终还是属于哲学的。

榕城

冬天里的故事总是忧伤的。

我居住的城市一棵生长了近千年的古榕树,在一个寒冷的夜晚被伐倒了。据说是古树占了广场中心,不日要举行大型文艺表演,有碍观赏,只好锯掉它。

我空怀对生命的热爱,却无奈这千年不朽古树之毁灭,只能是悲凉没顶、黯然落泪而已。

我清楚地记得,这棵千年巨木,因为饱受风霜雪雨的磨砺,躯干雄浑苍老,枝杈遒劲恣意。天幕下极像个孤独伫立的巨神,默然地向着天空张开它百丈余美丽而缀满绿叶的华冠,傲然地展示着它生命的肃穆与壮伟。不难想象,当致命的钢索扯断它生命的最后连接时,它发出的巨大的呻吟之痛苦,枝叶像巨鸟摇翅欲逃,老树跟着倒下,大地被撼动得轰然作响。我总觉得,让古树老死或被虫蛀死、被雷劈死,让它更顺乎自然地死去,是否会令古树更无怨些。所以,当我听说为伐倒此树,断了一把斧,折了两把锯,而当第三把锯又厉鬼般哭叫着开始割裂它那善良的心时,它愤怒了,愤怒得浑身发抖,洒下满地的叶片,无牵无挂的叶儿在月华下闪着多芒的毫光,凄凉而忧伤。又听说当巨树倒下后,从树心上涌出如泉流的泪水而伐木工惶恐惊悚,口中喃喃着什么。这一切传说,我深信不疑。我甚至明白那木工必定是在祈求树神原谅他。我只是不明白,那树的心里流出

的漾积成滩的清水，是在吻别自己那深埋于地下亲亲相依的根须呢，还是在以自己生命的最后所有再作一次奉献，去滋润涸涩的土地？

之后的一天，我来到广场，却真的寻不见那雄姿伟然那隐匿历史那善美处世的古榕树了。广场更空旷了，可于眼中却如城池的灵魂失了似的。我神往地望着曾遮去一片天的云空，觉得天地赤裸得近乎滑稽，心中不禁为古树当初选错了落生的地方而惋惜。

我记起小时候，家居郊外水流清冽的大河岸畔。那里生长着连绵数里的百岁以上的大榕树的群族，沿河逶迤，葱郁一片，蔚然壮观，真可谓大自然一处美丽宛然的绿荫圣地。它们盘根错节，交枝相亲，绿叶招展。或是千指弹奏着柔美的春天琴乐，或是齐声吟唱飒飒的秋日词曲，或是在酷夏展开凉床吹起笛声催人入眠，或是在冬夜摇响风铃取悦星汉醉倒江流。只让我们这些孩童聆听得如痴如醉，四季都在风中睡去，又在风中醒来。这些榕树下风的故事深深地被挽留在我的记忆中，今日想起，便觉得那些美丽的榕树族群，多么开心。所以，我为这被伐的古树惋惜，失了族群，便失了歌的天堂、诗的故乡，失了生命纵横的原野。我感叹古树的亡殁，如大自然中的贞操高尚者逝去，又如人类睿智慈和的忘年朋友死去。

我知道，岂止是眼里失了一片绿荫、一抹风景，简直是心中失了一片绿洲、一种寄托，又仿佛心中一束长久不败的美丽的花卉倏然凋谢。

哦，古树，我的颂歌今天竟成了挽歌；我恨自己的愚钝，失了它才大觉它存在的伟岸，我今儿是凭借着被伤害了的心才读懂它的存在的意义。我后悔没为它清晨盈着露珠的绿叶作过诗，没为它黄昏留住夕阳的枝梢摄下影，后悔只为是春风吻绿了它，还是它系着了春风，是头上一片天融入了它怀抱，还是它以神力锁住了一方天而伤过神，而忘却了理解它实在是一位伟大的圣人：慷慨地施以绿荫，而从不叹息头顶的广受日照；勃然地展示生命，而全然忘记自己苍老的年轮。我欣赏它的素质：独立自强，从不依附，从从容容地迎风接雨以显示生命的力，自自然然地沐日浴月以昭展生命的美。

我的歌毕竟是晚了许久，尽管我生命之火热烈地灼痛了心，尽管借助笔笺肆意地渲倾了我的情感。然，我知道，这份拂之不去的古树情，将永系吾心。

五指峰

五指峰只能走近。

五指峰如五支直插云天的巨戟,在莽莽大山中高耸孤峙,又似一只张开的巨掌,五指栩栩如生,逼真得让人叫绝。走近五指峰,最近点在鹰盘山巅。鹰盘山高1608米,遥距五指峰直线不过千余米,是居高临下与五指峰作最亲密接触的最佳位置。因此,登五指峰的概念实则上已演变成了登鹰盘山。

鹰盘山,"名"摆着是个难以征服之山——它可是鹰隼们盘旋缠绵的高山之巅呵!鹰隼的乐园,无疑是天堑,是绝地。那可是药农们才能亲近的地方,你们能上得去吗?在离五指峰最近的村庄——黄沙坑,听了村人如此描述,远望着蓝天下形态峥嵘的五指峰与鹰盘山,我们自问。然而,我们毕竟是冲着五指峰来的,临近岂能不走近?!踏着晨露,我们一行六人走进了五指峰茫茫大林海。清晨的山里,月亮如同夜晚高悬着,只是色泽淡白淡白的。月亮下面是山峦、溪流、古树、农家、炊烟,还有几个手持相机的城里人,构成的画面内容极其丰富,富有美感,使我们纷纭伫脚,剪裁入镜。岂料,上山的整个过程,月亮都不曾消失,一直左右不离地伴随着我们,与日同辉,静静地散淡着月华,流泻着诗意。这也算是鹰盘山一景吧。

此时,正值中秋,秋色渐浓。时见一枚或数枚透红的枫叶从万绿中钻出，也时有几颗熟透的野荔枝跌落在路径上被我们踩碎。自然，被我们踩碎的还有厚厚积压的残枝落叶，以及森林里清晨的宁静。当我们听到溪声、鸟鸣，看到彩蝶、花蛇，感觉森林被惊觉，甚至隐约感觉到了山林开始苏醒后的此起彼伏的呈着韵律的呼吸，我们有一种自豪感在滋生——我们多像是司晨使者，在进行着神圣的功课一般。这种唯美的想象陶醉了我们许久。冷静后思想，觉得人的想象力竟是如此非凡，不可思议。

其实，森林从来都不宁静，除非是远离河流、远离季风的地方。而在五指峰林区，处处有泉涧在奔湍，时时有清风在轻吟。我们往鹰盘山去的山道，便是溯石溪河上行的蜿蜒小径。我们是一路攀高，一路与溪河的欢歌声做着伴。这条石溪河一直通往上犹营前圩，我们下榻的黄沙坑村五指峰客栈处在这之间，枕下便是不息的石溪河。因为木屋建在溪河上，一整夜涛声不绝。早在2000年夏天，我在探访燕翼围和太平桥时，曾在龙南杨村圩的客栈住过一夜，那客栈也是建在乱石缤纷的杨村河上的，记得那不断的涛声搅得我也是整夜未曾入眠。可这回在黄沙坑再闻涛声，却油然有了些亲切感，因此这夜我竟是美美地呼噜了一夜，与石溪河来了回合奏交响曲，也让我梦里几回闪现白天赤脚踏溪玩石的场景：西来东去、不见头尾的石溪河，溪水虽偏瘦，却铺满了大小、形态各异的卵石，从镜头中一路望去，似乎不是水溪，倒更似一条石溪。此时的石溪水浅不过膝，挽了裤腿竟可以自由行走于两岸。赤脚涉水太让人快慰，恍惚回到童年，水也悠悠，心也悠悠。青山如黛，蓝天绿水，小桥流水，炊烟人家，戏水的我们，还有渔者数人……

往鹰盘山去的大森林里所见的石溪河则呈着动态美。上行中，渐渐逼近源头，所见的石是

愈来愈大,溪是愈来愈细,声是愈来愈弱,但韵味却是愈来愈浓了——栈桥渐渐地短了,先是走数米长的长木横过石溪,后来便是跨一二米的短木横过溪流;溪流渐渐地小了,先是湍急的溪水,后来是一潭溪水、一匹瀑布,再后来只是一股涧、一股泉、一脉岩壁上的渗水……我们仿佛看到了一个巨人的逆时间的成长历程,从他的伟大到他的诞生。

便是在这石溪河渐渐被我们认识的过程中,我们透过丛林,看到神秘的五指峰玉女般呈献出了处子身。虽然一些长得高大的竹木遮住了五指峰的某些部位,但初次窥见五指峰玉体的我们还是惊喜万分。毕竟她太神圣,太让我们神往了。所以,她尽管还只是远远地向我们撩开了面纱,激动得我们透过长焦的渴望,透过天穹的苍茫仍将她贪婪地扫视无数回。

毕竟,距离还是太远了些,五指峰让我们看得不够真切。于是,当我们走到五指峰林场设在大山深处的最后一个哨所,当护林员告诉我们,若要拍照,附近不到百米的天子山巅是最佳处,在那里用长焦镜头可以最好地表现五指峰的形态美时,我们做出了令他不可思议的选择——我们乐意再花费两个小时的脚力,要攀上离五指峰的最近点——鹰盘山巅。我们不是摄影家,不需要靠长镜头拉近的朦胧美,我们是爱山者,我们需要走近真实走近美丽,用肉眼去观察物质的细微。唯有如此,我们作为靠写作表达思想的人才更有话可说。

然而,这一选择是豪迈的,更是艰难的。当我们走过湖南、江西两省交界处的大山坳,为满眼的芦苇荡漾、矮松透迤的情景和青山连绵、村舍如星的浩大气势所欢呼后,两座高峻、雄奇的险峰依次阻挡着我们。面对遥遥在望的鹰盘山,我们没有退路。选择继续前行,无疑便是选择历险。我们有时像猿猴一般攀岩向上,有时像野狼一样穿越完全被深草覆盖的野径,累了随地一坐喝几口水啖一块饼干,能量补充了复向上前行。多少次脚下打滑,多少次步履踉跄,多少回失足跌倒,多少回大汗淋漓……当一山的劲松用风为我们呐喊,当一杆国旗跃入我们眼帘,哦——鹰盘山,你好!又一群你的崇拜者来到了你面前。

自然,我的用词只能是"崇拜者",而不能是"征服者"。我想人类是永

远不可能征服大自然，人类征服的无非是心高气傲的自己。大山抑或大海，原始森林抑或沙漠戈壁，亘古不变，永远都以谦和、包容和守望者的姿态在等待着每一个踏访者的到来。它们不会因为人类自发的欢呼声而改变或减少什么。它只是它自己，始终不渝。然而，大山之巅还是响起了我们的吆喝声、欢呼声，毕竟这是爱山者们对山巅的示爱。面对大山，人类是不是有些矫情，这点我承认。矫情说明我们对山的热爱与崇敬。好在我们并不虚伪、做秀，我们还没有浅薄到远远地摄取一张五指峰玉照便匆匆离开的地步，我们还没有时尚到乘着山轿上下山的境界，我们还相约要继续用脚步丈量着山高，走上赣南东、南、西、北的最高峰，诸如瑞金的石寮岽、大余的天华山、崇义的齐云山、宁都的凌华山。

可惜，我们本想向它互致问候的属于鹰盘山的鹰隼们不知哪里去了。这山以它们命名，本应当是属于它们的天堂，为什么却见不着它们一丝一毫的踪影呢？举目四望，视线中除了群山逶迤，便是蓝天白云，哪有鹰贴着峭壁飞翔或是翱翔长空的矫健身影？于是，我们生发出一些感想，或许鹰盘山当更名了。是否鹰隼们占据这高位久矣，鲜于见人，失了炫耀的意义而远避他山了？是否会因为我们之前或之后络绎不绝的登山者的到来，而再度将远去的鹰隼唤来与人类一起创造风景？当然，即使鹰隼们重返故乡，它必当惊呼——鹰盘山已经不再仅仅是鹰隼的独立王国和乐土了。昔日只映照它孤独的影子的山巅已然被造访者的足音踏破，还有只向它致敬的山巅的迎客松，也不知该向勇敢的人类致敬了多少回了！

鹰隼们唯一值得欣慰的是东面的五指峰依然俏丽如故，千年未改容颜。想必鹰隼们与男人们同样有激情成分在体内泛涌，面对秀色喜不自禁！面临玉立的五指峰，由北至西如列兵状一字排开，诗意地守望沉沉的落日，收撷晚霞的晖霭，无言地洒落诗歌的词句或音乐的符号。五指峰通身被如毡的植被紧裹，底部相连一体，中间分生五峰，宛如五根纤纤玉指微微张开，长短有序，直入天穹，形态如诗如画。拇指峰，粗壮，肥腴，偏矮，昂首于五峰一侧，砥砺凄风劲雨；中指峰，居五峰之中，丰满、端庄，雍容华美，气势高贵，宛如东宫；食指峰和无名指峰，居中指峰左右，许是沾染了中指

峰的轩昂气质，也一并显得丰韵、秀丽、亭亭玉立，呈着与之比高的冲天气势；尾指峰，娇柔，窕然，体态略小，如初生的新笋，在熠熠阳光下充满蓬勃向上的生命活力。

  秋天的五指峰如诗如画。极目湘赣两地，无边无际的山峦如凝固的波涛，森林似翠浪泛涌，村庄像星罗棋布，天地接壤处是一片融入尘嚣的混浊，唯有这大山深处的天蓝得深幽，甚至不见一丝云彩，秋阳当头倾泻，一抹胭红在巅顶猎猎舞动的红旗映上我们每个人的脸颊，大地铺陈着无尽的群山和其中仰天疯长的芦苇、林木，蜿蜒回转的防火带从天上俯视必定如轻纱飘舞，缠绵在五指峰的项上……

  沧海桑田。五指峰便如此在秋阳里，在静谧中，在山野季风中，一个千年又一个千年地迎送着日出日落、月圆月缺，记录下岁月的沧桑，也记录下鹰盘山鹰隼们飞翔的姿态，以及鹰盘山巅苍松的成长。

  面对这天工造化，我们赞叹不已：上犹的山水真是灵性，水被苏东坡誉为"九十九兮少一兮"，山如"玉女五指朝天舞"。犹江水一向以柔媚著称，五指峰却亦如此女性化，柔媚，秀丽。伫于鹰盘山巅，这种感觉更加强盛。因为一路上让我们受尽艰难的鹰盘山，面对柔媚的五指峰竟然也阴柔起来了——山巅没了尖峰，只是两块数十米的小平台连缀在一起，全然失了雄性；山巅的松有了柔性，即使是生于崖壁上的一棵松，也极力往五指峰方向探去身子，传达着爱恋之情；便是四周的群山之巅上逶迤的防火带，形似长城，蜿蜒袅娜如蛇似龙竭尽风流……

阳刚或阴柔，

都是一种美的力量之表现。独立的阳刚雄性让人惊悚惶惑,独立的阴柔媚态令人坠入美丽陷阱。而阴阳交对,阴柔之物会于愈加媚态中显出阳性的一面,阳刚之物也会于愈加雄性中显出阴性的一面。如眼前这鹰盘山与五指峰。

可见鹰盘山与五指峰在恋爱着。恋爱中的物才有如此情态。而且这是一对非常懂得爱情奥妙的物,它们保持着距离,若即若离,相守相思,山盟千载,伴侣永远。

倘若没有了距离,五指峰便不是五指峰,鹰盘山也不是鹰盘山了。

所以,我们只能走近五指峰。因为我们热爱五指峰,如鹰盘山。

风云风烟 之

喜欢元好问的"细柏含古春"
当过往的喧嚣沉入泥土
笙歌不在了,美姬不在了
酒香与脂粉都不在了
青苔深重起来
群鸟热闹起来
你再次以一个过客的身份走入历史现场
踩着厚厚的时间
感慨万千
然而却风烟俱灭
只好任意东西

汀州瞻秋白

1935年6月18日八时,长汀西门外罗汉岭。一串急促的枪声响过,一个伟大的生命倒卧在芳草丛中。瞿秋白,时年36岁,正当生命之英年。

如今,这片芳草地成了祭奠这位伟人的陵园。当年秋白就义处已被苍松翠柏相拥,一座汉白玉雕像再现着秋白的勃发英姿。春风浩荡,松涛激越。秋白那双炯炯有神的双眸,似乎有洞穿时空的力量,透射出一种大无畏的豪迈情怀,演绎出一个人献身于自己钟爱的事业的慷慨激昂。走近秋白坐像前的人们,有谁能不心头灼热!

朋友,静一静吧,将你平日里躁动的灵魂安宁片刻;缓一缓吧,将你平日里急促的脚步放慢少许——去聆听时间的流逝,去倾听岁月的回响,去谛听历史的悲唱;去感受真理的大义,去体味忠诚的内涵,去感动死亡的诗意。

秋白雕像神态安详,一派斯文,一如他临刑前的姿态——盘膝而坐,笑顾四周:"此处甚好,开枪吧!"如此英勇无畏的死之方式,儒雅,潇洒,全然没了死之悲惨、亡之痛苦,有的只是一腔对敌人的无比蔑视、极端唾弃。我们很自然会将目光转向背倚青山林海,高耸云天的瞿秋白纪念碑。望着蓝色苍穹下的丰碑,我们遐想:这丰碑,可是在以它钢筋水泥的坚强躯体,无言地诠释着秋白烈士视死如归的姿态与精神?!

其实，秋白临刑前独饮断头酒时的话，早已将他视死如归的坦荡胸襟作了表白："人之公余为小快乐，夜间安眠为大快乐，辞世长逝为真快乐。"既然，命运让他选择死，他便坦然地去死。这是何等地超凡脱俗，何等地乐观主义！

囚禁中人，最容易暴露一个人的弱性，最容易考验一个人的忠诚，最容易锻炼一个人的意志。瞿秋白，貌似文雅儒生，骨子里的成分却满是坚强与勇敢。他外柔内刚，对人生的选择始终坚定不移，他的生命辞典中从来就没有"变节""投降"这样的字词。

唐朝双柏，高古肃穆，明末清初熊纬、赖垓两位抗清将军宁死不屈，就吊死在双柏下，忠烈故事流芳百世，令后来到汀州试院监考的清代大学者纪晓岚都大为感动。秋白在试院的囚室中，明知死亡就在眼前，索性敞开性情，视囚牢为书房，纵横人生，写下剖析自己心路历程的长文《多余的话》，呈最显生命原色的秋白于世人后代，之余，他看书、写诗、刻图章，以一个文人雅士的方式，以一个旷世高人的风度，诗意地度过了他人生的最后四十天，以及他最后的时刻。期间，他丝毫没有理会百般利诱和劝降，他坚定自己的人生信念——绝不出卖组织，不出卖同志，不出卖自己的灵魂。如此高风亮节，唐朝双柏想必又记住了一位忠烈之士，纪晓岚有灵也当再感动了一回！在汀州试院秋白囚室前，我作如是感想。

囚室外的放风的院子里的石榴树已有百年生命。据说，自秋白逝世后，每年的夏天它都开得特别盛，满树满树榴花如火似霞，年年岁岁宣泄着对一代伟人的深切怀念。

尽管秋白没有以诗人的

身份别离人世，但秋白至死都是诗人情怀。瞿秋白原来名字叫瞿霜，霜乃寒冷之物，是冷秋的白色精灵，于是，诗意的秋白诞生了！他在《多余的话》中流露出他对诗歌对文学的爱恋，并不能说明他对主义的放弃。他只是对自己不能随主力一同撤离江西踏上西行之路心里有些无奈，他只是对自己全身心地扑在事业中，而少了对文学、诗歌的亲爱有些遗憾。

事实上也是，这位精通俄法英多种文字的大才子，早期翻译了《国际歌》，创办了第一份报纸《热血日报》……此外，他还创办了高尔基戏剧学校，组织了工农剧社，担任了《红色中华报》编辑工作，兼任了苏维埃大学校长和艺术局局长……为中国早期的文化教育事业作出了重大贡献。

一位外国友人曾赞叹："中国有两个最美的小城，第一是湖南凤凰，第二是福建长汀。"我以为，这种赞叹不仅因为长汀是唐宋著名古城，是客家八闽之都，是历史文化名城，是一个自然风光与人文资源极其丰富的古城，恐怕最主要的原因在于汀州是留了伟人秋白生命最后的日子的地方。

因此，汀州古韵中有了浓浓情思。

庾岭一枝春

冬去春来,匆匆一年,又到了庾岭赏梅时节。

庾岭赏梅,是一种享受。这种享受,甚至有些奢侈。因为时为冬天,庾岭不仅是梅花的故园,也是赣南文化的一片高地,一片奇峰耸秀的高地,它所予你的是一顿山水文化之大餐。

寒冬腊月是庾岭的梅开得最绚丽的季节,也是解读庾岭的最佳季节。这个时节的庾岭,一山寂寥,却有一种诗意在盎然生长,那便是这庾岭最美的精灵——漫山遍野、花枝招展、芬芳四溢的梅花了!

梅岭的梅,无疑是风骨之物、品格之物。它选择在庾岭最寒冷、最荒凉的时节绽放,选择在梅枝没有绿叶衬映的时节绽放。它是瑶池仙子,或是寒冬冷美人?它无意争春,却有心催春。疏影横斜的梅树上缀满了或白或黄或红的花蕊、花朵,烂漫无边,暗香浮动,花色醉人,营造出了庾岭最美的风景!难怪有人会说,只有冬天走进庾岭、赏过梅花,有过灵魂震撼的人,才算是真正意义上游过庾岭的人。

便是在这庾岭的冬天,在这冬天梅花绚丽的世界里,时光走过千年岁月,梅花是开了一冬又一冬。无数南来北往的客家先民们徙过梅关,承传着生生不息的生命之火;数不尽的春来冬返的官宦文人们翻越庾岭,梅花牵衣,惜别难舍,眼里心中、文里诗中尽流淌着对庾岭和梅花深深爱恋。尤其是其中一些光照千秋的文化旅人,诸如陆凯、张九龄、周敦颐、苏东坡、汤显祖、王阳明、陈毅……他们及他们为梅岭和梅花留下的人文轶事和诗歌词赋,宛如一座座奇山秀峰,叠垒起了庾岭永远不朽的文化高地。

公元242年的腊月,庾岭的第一个文化高地筑就。远征海南的三国东吴大将陆凯率领的三万步骑大军到达中原去南越的最后一个驿站——横浦。将军本是儒雅之人,当听得驿使说驿道两侧为纪念先祖功臣梅娟而栽种的梅花开得正盛,遂欣然前往。伫立庾岭,俯视漫山遍野洁白似雪的梅花,将军情不自禁地联想起家乡的"香雪海",想起情同手足的同窗好友范晔,于是,将军折下一枝含苞待放的梅,写下了最为感人的梅花诗:"折花逢驿使,寄与陇头人;江南无所有,聊赠一枝春。"灵动的诗句,令庾岭的梅从此有了神韵与情感,充满传奇的庾岭梅开始为世人所熟知、迷恋。

时光走过近五百年,到了大唐飞歌的盛世。开元四年(716年),当诗人们悲吟"西出阳关无故人",中国北方丝绸之路没于风沙和胡人侵扰之时,大唐的目光往中国南方转移了过来——从京杭大运河到扬州入长江进入鄱阳湖再入赣江,然后逆江而上抵章水上游大庾城,再向南行八十里,便可抵南雄,然后由浈水入广州,入大海。这是一条新的通衢呀!只要将"南控百粤,北扼三江",横扼江广之喉、雄踞五岭之首的庾岭开凿出一条"坦坦而方五轨,阗阗而走四通"的坦荡大道,中国的"南方丝绸之路"便形成了。于此宏大的背景下,南岭曲江人氏、继兴国竹坝钟绍京之后的江南第二宰相张九龄毅然担负起了这一重任。他亲自督工于庾岭,历时数月,数万军民共同努力,终于将梅关隘口开凿成功。赣粤两省之间从此由一山之遥缩为一关之隔。

传说,这年冬天,随他远征的夫人病死于雪花缤纷、梅花绽放的寒日。今天,在庾岭南坡的张文献公祠和山脚下的"夫人庙"前,我们释放着对先贤的敬重——比之以书法妙笔传世的钟绍京,张九龄是否更加实际与伟大些?毕竟他是庾岭通关后呈现出"商贾如云,货物如雨;万足践履,冬无寒土"的繁荣景象的奠基人呀!

又过了330个寒冷的冬天,北宋庆历六年(1046年),来到南安一年后,29岁的南安军任司理参军的周敦颐和刚从兴国县令职上调到南安军任通判的程珦又一次走进了庾岭。这是一次具有历史意义的梅庾之行,据说就是在程周二人赏梅的过程中,两人交往甚欢,周敦颐独创的将儒家与佛都教学说熔为一炉的理学观点令程格外欣赏。于是,程珦便携二子程颢、程颐拜周敦颐为师。师徒三人在梅关古道踏雪寻梅,在南安府后花园里吟风弄月,在道源书院讲课授业,在丫山古寺谈儒说佛……终于有了影响后世百代的周程理学的形成,也令南安大庾有了"儒雅之邦"美誉。

2008年的这个冬天,在烂漫似锦的梅花树下,我轻轻松松就嗅吮着了满山飘逸的哲学空气。周程理学思想是冬天的产物,如同夏天的梅,源于冬天的花粉传授,周程理学从南安、洛阳至岳麓书院,从周子、二程至朱熹、王阳明……与这块土地上生长的梅树一样,千年衍生,百世不朽。据说,杨仙岭下的贡水旁曾有一片梅林,乃周敦颐手植,想来恐怕是周子爱梅有加,在他后来官职虔州通判时着人从南安庾岭移植过去的也未必。

庾岭的冬天似乎总是记得挽留下一些伟人的声音、足迹或身影。就在周敦颐与二程谈儒说佛传授理学不过半个世纪,宋绍圣元年(1094年)初冬,北宋最伟大的词人苏东坡南贬惠州、儋州路经了庾岭。之前,在虔州苏东坡看了他17年前依图而题过《八境诗》的石楼,为"前诗未能道出万一"而心生遗憾;在虔城东门外马祖岩下看了其父亲苏洵和兄弟苏辙先后去过的古天竺寺,为未能觅得白居易真迹又生遗憾;在南康浮石看了贤女娘娘庙,感叹当时社会的经济落后和民不聊生再生遗憾……可以说,先生是怀着一腔悲愤一路南行的。所以,庾岭早开的几株梅花并没有激起他太多的惊喜,他只是借景抒怀了一番:"一念失垢污,身心洞清净。浩然天地间,惟我独也正。今日岭上行,身世永相忘。仙人拊我须,结发受长生。"

公元1100年,宋徽宗即位,大赦天下。次年,被流放在儋州(海南岛)的苏东坡终于可以北还中原了。已是64岁的苏东坡一路风雨兼程,抵达南雄后,便弃舟步行至庾岭。这回苏东坡的心情好多了,尽管时节不对,已是梅雨季节,所幸的是他巧遇了七年前的初冬别离庾岭时"拊我须"的驿站老人,两人相见,感慨万千。庾岭老人以干梅煮酒给苏东坡暖身子。苏东坡有感于自己一生历经坎坷竟能活着南迁回来,有感于庾岭老人的惦记与关心,心潮起伏,遂赋诗赠岭上老人:"梅骨霜冉心已灰,青松十丈手亲栽。问翁大庾岭头住,曾见南迁几个回?"辞别岭上老人,入了南安城后,苏东坡受到倪太守的热情接待。一路风尘的苏东坡开始有了情绪。当倪太守请苏东坡登谯楼看过南安全景后,苏东坡被南安楼阁林立、章水滔滔、庾岭高踞、梅关嵯峨的美景所陶醉,诗兴大发,挥笔写就《登谯楼》一诗。其中"大江东去几千里,庾岭南来第一州",气势磅礴,形象生动,成为赞誉大余的千古绝唱。

梅关附近的村落

……

时光又走过800年,元词明曲清唱中走过了解缙、刘节、王阳明、戚继光、汤显祖、戴衢亨、石达开……整整一个周朝的时间。期间,不知又演绎了多少梅岭冬天的故事与传说,又有多少绝唱传吟于庾岭的梅花与雪花间。1936年冬天,一位铮铮铁汉在庾岭演绎了真正意义上的绝唱。这个冬天,在庾岭、油山一带坚持开展艰苦卓绝的三年游击战争的陈毅,在梅山当做本地人被白军捉了去带路,幸亏陈毅机警,假装上茅厕脱险归队。随即,由于叛徒告密,赣粤边特委一行很快被敌人围困于梅关下的野谷中。面对生死系于一线的艰难困境,陈毅思如潮涌,豪气冲天,写下了令人回肠荡气的"绝笔诗"——《梅岭三章》:"断头今日意如何,创业艰难百战多;此去泉台招旧部,旌旗十万斩阎罗……"。陈毅的"绝唱",充满了革命的浪漫主义与英雄主义。

　　73年后的又一个冬天,面对这镌刻下陈毅"绝唱"的诗碑,我们不禁要叩问梅岭——你何以造就这感天泣地之英雄气？是这万点梅花,还是这九曲古道;是那哼吟"大江东去几千里"的苏轼的豪迈气概在承传,还是那以一阕故事传说而创作《还魂记》的汤显祖的浪漫情怀在感应？

　　冬天的梅岭,始终无语。两行人在古驿道上相遇,赣人由北而南往关南上行,粤客由南而北往关北下行,北边赣人的喧哗飘逸着客家人的粗犷野味,南边粤人的笑声则似乎沾染了南中国海的浩然大气,两种声音在古驿道上空激荡,结果——空气在微微颤动,梅花在轻轻颤动,落英缤纷。定睛看过去,便在梅花离开枝头刹那,我们看见,嫩嫩的绿芽已经露出——春天已经悄然入关!

韶关琐记

岭南最著名的历史名人当属张九龄；韶关最著名的景当属丹霞山。

昨宿韶关，在唐代开盛世之功臣张九龄的故里寻了些零碎感觉。张九龄官至宰相，是江南钟绍京之后的第二位宰相，也是任职时间高达二十余年的卓著人物。南方著名的水上丝绸之路的大庾岭古驿道即是在他手中督率数万大军历时一冬一夏建设完成的，甚至随行的夫人也因为疾病长留在了茫茫梅岭的芬芳世界。

不过，再高贵的人也会有衰微之时，唐玄宗最终也放弃了他。他之后干吗去了，人们不愿去追究。只是唐玄宗还光辉夺目，依然被万众瞩目，依然是左拥江山右抱玉环，依然是点点滴滴都被史官记录在案。可惜，好景不长，安史之乱一举将唐玄宗自己和张九龄等精英分子一并创造的大唐盛世彻底地毁灭了。在安史之乱之后稍加安定的某一天，他忽然想起了张九龄，眼前飘逸着张先生日理万机、运筹帷幄、风流倜傥、品德高尚的俊逸姿态，再看眼前一些差点令他丢了江山社稷的臣人，他大为感叹：你们要有张先生的一点点风度就好了！

　　"风度先生"从此赋给九龄独享，韶州家乡人为此欢欣得很，建风度楼，名风度街，"风度"成为了韶州人的骄傲与专用词。时光老去，渐渐地，人们只记得唐诗三百首的第一首是张九龄所写，却忘记了他是风度先生；渐渐地，人们将风度一词从张九龄身上挪用在了所有可以被用来拍马屁的人身上，全然忘记了这词是不能乱用的。人类一代代滋生、灭亡，一代代将先人的遗留筛选、为己所用。这个筛选过程中，有的人取到了内质与真谛，有的人只取到了皮毛与表面，有的人则顾此失彼、厚此薄彼。如同这"风度"，如今是随人可用，可谓是滥得不能再滥了——父母喜欢儿子，会说我儿子很有风度；女人喜欢男人，会认为自己的男人很有风度；自己喜欢自己，会以为自己很有风度，林林总总……这种滥用的结果，是真正懂得这词内涵的人不敢乱用"风度"一词来述人赞人了，是褒意中渐渐含了贬义。是呀，想想也是，"风度九龄先生"之外，再用在"风度某人"身上，总觉得有点滑稽、无聊。当然，国人历朝历代喜欢奉承与被奉承，这种现象远不是谁喜欢与不喜欢就可以改变的。现如今的国人更是了得，虚荣、虚伪、矫情、骄傲……佛学中的贪、嗔、痴、慢、傲五毒俱全，圣人提供的戒、定、慧三种境界几无人谈。在物质利益的催促下，红尘中的人内心大多充满了欲望，没有了刚直，现实中多半尽显自私，不讲忠义。安静下来，是不是连自己都不太认识自己，人的本色哪去了？那份本属于人生来就有的真诚、善良、宽容、慈爱哪去了？我想，如果一个人连本色都不存在了，又谈什么风度？本色之外，洋溢的生命光彩才是所谓风度！

　　韶关的丹霞，天下第一。

　　走进韶关丹霞地质公园，感觉有如进入

仙境。在这里，尽可以生发你无边的想象力，去追溯丹霞地貌的发育过程，去欣赏丹霞景观的雄奇曼妙，去挖掘丹霞文化的丰厚内涵。

丹霞地貌并不陌生。这种特殊地貌类型，是一种著名的造景地貌。韶关丹霞生而成风景："色如渥丹，灿若明霞"，是她色调的绚丽；赤壁丹崖，万峰朝斗，是她形体的壮观；沟谷岩穴，奇险幽秀，是她身段的多姿；奇峰异石，拟人状物，是她变幻的神妙。她是美的使者、美的聚集、美的化身，而美是注定要与人类文明结缘的。丰富的宗教文化、名人文化、民间文化、民族民系文化的遗存，又如影随形与丹霞连接在一起，使丹霞具有了一种国粹的品质。

对丹霞地貌研究最早、最深入的是中国，是中国学者最早注意到这种地貌的特殊性与普遍意义，是一代代中国学者锲而不舍的努力，让丹霞地貌研究领先于世界，为祖国争了光。在2009年5月召开的第一届丹霞地貌国际学术讨论会上，14个国家154名地貌学专家共同签署的《丹霞宣言》就是明证："丹霞地貌展现了绝妙的景观、重要的美学价值以及巨大的旅游价值；丹霞地貌在中国和全球范围内都具有自然遗产价值；中国丹霞值得列入世界自然遗产名录……"

中国东南、西南、西北三大丹霞地貌分布区有着众多丹霞名山，但以丹霞山命名的唯有韶关。韶关丹霞山，独步天下，独负盛名，独享殊荣。

山语

一

　　重上山来,我的眼焕然一亮,心在胸口总是怦然地跳个不停。山上二月早春,翠湖、翠竹、翠树,满眼尽是看不尽的翠绿,满天都是洋洋洒洒的春雨。山笼罩在一片多情细雨爱抚的绿色中。

　　我们先是在城中漫步,满街都是高大的水杉树,既点缀着城市的道路,也向天空舒展着绰约的风姿。我十分惊喜地发现,山上的水杉树与竹子一样,没有一棵歪着脖子,一概地笔直,如一个个凛然挺立的人。我忽然想,山的脊梁挺直,如人一般直立的竹或水杉,或许便是生命的另一种存在形式吧。它们就是山的魂,山的精神。在我们逗留山中的短短的两天时间里,我被这座南方的城市及其生活在这座城市的人与事物深深地触动着。我感觉到这里的人很是深情地钟爱着自己的城市,言谈中拥有着很强的自豪感与执著的信念。这种情愫朴实而毫不张狂,让人一下子就联想到山上的竹与水杉。

二

　　让我感觉山的变化最大的地方,便是整个市区。这个城市简直就是一座敞开式的园林景地,一座玲珑剔透、葱郁叠翠,让人行走在任何一个角落都好像是置身于风景之中的园林化城市。即便是坐在轿车中奔驰着,也能让人深刻地体察到这座城市脉搏跳动的坚实,嗅吸到这座城市芬芳呼吸的韵律。水杉树无言而深情地表达着一种坚毅,而竹在临风沐雨中飘扬着它

独有的精神气;被春风吹剪得零零落落的一种让人叫不出名来的白玉兰状的花儿,身子醉卧在小桥流水的柳边桃旁,却依然张开那柔柔的眼眸,痴痴地凝望这片充满生命激情的土地;而从山中奔来的湍急的溪水,则如同美少女的一头秀发,在青草翠色中散播着动人的妩媚,撩拨着四海来客的绵绵情思。

我一人撑着雨伞在翠湖公园里溜达了一圈,带着有意无意的一种审视的心态,我竟然果真没有发现一样废弃物,即使是最常见的口香糖渣物也未曾见着。只有一个与我一样的性情中人,却是小孩,在这雨中的芳草地上,撑着伞逗着他的小狗在戏玩,远远看去,好一幅极具生活情趣的春游图。我动情地想,把山用来比拟为一个家,这是一个收拾得多么雅致、漂亮的家,一个给人多么温暖与亲切感觉的家!晚上看电视,我看到一串非常美丽的画面,先是一个后来是数个像仙女般美的少女,正在如诗如画的景致里翩翩起舞,用动人的肢体语言诠释着中央三台的节目内涵。这情景让我忽发奇想,若于山中的青松翠竹、龙潭清溪、满山杜鹃、遍地绿色的背景中来代替电视里的三维制作,给人的感觉肯定要更生动些。毕竟井冈山是一个不要雕琢、无需装点也清新美丽的地方。

事实上,一个城市正如一个家,山也是一个美丽的家。山虽不大,却也没人说她小,五百里山脉,是一幅长卷,处处都是风景如画,置身其中每一处,生命都为之无比欢愉;它不张扬,却从来没人小看她的气度,无论是八十年前的星星之火燎原全中国之雄势,还是今天"井冈山下后,万岭不思游"的美丽风光,都让人感叹她是百年文章、千秋故事。我突然理解到,这座全国文明城市,能拥有这样绝无仅

有的殊荣,似乎不仅仅是她的秀丽的五百里自然风光、美丽清净得如洗过的天穹的市区景致,或是浓浓而厚重的历史气息,更多的,当是城市的内涵,她的那种予人以清新、亮丽之美感的人文精神。

三

人生是一种挑战,挑战自我,超越自我。城市亦然。这里从一个荒僻的山村发展为一座新兴的现代化城市,便是一个不断挑战自我,超越自我的过程。静卧在山里林中的先烈们眼看着这片山林从涂炭到再生到繁荣,犹如看到全中国的进步与富庶一样,他们欣慰呀! 英魂们可以作证,它的慷慨历史巨变,是一种精神与创造。试想,如果没有这种精神与创造,这山永远只能是一个名字叫做茨坪的坐落于绵延大山中的一块坪地而已。如此,山如何成为天下人心向往之前来敬仰的圣地?! 所以,巧打旅游牌,揉历史的情感与旅游资源于一体,展示全新的理念,张放时尚的风采,以开放的气息、开放的姿态,将"旧貌变新颜"的井冈山呈现在21世纪人的面前,美丽山峦怎能不让人流连忘返!

写到这,我想起,我在井冈碑林的山巅,顺着当地导游的手望去,我寻觅到了五指峰,就像一只紧握着的巨人的拳头,唇齿相依,形态逼真。这是一只创造了中国现代史的历史的拳头呵! 这些曾经浸染了无数先辈的鲜血的青山翠峰,如今已跃然人民币百元大钞画面,使得这段历史已成为每一个人天天都必须瞻念着的一处不朽的风景。时间像河流,岁月如行船。伟人们的雕像栩栩如生,井冈山的春天柔柔醉人,历史如冷峻的山石般深沉,战争的风云早已化作彩霞满天,井冈山人自豪呀! 历史、人文使这座城市多了几多财富。而事实上,井冈山最大的财富,是可爱的井冈山人,是井冈人养育了井冈山革命的昨天,创造了井冈山美好的今天。

接待我们的是几位同行朋友,与所有我们认识的井冈山人一样,他们与我们在一起,总是一脸灿烂的笑容,把井冈山人的真挚诚朴的情怀表露无遗,让我们仿佛看见一颗颗透明美丽的心。他们长久生活在山上,对山

上的一草一木都怀有深厚的情感,眼见得井冈山是变得愈来愈美丽了,他们对井冈山的依恋也就显得愈来愈亲昵。井冈山人为了美丽自己的家园,很早就不能在市内的任何地方种植瓜果蔬菜、养殖家禽,只允许栽种占地面积小同时有浓郁传统特色的南瓜,其他蔬菜、禽类一概地从山下百多公里远的泰和县城运来,到了下雪季节,一小扎白菜也要卖到数元钱。然而,便是处在如此高消费而收入平常的环境中的井冈山人,依然执著不改地眷念着自己的家乡、建设着自己的家园。我理解,这是一种绿叶对根的依恋,这是一种血与肉相连的情感。我永远记得那情景,当他们热情地为我们盛上热腾腾的红米粥摆上美味的山珍野味,眼看着我们吃得香喷喷而赞不绝口之时,他们脸上流露的那份高兴劲,远远地胜过我们食者的欢喜百倍而不止。

四

　　于黄洋界上,我们虽不曾听到隆隆炮声,却看到了云海奇观。如烟如梦的云雾,把五百里井冈化作无边无垠的海天,千山万岭尽隐踪迹,路上经过的那些散淡着浓郁山村情调的人家也全消失在云海茫茫之中。我们看见了大地和天空融为一体的景象,看见了人类想象力不能抵达的时空。没有任何其他景物可见,却是最好最妙的景物。这种情形下,只有思维的翅膀,还有心灵和灵魂可以贴近、遨游其中。于是,翻腾着万千图案的云层上留下了我们同行九人不尽的欢呼。"你好,井冈山!""你好,黄洋界!"我们心怀着一腔真诚问候着大山,大山则以同样真诚的回声呼应着我们。莽莽井冈山呵,我们与你一同守望春天!

　　黄洋界的哨所坑道,默默地袒露着历史的沧桑,炮火洗礼过的松林,又一次从多情的土地中扬起生命的风帆,而且前所未有的繁荣,叠翠参天宛如青绿屏障,品味之中,感觉这片幽密的森林,散发着一种说不清楚的如深闺处女一般的淳淳韵味;伟人曾经走过的小路,无言地叙说着一段故事,而那棵曾在硝烟中为领袖们送过清风歇过双脚的老树,则早已与周围长得一般无二恰如春的脚步似的森林融为一体,成为风景林苑中的平常一棵树,犹如伟人已然融入人民心中一般,亲切无二。

　　于龙潭瀑布前,我再次感受到了哲学美与自然力量的一种完美融合之壮观景象。诗人想象,瀑布只不过是文静的溪水不小心从高崖上跌落惊出的一种形态。井冈山龙潭瀑布就浓浓地沾染了这种诗情画意。它从百米高的仞石上奔流而下,气势恢宏,奔放不羁,汪洋恣肆,仪态万方,只是今日无阳光,瀑布欲呈现彩虹的想法没能如愿,让瀑流自己有了些歉意,便越发热情起来。而旁边危崖上的翠树们,则格外沉静处乱不惊,凛然自重,既不为瀑的喧闹所扰,也不向惊喜的人献媚,一派玉树临风潇洒自如的态度。在这静与动的天工之物的奇妙图景面前,很容易让人生发激越豪迈之情同时,也产生一些有关哲学的思想。这瀑布与崖树,是不是从它们形成之日起,它们便是年年岁岁如此呈现着骄狂或沉静之态? 它们自身的这种忽略了岁月忘记了尘嚣的生存态度,是不是令观瀑者也因此疏远了烦恼,淡化了是非,从而进入一种高妙境界? 人与物是可以比拟的,物有雅俗之分,人亦有雅俗之分,雅致的物,或是高贵的人,有一点是相同的,就是可以将自己有限的个体托身于无限广阔的时间和空间之中,尽享自由呼吸与运动的快乐。我忽地有了些庄周的思想在湍动。

　　记得在为同事拍照时,一位另一队伍中的女孩抢入我们的镜头,本意请她让开,她却误以为请她试镜,于是,瀑布前的第一张照片就把这女孩一脸天真灿烂的笑容留在了其中。自然中这张相片无处投寄,因为她照过相

抛给我们一个笑脸，就翩然消失在蒙蒙细雨之中不见了，只留给我们一个美好的话题。

五

因为时节过早，我们在山上没有看见井冈杜鹃。听说，清明节后的井冈山杜鹃花开，满山满岭映得天空都生艳，会把五百里井冈的一座座山全点缀成欢乐的海洋。"人间四月芳菲尽，山寺桃花始盛开"，山里的春讯本来就来得迟些，谁叫我们恰逢这春雨潇潇的梅雨季节来会晤井冈山呢？可我依然兴高采烈，我毕竟收获到了雨季里井冈山的不俗的美丽，较之旺季里井冈山的喧嚣，我想，我还是喜欢这清静之美的井冈山的二月早春。当然，我自然希望能在宁静的早春里看见杜鹃花，哪怕只是一朵也好。于是，我透过车窗努力地从疾驶掠过的青山翠绿中，寻觅杜鹃花的影子，但那一层层浓郁得淌绿的青青世界呵，把杜鹃花藏匿得太严实了，让我根本无从亲近她点滴。山风吹过，细雨润肤，沁心柔人，忽地连着两只布谷鸟从绿色里腾空飞起，发出一声声悠远悠远的音响，哦，布谷鸟是山里春天的使者，它在叫唤春天了。而它刚才守候的地方就是杜鹃花的家园吗？它一定是眼看着杜鹃花蕊孕育渐熟，忍不住看我们失望，鸣嘀通知我们不久再来，杜鹃花快要盛开了！

是的，在山里两天，我的喜悦与快乐，我的思想与收获，几乎胜过我在城市里生活两个月，或是更长时间。这两天，我时刻面朝春天，沐浴春雨，享受自然，体验宁静，我真切地领悟到"人与自然"这个永恒主题中蕴藏的深刻意义。离开井冈山，当一片片翠竹、一排排水杉从我的身边掠过，峰山群峦渐渐从我们的视线中走远时，我的心中又一次泛起了灵魂被牵依的感觉。我的心中忽然浮起一个愿望，我的这一生已经注定是要在浮躁的尘世里生活到尽头的，但，假如有来生的选择，就让我成为井冈山的一棵水杉或是竹吧！

谒海瑞墓

海口滨涯村。海瑞墓地。

无疑,这里曾经是沧海之滨,曾经是荒芜之地。现如今却是开放都城,人间天堂。海南,中国古代遥远的天边海角,一向是发配重犯和流放贬官的所在。谁能料到,上个千年的中世纪,却在这块荒蛮之地,诞生了一位刚正不阿、正气浩然的大清官海瑞。海瑞,生于斯,葬于斯,如今,他的超凡脱俗的处世行为已然成为一种精神荡漾在天地人间,他的忠魂铁骨则静静地长卧在海风柔柔的故土里。

我对海瑞的认识源于意识形态很讲究的年代对吴晗《海瑞罢官》的批判,虽然当时年龄太小,没有分析和评判事理的能力,但毕竟因此有了印象。后来,渐渐长大了,便对这位敢于批评皇帝的官有了一种敬仰,把他和魏征、包拯那些不畏权势的人并到一块,归类于了不起的人。导游说,数十年前雷击断了海瑞墓旁的一棵椰树,奇异的是,几年后,从断折处又顽强地生出了新枝,如今高大得不得了,而这是前所未有的奇迹呀!因为这个不是神话的故事,因为早已心存的那份敬仰,所以,来到海南,到了海瑞墓,我很有种朝谒圣洁之地圣洁之神的感觉。

进入海瑞墓园,临面只见一石牌坊式的正门很有气势地矗立着,上方"粤东正气"四个朱红色方圆大字,刚劲神韵,豪气贯天。我借着十月里温暖的阳光凝视着这一丰碑,心中兀然升起一种激越的情

怀。海瑞精神数百年不朽，道理何在？它已成为一种召唤，一种警策，一种对照，一种力量。海瑞正气已成为横贯中华的浩然之气。

海瑞任职户部云南司主事时，嘉靖皇帝宠信方士，痴心寻求不老之术，不理朝政，群臣无人敢言，嘉靖还以王者之礼厚葬宠物虬龙，甚至毒打自己的老师，为此，民间多有歌谣讽喻。而海瑞以正义之心、刚正之志，甚至于为自己备好棺木，遣散僮仆，以不畏死之勇气上《治安疏》，直言批评嘉靖皇帝的错误。嘉靖帝好谀恶谏，海瑞被罢官入狱。获释复官以后，海瑞仍然依职平反冤狱，为民兴利除弊，却遭奸臣排挤，又被革职回乡，闲居15年之久。72岁时，海瑞再次被朝廷起用，赴任南京都察院右都御史，仍力主严惩贪污腐化，大力肃清吏治，甚至敢于对违法的监察官员施以杖刑。海瑞尽职尽忠，正骨正气，却屡受弹劾，一生波折，令人喟叹。但，岁月珍藏了美德，时间忠告了后人，海瑞是历史留给后人的一面立身之镜，一首正气之歌。

海瑞墓园，甚是静谧、素雅，却毫不失其高贵。甬道两侧对立着一只只石禽石兽，传达着一种威严，又仿佛是在诉说着一段历史；高过头顶的半圆形墓冢，宛若穹庐；墓冢前的方形石台，墓碑耸然；墓冢和石碑周围，精心修葺的冬青墙，犹如仪仗队列，整整齐齐，郁郁葱葱；还有挺秀峻拔的椰树、生节有骨的绿竹、精神气足的扁柏、端庄威严的雪松，皆环绕肃穆的石冢石碑而植。在这里，竹木透着生命之绿意，石碑呈着历史之凝重，奇妙的对照，使墓园呈现柔媚和刚正的天然融合。

海瑞墓园，犹如海瑞其人，颇有风骨——墓冢高高隆起，历经数百年风雨，如铁铸钢浇，其刚正秉性犹在；石碑拔地耸空，似不屈身影，其无畏精神不死；墓园一尘不染，清洁如洗，象征着海瑞的人品德性，应和了海瑞的清正廉洁。此刻,我在想,来到海南的游人,如果采撷到了美丽的阳光与风景,那么拜谒海瑞墓园,人们采撷到的则是心中仰慕已久的浩然之气。隆庆三年,海瑞任应天巡抚时,贪官们慑于他严政执法的刚直与清廉,纷纷弃职自免;他凌厉施政,将乡绅富豪掠夺百姓的田亩"率夺还之";他平反冤狱,伸张正义,关爱百姓。他一贯廉洁奉公,任淳安知县时,他身穿布衣碾打谷物,嘱咐勤务种菜自供;为老母祝寿,仅买2斤肉以贺。他逝世任所时,居室里粗布帏帐,破箱旧篓,衣物极其简陋。同事整理他的遗物,发现仅有8两银子的积存。他的灵柩从南京护送海南,途经数省,沿途百姓素冠缟衣,垂泪相送,洒酒而哭者数百里不绝。海瑞的故乡本还有一段路程,但棺木抬至滨涯村时棕绳断了,棺木落在滨涯,便被滨涯人留下厚葬了,他们执著地相信,海瑞魂归海南,梦乡在滨涯。是呵,滨涯的清风皓月,与他高洁的心境最相符!

　　吴晗评价海瑞是我国16世纪有名的好官、清官……

　　这位在我们江西兴国县当过县令的海瑞大人,又还有多少故事流传在我们赣南呢?离开海瑞墓园时,我一边为海瑞的风骨气韵神往着,一边想象着这个高贵的生命在眼前灵动起来。

　　他要向我诉说他在兴国的故事吗?

天涯随记

一直向往天之涯，海之角。

当北方的清晨起了冷霜，人人都着上了冬衣的时节，我圆了我的海南梦。

飞机降落在美兰机场，一出飞机，我们便感觉到了海南的天气实在是好。天空一片晴朗，万里无云，苍穹无限蔚蓝，高处悬着的太阳洋洋洒洒，把热带的激情狂泻着，着在身上的内衣、毛衣、夹克衫无论如何是穿不住的了，人们争着往洗手间里跑，一会儿，个个都轻松得如夏天的飞鸟，一片欢呼声，有人叫嚷着"海南，天气真是太好了！"

与许多人类似，我对海南的理解，起初是源于李双江的一曲高歌《我爱五指山，我爱万泉河》，还有就是电影与样板戏《红色娘子军》，再就是海南1988年建省后在全球范围内掀起的那股海南开发热。这股热，令海南成了万人心之所向之地，成了投资商投机淘金的热点。它也因此繁荣了海南增长了海南以及海口、三亚、兴隆这些地名的知名度，给海南以旅游为主导产业奠定了基础，完善了软件与硬件建设。在海口、三亚等许多地方，当年盲目兴建的高楼随处可见它们萎顿不振的模样，当地人称它们为半拉子工程，这些占着旺地的高大建筑，在阳光下失了骄傲的神态，曾经百万元一亩地价的未成就建筑如今一文不值地成了不像样的裸汉，昔日的辉煌与热闹早已成了苦痛的记忆。一些流民倒是十分乐意地占据着这些空旷的建筑物，尽管挑选着好的层楼，用木板或是其他简陋的物块搭成他们自己的安乐窝，为空落的大楼打上些人气，也与有钱人一块享受着海南的好风好水好天气。

  海南的风景真是美妙得很！海南人致力于传统农业和新兴旅游为主导产业。他们十分自豪与满足于造物主赐予他们的满目风景，这是海南人最大的、用之不尽的资源与财富。他们用诗样的语言随处高扬着海南的风光特色，把人们游海南的瘾头吊得足足的。的确也是，海南的阳光是宝，海水是宝，沙滩是宝，椰林是宝，水晶是宝，而这些宝，在海南竟是如此的廉价，廉价得随处、随时可见可获。在海南旅途并不太劳累，哪怕让你坐上五六个小时的车，只因为海南的道路实在是太好了，东西中几线全是高速公路，公路两旁全是绿色的椰树或槟榔或胡椒或其他热带植物，间或还从海边驶过让海水的蔚蓝洗眼洗脑，间或导游也与你说笑着一些故事与传说，高兴之余又把你领往途中的蝴蝶园、百鸟园、猴岛、鹿园、植物园、贝壳馆、水晶加工厂、珠宝行、购物中心、潜水基地……让你几乎打瞌睡的时间都少有，虽然其间导游含些私心想通过游客购物赚些回扣，但周瑜打黄盖，买卖成否还得取决于游客自己，只要自己满意，其实也无所谓被骗或是被宰。

  一路上，风光旖旎，饱了眼福，了了心愿，倒是好多次想起我们赣南的旅游来。我曾许多次利用假日走县串乡到一个个文化景点去采风。作为赣南人，尤其是一个文学队伍里的性情中人，我自然是喜爱这片红土地的，更何况还有苏区文化、客家文化、宋城文化这么厚重的文化作底蕴。赣南到处都有神奇的故事与动人的传说，到处都有古老的物与久远的址，几乎每到

一处，我都会为之怦然心动，感到内心强烈的震撼，心灵深处总是激荡起长久的共鸣，之后，便会被一种写作的欲望鼓舞不休，直把自己所见所想美美地写出来。赣州的玉虹塔、郁孤台，大余的梅岭古驿道、赣县的白鹭古屋、龙南的杨村围屋、上犹的陡水湖、全南的乌桕坝李氏宗祠、瑞金的沙洲坝、叶坪苏区群址，崇义的阳岭之巅、安远的三百山东江源头……这些地方，都挽留过我的身影，放飞过我的心灵。但是，会昌的汉仙岩、于都的罗田岩、瑞金的罗汉岩、赣县的宝华寺、上犹的五指峰、崇义的聂都溶洞、兴国的钟绍京墓、宁都的水口塔、石城的杨村亭式坊、信丰的虎山玉带桥、定南的丁坊桥、寻乌的文昌阁……这许多的有着珍贵文化价值和旅游意义的地方，我是很想去却一时去不了。一方面，作为旅游主要硬件之一的道路尚艰难坎坷，之二交通工具也难以满足游客的方便快捷；另一方面当地对文物与旅游景点的开发、保护与宣传远不到位而日渐削减着人们的寻古兴趣。

在海南，搭一些简易的棚召集一些靓男倩女穿上苗族、黎族服装，上演几出民族歌舞，摆买一些地方玩物，便构筑成了苗寨、黎寨，吸引了天下无数客人观光；赣南也有民族性的东西，全南竹山、龙源坝的瑶族，还有龙南、安远的客家围屋，为什么就不能形成一种风情、一种文化、一种资源呢？在海南，临海瞻天的几块大石头上标上"天涯""海角"，便成了海南的标志，成了旅游的佳境；赣南的名山、名石、名诗何其之多，通天岩、罗田岩、汉仙岩、五龙岩、仙济岩、罗汉岩，还有梅岭、翠微峰、五指峰……为什么就没有形成一种地域文化特征，广泛传播它们的影响与力量呢？在海南，一首《我爱万泉河》的歌，一条万泉河的水，一个103人的娘子军，一个女红军的雕像，就成了一处动人的人文风景圣地；赣南的山歌、红军歌、游击歌美妙如云曲，赣南的贡江、章江、赣江、东江蜿蜒如龙蛇，赣南的革命故事何其之多，赣南的将军馆、红井水、云石山、长征第一桥、红杜鹃又蕴藏了多少战争的风云与志士的风采，为什么有25万红军出生入死的土地却没有生发出比103个娘子军壮美得多的时代风韵来呢？在海南，有一个海瑞墓，海瑞，高风亮节、清正廉洁、刚正不阿，海南人为他修了一座圆形的墓，建了一座亭，四周植了一些椰树，请了当代许多书法家为之题词作赋，墓旁一棵被雷击断的椰树若干年后又横空生出新枝成了大树的事被附上了许多美妙的说法；赣南的七里镇有纪念池梦鲤的"状元桥"，兴国高兴有"江南第一宰相"的钟绍京墓，大余有纪念汤显祖创作《还魂记》的牡丹亭，会昌汉仙岩有宋将岳飞题书的"天子万年"崖刻，赣一中内有纪念苏轼、阳孝本二公彻夜高谈的"夜话亭"，还有纪念宋代名人曾几的赣州文清路、散布全区各地的纪念毛泽东的旧居……为什么我们的运作就如此缺乏时代感与市场化而渐渐被人们淡薄了呢？土地面积3.4万平方公里、人口750万的海南，无论是面积，还是人口都较之我们赣南为小，而它所产生的旅游热能却远远胜于我们千百万倍。我想，我们不能不有所想，有所思吧！

　　从海南回来好几日了，却难忘海南的妩媚。海南，就像一个神奇的梦幻境地，多情地散播着热带的明媚，摇荡着侨乡的风情，也轻易地为每一个来海南旅游的人构筑了一个美丽的记忆。从海南回来的人，总是很怀念那里的暖暖的阳光、绵绵的沙滩、柔柔的海风、绿绿的椰林。因此，我也想，哪一天，每一个来赣南旅游的人，会被犹江陡水湖的碧水牵衣、被聂都古森林的树梢牵手、被梅岭古驿道的清风牵魂、被杨村关西围的传说牵心而流连忘返，那该是多么好的一件事呵。

南沙行走随录

南沙归来，已有月余，本以为繁复的工作会冲淡我对南沙的美好印象，不想，八月宁都"香港铭源文学夏令营"上再次见着为"红三角"事业忙忙碌碌的桂汉标先生、邓妙蓉女士，我所有对南沙的美好印象倾刻间又如潮水般涌上心头——南沙碧蓝的天、浩瀚的海、沧桑的古炮台、恢宏的天后宫、美丽如画的大酒店、鸿儒聚会的山海约……一个个诗意的场景，一张张熟悉的面孔，渐次幻现在我的眼前，挥之不去，将我心萦绕。我知道我这份文债要还了。南沙，我怎么能不为你吟唱呢？

一

忆南沙，最忆是人。

六月的南沙，海风轻吹，大地飞歌，又一个诗歌的春天悄悄降临在南沙这片希望的乐土。往来无白丁，谈笑皆鸿儒。屠岸、张默、张同吾、北塔等数十位来自海内外的著名诗人、作家、学者们，群英会聚在这珠江入海口。

南海敞开博大的胸怀,在等待如潮的诗歌;南沙撩开薄薄的面纱,在等待诗人的亲吻。面海的南沙大酒店本来就是诗意的,它夜夜聆听海的呼吸,日日守望日的升落,但这几日似乎因为有太多诗人的足踏与吟咏,诗歌浸染得它是格外的妩媚——柔和的弧形,最大广角地与大海拥抱,脚下的海浪吞吐时光,声声拍岸,让它华美的神采中内蕴的坚强素质愈发精神。

当南沙相聚的诗人们聊及这点共同的认识时,我忽然还想到:这次主题为"山海相约"的新世纪诗歌盛会,以及以韶关"五月诗社"为起点的"红三角"扶贫事业在三省四地的燎原之势,还有眼前以20年之艰辛付出在这片滩涂泥淖中矗立起明珠似的海滨新城……不是都寓意着南沙的缔造者霍英东、何铭思先生所秉持与倡导的同样这种精神特质——包容与坚忍,仁义与博爱吗?!

所以,在南沙最让人忆念的是霍英东、何铭思这两位耄耋老人。虽然我至今无缘见到这两位老者,但霍先生著的《我的参与》以及何先生著的《家国情怀》,我是读一回感动一回。

读霍英东先生的文章,其实是"读他的意气,读他的性格,读他的情怀,读他的行动"(何博传语)。这位老人,为邓小平一句"不走回头路"的话所鼓舞,在中国改革开放的崇山峻岭中艰难跋涉,勇往直前,创造了让世人敬佩和传颂的无数创业与奉献之传奇故事。驻足中国南方,白云大酒店至今仍传扬着它引领中国五星级大酒店之风骚的自豪与骄傲;中山温泉宾馆至今也还保留着邓小平与霍英东"不走回头路"的那条山径;南沙海滨新城则以它崭新的姿态,面向大海,面向世界,展示了一个城市平地崛起的奇迹之同时,傲然展示一个伟大民族的时代画卷。

何铭思先生是铭源基金会的创始人,也是红三角文化扶贫工作的奠基者与实践者。粤北、赣南、湘南三地,青山逶迤,绿水长流,战争时期养育了革命的火种,中华人民共和国成立后,这片老区的人民并没有彻底脱贫。何铭思先生年轻时在东江纵队,曾与韦丘等老战士们出生入死于这片山峦丛林,对这片土地有着深深的"家"园情结。他在扶助霍先生描绘珠江三角洲"国"之宏伟蓝图的同时,时刻不忘将目光转向留下过他的战斗足履和战

友们鲜血的"红三角"地区。十数年的关怀，几十座大、中、小学矗起在蓝天白云下，成千上万的贫穷子弟受恩受惠，几百名诗人、作家沐浴着老人的精神滋养，在铭源的晖霭下迅速成长。我永远记得去年在南沙文化采风活动期间，居于国外的老人数次电话问候，还让他的女儿送来影碟给我们学习观看，谆谆教诲如春风化雨，让参加活动的作家们感动不已。老人光明磊落、宽容博爱的做人秉性，宛若"灵魂的匠人"，几乎是一夜间把本是文字匠的作家们煅铸成了思想者。可以把作家煅铸成思想者的人，我以为本身就是很高妙的诗人、哲学家。令人宽慰的是，我们见着了老人的一双儿女。去年8月、今年6月，两次南沙行，我均见着了何卓桦女士，这回又见着了何建立先生。何卓桦，貌如其父，慈眉善目，端庄大方，言语句句暖人；何建立，神似其父，气宇轩昂，沉稳内敛，举止每每传神。作为"红三角"的一名作家，我感动于何家两代人对"红三角"文化事业的执著！

韦丘先生，何铭思先生的战友，铭源基金会韶关办事处主任，原广东省作家协会副主席。大家都亲热地称他为"韦伯"，即使是年龄只够作他孙辈的年轻诗人，这种敬意从上一代诗人传达下来后，就始终没有改变，以致这称谓也未改。这绝不是不尊，相反，这是一种源于内心深处的尊敬与爱戴。这位老人，走过了战争岁月的风风雨雨，走过了扶持文学的日日夜夜，走过了扶助教育的山山水水，从十八岁走到八十四岁，从战士诗人走到作协领导、诗坛领袖、扶贫先锋。从广东英德回到赣州的诗人刘日龙，说起韦伯就激动：那一年，处理完突然病故的妻子的丧事后，韦伯立即回到了青年诗人们中间，只在吃饭时，韦伯动情地指着一道青菜说，这是我妻子最喜欢吃的！刘日龙感动此景此语，当夜激动地写下了长诗，记录下这段动人的爱情故事，记录下韦伯的真实情感。在南沙，我见过大病初愈的韦伯，虽然彼此不曾交谈一句，却因早已知道他在诗坛的地位与在"红三角"扶贫事业中的诸多善举，我心中每一刻都充满了崇敬，我每每只是静静地伫于一隅，细细地观察这位老战士诗人，我甚至竭力地想解析出一个问题——他瘦削的躯体中究竟蕴藏了哪种珍贵元素？

桂汉标先生，这位把"五月诗社"的旗帜高高地举起的粤北诗坛领袖，早已把生命融于这块红色的土地。今天的他,远不止是一名诗人,他想的不只是自己如何写诗,他想的是造就更多像韦伯,像他自己一样的诗人,让诗歌的曼妙永远流泛在大地;今天的他,也远不止是诗在粤北的旗手,他想的是把诗的旗高举过五岭,让诗歌在山的这边那边,水的此岸彼岸四处飞扬。我觉得称桂先生为"校长"最合适,他是一名不折不扣的诗校校长,他以诗为媒,连接岭南岭北、五岭五洲的诗人,引导一批批对诗神的崇拜者走入诗的殿堂,并把培养诗人的学校从粤北办到赣南、郴州、清远,把诗歌的影响扩大到南沙、珠江、海外……我觉得称桂先生为"三个代表"也很形象,他坚称自己是霍英东、何铭思、韦丘三个老人的扶贫代表,他以心为桥,连接三省四地,把一个个学校在贫困山区建成,把一个个适龄孩子领进教室,一腔热忱,两袖清风,四方奔波……我注意到,桂先生染过的黑发掩不住疯长的白发,他的诗的头脑太活跃了,以致头发也跟着思想猛长,结果发根的白发把他并不年轻的年龄轻易地暴露了。一个"奔六"而去的诗人,不分季节地奔走在"红三角"的乡村田野,心脏里跳动着的会是怎样一颗赤诚的心呢?

二

忆南沙,最美是诗。

这诗,荡漾在虎门大桥雄视下的南海滔滔入海口;这诗,喷发在诗情画意的南沙海滨新城;这诗,诵咏在英东中学欢乐的诗歌晚会上。

入海口是诗,最好在日出日落时。而南沙大酒店临海一面的任何一扇窗,都是一个极妙的观日台。第一天入住时,我透过落地玻璃,看见太阳从对面山上落下,滚圆的太阳燃烧着激情,拖着对东半球的整个白天的依恋往西边坠去,一艘白色的海轮横穿而过,载着落日晚霞往入海口驶了一段,又将落日还给赏日的人们,然,落日已被蚀了大半,渐渐地,海水吞没了落日最后的余晖,南沙的海面红过一阵后,复归宁静。离开南沙的最后一个早晨,没有睡懒觉的我看上了一回日出。清晨,大海似乎也刚从梦中苏醒,没有波澜,只有一艘货船昂着头往大海深处去。隔了玻璃,我听不见海水对堤岸的轻轻拍打声,也听不见货船马达的轰鸣,只随着它的移动转移视线时,这一天的太阳跳了出来,与落日一般,也是圆得可爱,只是这新生的日是不被海吞没的,它只在海面上律动、跳跃、奔跑,此刻,诗便在海面上涌动了。那刻的日出让我觉得仿佛是在海的深处惊起了一片涛声,阳光用第一缕射线犁开波光粼粼的水面,一束跳动的火焰清晰地长在了水的心里,朗朗的清晨里,一天的希望袅袅升起,这船是晨的音符,随后而来的船队便是晨的乐章了。

在南沙的几天,每当晚饭过后,我总是踏着余晖,与诗人们同行,一起去收拾诗歌。我喜悦地发现,诗歌在诡秘的海面上荡漾,在日渐曚昽的天后宫上的宝塔上逗留,在虎门大桥上疾走,在蕉林椰树丛中躲藏,在碧蓝的游泳池的水中飘逸,在如毯的绿地上休憩。

是的,诗歌在南沙的每一个角落跳动着旋律。南沙是诗意的。南沙过去的创业史本身就是一首长篇史诗,南沙今天的美丽风光更是一阕壮丽的颂诗。来南沙,是不要带诗稿来的,南沙十数年的每一时间、每一空间,每一颗沙、每一枚石,每一铲移山填海的土、每一幢矗然而起的楼……都是诗与歌,它们足以将你空白的诗笺填满诗的华章,把你空泛的心灵溢满歌的海洋。至于蒲洲花园、水乡一条街、科技园……则早已是被世人打了满分的精致诗歌了。

还有,诗歌在南沙的一枚枚奇石上镌刻下誓言。这不仅是我的发现,也是所有诗人们的收获。离开南沙时,诗人、作家们的行包里,几乎都多了一样沉重的纪念物——南沙的鹅卵石。鹅卵石,是南沙的特产,是大海的馈赠。在海水里生长了亿万年的石们,做梦也想不到,有重见天日的时光。随着霍英东指点山海,深水码头开始建立,于是,大海深处的泥沙顽石

被打捞了出来。海水和着岁月，把鹅卵石磨砺得成了精——圆润如脂，光滑如玉，更为奇妙的是一枚枚卵石身上都留下了岁月的痕迹，一根根奇妙的线条、一块块五彩的色斑，调和着诗与画的元素，构成林林总总的玄妙，镌刻在了鹅卵石的躯体上。哟，这个像乱云飞渡，那个像天马行空，这个似佛在打禅，那个似鸟在南归……我捎回的南沙石成了镇纸石，天天放在桌上，为我镇着稿件，也时时勾动起我对南沙的不尽的情怀。

有了南沙本身诗歌般的景之熏染，诗人们的诗显得从容、华美、壮丽。在诗人们与英东中学师生联合举办的诗歌朗诵会上，我平生第一次感受到了诗歌的魅力。我有些怀疑自己的感觉是不是出了问题，为什么会如此陶醉？为什么会如此激动？这晚，英东中学诗会成了诗的海洋，校长用诗的语言致欢迎辞，学生主持人用诗的语言串联节目，表演的节目尽是诗与歌。这晚，这里是诗歌的乐园、诗歌的花地，是诗歌的金色池塘、诗歌的五月盛夏。诗歌在这里如花儿一般芬芳地开……

不能忘记，屠岸老人的诗情竟比他的身体旺盛了百倍，这位原《人民文学》杂志的老主编、著名的翻译家，学者风范不改，雍容大度，文质彬彬，他抑扬顿挫的中原古语诗唱，让人思接千载，浮想联翩，他华丽优美的中英文对照诗朗诵，让人如食甘饴，回味无穷。不能忘记，张默老诗人的诗之故事比他大海彼岸的家还遥远，从台湾来到南沙的他，身体康健如壮年，七旬之人，貌似五十。五十年的诗龄把他对诗歌的爱烤炙得如火焰般炽热，五十多年的大海相隔，让这位诗人的诗如同大海一般深沉——海有多深，我的诗情就有多深！是安徽的故土吸引老诗人两地往返十数回，既把乡情来回捎带，也把诗歌来回传递。南沙诗歌节上的张默把两岸诗歌深情融合，激情如歌。不能忘记,年轻的北塔,儒雅俊逸,潇洒倜傥,这位出道极早的诗评家,功力深厚,作品迭出,他就职于中国现代文学馆,居高临下的诗歌地位、凌厉锋芒的创作风格,并没有影响他谦谦君子的待人作风。研讨会上,迟到的北塔与我同坐,我们交谈甚欢,会后,他发来数稿,篇篇佳作,针砭时事,入木三分,我主持的赣南日报《赣江源》副刊载发后,响声如雷……

南沙的诗歌聚会,让人不能忘记的事和人太多太多——张同吾的访以趣谈,李发模的贵州乡音,胡国铤的诗歌纵论,唐小桃、张林的新诗受褒……桩桩件件,与诗有关,如诗有趣。

三

写完南沙,思绪尚未归零,迅即又回到现实,回到宁都,回到与桂汉标先生、邓妙蓉女士再见的情景。与桂、邓两位相识,是去年的事,参加"红三角"文化采风活动。期间,说起我主持的赣州散文学会想出一本集子,桂先生当即答应予以一定支持。果然,在他的帮助下,散文集《第三条河》如期出版,并通过他广泛散发于"红三角"。于是,感受到了铭源基金会的真诚与热情。之后,便有了彼此间的许多信函、电话来往,有了我提议、他认定的"赤子心·红土情"三省四报联合征文活动……此番,赶赴宁都,没有别的意思,只想尽尽地主之谊,想领他们二位空闲时往附近的人文或自然景观地转转。可惜,时间太紧,只有半天时间,便只去了相邻的石城县,由石城对客家颇有研究的文友温涌泉领着我们走古驿道,赏荷花。

石城与宁都是赣南的客家摇篮,尤其是石城,城门外的廓头街之"闽粤通衢",是当年留住不断南迁的中原客家

先民脚步作短暂停留与思考的地方,是继续往南迁,往更广阔的空间去,还是北返,往赣南各地分散或是回迁到离中原更近的地方去?先民们在这廊头街停滞了下来。十年,百年,一代,十代,竟成就了一条街衢。桂先生在"闽粤通衢"久久徘徊,在通天寨下的王家百间屋内连连拍照。斜阳下,我注意到这位祖籍闽地、成长于粤北的汉子,个子不大,却很有客家情怀,言谈之间,也尽显学者风度。当地朋友告诉,去年梅州市有几位市领导来此,语言竟能相通,梅州人又说,梅州当地有传说,祖先来自梅江河流域,故名梅县。难道梅州人是从梅江发源地宁都迁去?

讨论间,车子将大家送到小松镇一大片泱泱莲田。石城,乃中国莲子之乡,"石笋如城"的石城因为莲子遍地开花,并没有太过贫苦,至少他们每年从莲荷中收获甚欢,以致有了莲花灯彩及至更多的灯彩创造出来,供乡人快乐。在无边的莲田中,时有莲花或怒放,或半开,或含苞欲放,莲籽一朵朵地伸着颈项,等待着采莲人来采撷。古朴的客家人热情好客,赏花人进入莲田,尽可以随意采吃,并无人来阻止。嫩莲籽甜甜的,有如甘薯。成熟莲籽,莲心也熟了,吃下去苦甜交织,别样味道。在五万多亩莲田的石城,桂先生赞叹不已:早有所闻,却不知有这么浩大一片莲田!

曾记得,在南沙,在大海对面的虎山,林则徐销烟处成了一处莲池,烟泥成了肥料,莲长得高大过人。但,并不能把历史深淹,一侧的古炮满是沧桑,警示着人们牢记耻辱。在石城赏莲,则没有这种沉重感。我们一路赏花,有如采撷花粉的蜜蜂,久久不忍离去。田田的莲叶,较之朱自清笔下的荷塘,更有气势,更有感觉。想必,朱自清亲临石城,当为这片莲写下更为动人的传世之作。我们遐想着,收获着心灵天地的一片祥和与宁静。

风雨桥遐想

两千多年前,春秋之后,古越国化解成数以百计的群族,涌入了南方的茫茫森林中,岁月流转,这些百越族人经过与当地土著居民的融合,逐步演变成了一个个闪烁着个性晖霭的少数民族。

侗族,就是古越人中的一族。隋唐时代,侗族人的祖先来到山峦叠秀,林海无边,溪流纵横的桂黔湘三省交界地带。从此,这片寂寥的土地开始有了生机,森林里有了一群群追逐的身影,溪河边有了一阵阵欢快的歌声,岩洞里有了一簇簇被火塘映红的笑脸;于是,这些长山大谷里栖息的"峒民""溪洞之民""洞丁",便衍生成了今天的侗族人。

我喜欢这个少数民族,一方面因数他们的头饰漂亮、歌声动听、舞蹈奔放,另一方面则因为他们与我们赣闽粤边际地区的客家人有着太多的相似——热情好客,好结同年,好筑茶亭、风雨桥;热爱山林,客居他乡,客山客水。然而,直到深秋季节,随中国报纸副刊研究会组织的百名文化记者柳州采风,走近三江县程阳风雨廊桥,我才理解到这个民族让我喜欢的真正内涵。

天高云淡下,群山逶迤,大地葱郁,它们如虹般飞临滔滔溪河,多情地把两岸青山相挽。向大山深处延去的古道,又宛若舒展玉臂的仙女,温柔地抚摸着大山宽厚胸膛的同时,也把往来行人的世代美梦延伸。记得我第一次走近风雨桥时,我为祖先的这一豪迈壮举激动不已。

可当我走进柳州三江侗族自治县,面对百余座层楼耸秀的风雨廊桥,我的感觉已远不止是激动,而是发自内心的震撼了!

显然,这是一个极其智慧的民族。不知是哪个年代的侗族先人中出了一种名叫掌墨师的职业人,他们建造的木质建筑造型美观,楼、桥和民居建筑一概都不用图纸,整体结构烂熟于心,仅凭简单的竹签和普通工具,就能设计制造出式样各异、造型美观的鼓楼和风雨桥,甚至整座建筑全用榫卯连接,不用一枚铁钉,却牢固无比。掌墨师世代相传,侗族鼓楼与风雨桥也世代建造。掌墨师们万万没有想到,他们的杰作成了文化与艺术,成了侗族人最引以为骄傲的民族象征物;他们的木建筑技术甚至成了国家非物质文化遗产,成了弥足珍贵的民族瑰宝。

在林溪乡程阳风雨桥旁,我避开行色匆匆的人流,从正面、侧面,反复欣赏这座被列为全世界十大名桥、国家重点保护文物的古桥风姿,一次次将它摄入我的镜头中。蒙蒙细雨中,山野、溪流、稻田、高车、鼓楼、吊脚楼……融合在一起,恰似一幅烟雨水墨画。而身着鲜艳民族服饰的侗族姑娘,则挡在桥头,让客人在拦路歌声中畅饮谷酒,往这幅水墨画中平添了许多动感、欢快的元素。程阳风雨桥则不动声色,始终保持一副安详、平静状态。是呵,它静静地沉睡在中国南方的这片天穹下,已经沉睡了96年了。如长溪中一条盘龙,似大海上一座琼楼,程阳风雨桥尽揽百年风云,阅尽人间沧桑。

我不知道有多少人踏访经过它,在我走近它时,只见一批肤色各异的中外游客在返回,他们的脸上无不挂着满满的收获。我也不知道有过多少行旅之人在永济桥上听程阳河的涛声小憩过,又有多少少年在五层雨檐下的长梁上听着爷爷奶奶关于侗族人的传奇故事而成长……程阳风雨桥以它沉稳的姿态迎接着我。

我显然属于裹挟着一身城市俗气的人,然而,走上廊桥,甚至还没走完一半桥身,我身上携来的城市的躁动便被融化殆尽,转而整个身心便被泱

泱旷野里湿湿的雨露所氤氲,自觉有些清新了。徜徉在古典的廊桥上,我思绪如梦,心被卧龙似的长桥牵引,仿佛走进时光隧道和岁月深处,走进人类心灵共相中。

我用脚步丈量它的长度,恰好百步。吉祥的数字让我想象当年那位掌墨师是否也像我一般,是一个身材不高、步子不大的中年人,这人不会写散文,却有高超的建筑工艺,以及他满腔的爱民济民之情怀。据说,程阳风雨桥建成后,雄俊飘逸,惊动四方百姓,纷纷前来欣赏,有人见桥像一条虹龙,建议叫它盘龙桥,掌墨师则坚持为自己建造的桥取名"永济桥",寓意永远济困助民。我理解掌墨师的心意,中国人多讲究积善积德,而建桥修路则是最大的积善积德之举。中原汉人如此,山寨侗人也如此。只是侗族地处大山深谷,俗世的尘嚣少有侵扰,其善其德尤显真诚、朴实。

在程阳八寨逗留的两小时内,我们根本不可能走完八寨,便是在走过程阳河蜿蜒绕过的两三个寨子时,便发现有永济桥、合龙桥等三四座大小不等却类似精致的风雨廊桥。于是,我便在揣摩一个问题——侗族人为什么要在不过数十米宽或者百米宽的溪流上,如此用心营造如此精致,如此众多的风雨桥?仅仅是因为他们曾经身处森林之中,木材丰富吗?在侗族名人杨似玉的侗族文化博物馆中,在见过这位出身于木建筑世家,有着"中国工艺美术大师"称号的侗族文化传承人,并见过他精心收集展示的侗族人生存、生产、生活物品之后,我想通了这个道理:这是一个善感而多情的民族。如杨似玉,在国家与民族赋予了他崇高荣誉之后,他所做的是展示民族的精粹,让民族之光显耀。而杨似玉之所为,正代表了历代风雨廊桥建设者——掌墨师们的这种心理,那就是在自己的土地上,在最能传载信息的物——风雨桥上,用其所长,把民族的最美的东西展现给世人。于是,一座座载满侗族人聪明智慧与道德情怀的风雨廊桥横空出世,终至震撼世界。

侗族风雨桥,显然让我对这个民族的概念愈加清晰了起来:这是一个热情的民族,一个智慧的民族,一个善感的民族,一个令人尊敬的民族。

风貌风情 之

每处地方当你接触都可能
在心里留下一方轮廓
有些轮廓是深的
有如刀子镌刻
有些却是浅浅的
很容易遗忘
而风情也是这般
有些地方散发出浓浓的体香
沉淀在你的心里
无法忘却
而有些却挥洒掉了
消灭在空气里

宁都道情

如果让我数说翠微峰的精妙之处，我想，翠微峰最有代表性的怕是莫过于它以其瑰丽的自然景色包容并孕育的张仙女及易堂九子了。因为这些人物的介入，直接为翠微峰本身注入了影响整个宁都，乃至整个江南的相当厚重的文化底蕴。

作为道教七十二福地中第三十五福地的翠微峰，丹霞地貌，岩奇洞幽，仙风道气，自然天成。虽然它的景致的壮观程度稍逊于韶关丹霞山，但它所沉淀的文化却有2000多年之深厚。西汉初年，宁都谷口（今迳口村）人张丽英，乃樵夫之女，住石鼓峰下，偶于山中摘吃仙桃成异人，遂驻金精洞修炼成仙，时年不过十五岁。如今我们徜徉于翠微峰，随处可见关于她的故事传说——南麓两颗并立的椭圆形的沉岩落石，乃她食桃所遗核之化身，故称仙桃峰；金精洞内的望仙峰又称虎化石，乃她外出坐骑之化石；翠微十二峰之凌霄峰，像一匹骏马奔腾，乃她施法术降服之山马化石；金精洞天井口上顶端有许多水痕，乃她避长沙王吴芮追赶，从山顶跃入洞内散发披落的痕迹……令人难解的是，这位年仅十五岁的农家出身的少女竟然诗作了《石鼓歌十八章》，至今她的名句"有鸾有凤，自舞自歌，何为不去？蒙垢实多"还在被传扬，甚至被现代人格外重视地雕刻在新造就的翠微碑林之首。世人在考究，张仙女真能作诗否，有没有后人附着

的可能？对这个问题，其实我们尽可以淡笑之。

总之，因了张丽英这个极其普通名字的女人成仙的故事，翠微峰成了仙山有了福地之美誉。虽然2000年后，讲究科学的现代人只把那些神话传说作为谈笑资料，可这座大山毕竟有了让人咀嚼的丰富内容。试想，若果没有张丽英成仙的故事，翠微峰肯定失了最原始的人文附着，那么，这座山的魂魄又该是谁了呢？

其实翠微名山真正的魂魄真正有内涵的则是易堂九子了。宁都当代作家谢帆云对此有了大量研究，著了《易堂九子的生平和诗文》，让我们外地人对易堂九子有了较为完整的了解，从而对翠微名山有了更深的情感。清初，以魏禧为代表的九位文人，不甘于委身清政府的统治，结伴相邀结庐于翠微峰顶，他们或聚会于易堂，或群集于勺庭，或饮酒茗茶，或诵诗唱戏，或谈古论今，或听风看花，或著书说教……把外面世界抛于山外脑后，只在山麓与清风明月唱和与天下名流侠客纵横谈笑，并从山水风云中领悟功名的无聊、道德的崇高，从而获取灵魂的平静和超越。于是乎，易堂九子及其道德文章传扬天下；于是乎，翠微名山借易堂九子美名而增色，易堂九子亦假翠微名山而益彰；于是乎，易堂九子当时及之后，翠微峰真正成为江南名山、三十五福地，真正成了仙聚之地。

易堂九子的旧址如今早已圮毁了。山水有情，岁月无痕。只不过400年的风吹雨打，养育过九子生命的摇篮便成了废墟，比之于万年之久的翠微峰，人类生命及其建筑物真是太过短暂了。好在文学之力量把九子的生命延续到今天，甚至千年、万年，九子们留下的169卷诗文集使他们如翠微不老。滋润过九子生命的那一泓清泉呀，在翠微山麓仍数百年不变地保留着那份清纯与深幽，给后来崇拜者无尽的遐想。还有那天边拂来的浩荡清风，总是那么愉悦人，让人无端想象，当年的易堂九子是不是也曾醉于这清风？否则，这宁静僻远之地怎么能挽留下这簇民族文化精英？

宁都人当真该骄傲与自豪，易堂九子以他们的人格与精神力量给翠微注入了鲜活的生命，从而使翠微峰有了内在美。而且九子种植的文化之籽，开花结果世代芬芳了整座大山，造就了翠微满山满谷浓浓的文化氛围。

遗韵

"泠然濯魄湛冰壶，疑是仙人附宝珠。望去银河搓可接，看来玉兔影全濡。"

绵江的水，当真缠绵动人。便是夜里也不歇下她激动的芳心，如精卫鸟般执著地向着天穹、旷野，向着城市、游人倾吐着她的热情。哗哗的水声，缠缠绵绵传递着一阵阵如梦的呓语；粼粼的波光，缠缠绵绵折射出一行行如歌的诗句。云卷云舒如龙如蛟的云龙古桥呵，静静地收藏了我的欢叹。

都说十五的月亮十六圆，果然如此。天上的一轮圆月把昨夜中秋未了的情怀尽然释放。我在想，是月儿昨夜太过羞涩没有尽欢，还是绵江水太多情诱了月华的女儿心？被诱入了绵江水的月儿，掩着软软的身子，与绵江水拥吻着，吻得激情热烈，吻得月失矜持、水失宁静，吻得云龙桥凝眸屏息。

其实，绵江水千古未改情怀。古人赏这中秋月时，这绵江水，这绵江月，便也如此激情。只是我想静一下心神。于是，我走过云龙桥，走过老街市，走进清静寂寥中。在一片树影下，我觅着一片静水，我看见了另一个月亮，圆圆的、静静地映在水中，像在造一个大梦。

双清柳渡

"柳色参差阴碧溪，枝枝交影拂长堤。两行翠幕云常护，一带仙源棹不迷。"

城东北的双清桥，是传说中极有诗意的一处旧地。古时河道狭窄，绵江宽不过数丈，两岸杨柳牵衣带水，竟可结成柳绳，于是，舟船上人几乎不用划桨，以手牵扯着柳绳便可来回渡江，于是便有了"双清柳渡"之美谈。

后来,水渐宽深,双清柳渡也就成了仅供后人咀嚼的故事。于是,才有了五孔之双清桥。

今天,两岸的垂柳已失了传说中的浓郁茂密,舟船也在稍远处的沙洲附近成了游乐的工具。那劲歌狂乐仿佛想再造一个新的故事场景,那一长串五彩的灯能否把一个久远的梦重新续起?

玉笛横响,清风轻送,垂阴之下,黄鹂和唱,渔郎折柳,歌女嫣笑……曾经的和风细雨,曾经的风和日丽,曾经的杨柳青青,曾经的江水清清,曾经的一切蕴藏着太多的诗情画意。双清柳渡的故地,散淡着往日的情韵,泛映着一种梦魅般的光芒,让我在恍惚中,把脚下的双清桥幻想还原成了那牵柳渡河的舟船,正载着几个现代人悠悠地走入远古的梦境里。

陈石流清

"灵岩秀出水潺缓,陈迹于今藉以传。点点纤鳞波上下,行行洁鹭意舒卷。"

陈武帝试过剑的地方,自然是个灵性之地。陈石山当真是个水环抱山俊秀的佳境圣地。陈石湖就像块碧绿的翡翠镶嵌在山里,又如玉带状绕着青山在蜿蜒舒展她的美丽。陈石湖清澈如许,好像融了千万年的天地灵气,流淌着清液,让人大有洗眼润心之舒畅感。

就在我们叹过试剑石与蜡烛峰的神奇、读过罗汉岩与锁云桥的禅意、饮过撒珠泉与钟乳泉的甘甜、走过晒衫岩与一线天的险境、听过八音涧与海云寺的梵音、品过玄月湖与油萝潭的玄妙后,当我们还未从罗汉岩诡秘

的鬼斧神工中醒过来时,我们旋即被远远眺望着的"陈石流清"景致吸引了。我用照相机一遍遍地搜索,将它拉近又扩展。我惊喜地发现,时光把罗汉岩风化得如此沧桑,陈石湖的青翠碧绿的模样却千年未改。

于晒衫岩绝壁上,历尽沧桑的宋代崖刻暖着太阳在读着后来人的步伐,与此同时,人们发现岩壁上有无数的鸟窟寄养着一个个生灵。我们不知道这些鸟类是鹭鸟,或是蝙蝠,只是觉得它们太过贪恋美景了,只要可以飞翔在风景中,哪怕生存栖息地的险恶与简陋?!我想,当它们归巢时,必定看见了余晖下宋刻展示的历史微笑;当它们盘旋于陈石湖上空时,必定看见了自己的生命在湖中展翅。

夏府记

初夏的南方仿佛与山峦争春似的,江面丰满溢情。江两岸青山逶迤,江中舟船迎风破浪,天空寥廓辽远,正好放飞灵魂。我从罗旋先生的笔下曾惊骇过十八滩的险恶,因此我疑惑脚下这平稳的江水埋藏着的是否昔日的十八滩石?船工笑应。可他那悠然神态如伴清风闲云舒展银翅的野鹤,真让人一点也联想不到我们正轻快地掠过曾经令船工惶恐至极的天柱滩。

《水经注》云:"赣川石阻,水急难行"。即指赣滩。赣滩有十八险滩,尤以小湖洲旁的天柱滩为最险。天柱滩有三座石峰暗伏中流,舟必三折而过,浪涌如山,震荡心目,古人形容其"竖立如登天,幽深下无际,涡盘蠢回旋"。只有遇水涨方可避天柱之险,平日里凭船工本事可驾空舟闯滩,货船则是断不能过去的。与小湖洲对应的是约十里开外的大湖洲,而在小湖洲与大湖洲之间,除了这天柱滩外,在大湖洲附近却还有一形如人状的巨大"石人坝"横卧江中,是为黄泉滩。碍于这滩石形势,逆水南行之船到了黄泉滩,顺水北行之船到了天柱滩,便各自泊岸,由岸上掮夫驮了船上货物到黄泉滩前或天柱滩前码头上等,船工则上岸,上庙里烧香求神保佑,南行之船上黄泉滩头的回龙阁,北行的船则早早地在几十里开外的储君庙就烧过香了。

便是在这天柱滩与黄泉滩之间,赣江西岸,遥对巍峨象山,一地势平坦开阔之处,华堂秀屋透然成街,南北数里贯通一气,曾经两万余人生息在这里,日日上演着《清明上河图》的繁荣,日日引领着泊岸的船客们走进这图画里。船客们沿着卵石铺就的古驿道,走进水乡泽国,走进十八花厅,走进商贾旺市,走进热闹人家,走进风花雪月,走进繁华锦绣,走进千年传说。

这美丽的村落，便是夏府，历史上的下釜、下浒。一个演绎了一千多年历史、将繁华与文明制造又陨落了的地方，一个至今也让人阅读不够的神奇的地方。

　　当一个地方沉积下圣贤的足履，便注定了它的不朽。

　　夏府的土地上，最令人心魂激荡的莫过于脚下这条唐代便存的古驿道了。虽说夏府的景物与故事都犹如韶华已逝的丽人显得苍老悠远，但古驿道并不因承载了岁月太多的风霜而颓废，相反它总是令访古者感觉到它深蕴着一份睿智，透过它圆滑、世故、沧桑模样，每每让人去揣想一个个过去的日子，它是否把挑夫的喘息、客栈的喧哗、文人的诗唱、侠客的剑吟、船工的生死……一并淡淡地看过记下。自然，其中也不乏圣贤的伟岸身影与它相拥过。

　　一代圣贤影响着一段国史，或许也影响着一个个历史的细节，文人读史的同时，百姓则更多地钟情于闲话细节，这是否就是人们愿意去关心圣贤生前身后事的理由呢？！朱元璋令凤阳的花鼓名噪了天下，令庐山的断桥变成了风景，也令夏府的桥头庵成了毁而不灭的佳话。传说，这位明朝的开国君主，年轻时落难经过赣县湖江，感动于庵中斋饭招待，面对浊浪滔天，触景生情，为滩头桥头庵题书"滩头激流"四个字。许多年过去了，夏府

人甚至说不明这庵的具体位置了,但夏府人依然陶醉在帝王的历史遗风中,豪迈了数百年。而曾留住过朱元璋的湖新万寿寺,则更是让传说者咀嚼够了快慰,时至今日,万寿寺已成绿茵茵菜地,皇帝题赠的"超然物外"之匾也杳然于"文革"做炉膛柴薪的传言里,只留下一穴风水好地、一截寺院残垣,默然守望着前面的木鱼山千年不语,即使我们这些寻古者来临也丝毫没有改变它的庄重态度。

性情中人的乾隆皇帝,一生浪漫,六下江南,虽生过畅游《山海经》传有"赣巨人"的赣南山水之意,却终因赣石滩之险阻,而令赣南少了这位风流皇帝的闲雅故事。夏府北界有一名殿回龙阁,位于十八滩中黄泉滩西岸高峰上,因整个建筑宛如一条起伏回旋的卧龙而得名,是逆水南至赣州舟船必谒之地。传说,逍遥而来的乾隆,进入赣石滩见过险恶后,大有"江南历尽佳山水,独赣潺潺三百里"之感,船至黄泉滩,船工泊岸上山烧香,乾隆也同去了,猛见得"回龙阁"三字心生惊奇,便在阁中题下"高属无双,有几个无双士到;峰推第一,可曾来第一人游"联后,即命舟船北归。可见乾隆心如天之高远,胆却不大,黄泉滩、天柱滩、十八滩,吓着这位天子圣人了。

乾隆终没能踏上夏府,夏府日日展示的"清明上河图"少了一回辉煌,古驿道也少了一层热闹。然而,值得夏府人欣慰的是,乾隆之前之后纷至沓来的圣贤们南来北往于夏府古驿道,其伟大的足履累叠起来已足以成为令夏府人深藏的厚重礼馈,夏府人还有什么不满足?!想想看,数数吧,他们是谁?这支伟人的队伍有多大?白居易、孟浩然、苏轼、阳孝本、辛弃疾、文天祥、王阳明、杨廷麟、八大山人……问问十八花厅吧,记忆下了哪位先生的音容笑貌?问问夏府宗祠吧,挽留过哪位圣贤的高谈墨宝?问问古道卵石吧,究竟哪位先哲的脚步更厚重?

就在我们刚弃船上岸时,一行白鹭遥遥飞来,当掠过我们头顶时,鹭阵由"一"字形演变成"人"字形,仿佛在以其优美的舞姿描述一首自由自在的生命之歌,顿时我们眼里的天空也格外美丽起来。一时间,我以为白鹭在以天穹作画板,正在写意风情。待我们觉悟过来,鹭们已飘然飞离我们的视线之外了,江边上一时多了几个痴情的眺望者。

听说,这群白鹭每天要好几回巡游赣江与夏府。赣江千年如斯。夏府也早已满目沧桑,昔日的稠密人家、繁华景象也早已因了明万历,或是天启年间发生在虔州的那场大疫折损得大伤元气,又因近代五口通商、京广铁路启运而愈加羸弱凋零,特别是万安水库的兴建,在完全吞没十八滩石的同时,席卷了它远古留下的最后的繁荣。执著又多情的白鹭呀,已经宁静、安详的夏府还有什么值得你眷念不止呢?!

是那野草中隐现的时时泛映着质朴光辉的古驿道,还是那依古驿道旁边风流于世千秋百代的十八花厅。是了,定然是它了!虽然十八花厅早已一如北京圆明园失了辉煌成了废墟,可它毕竟没死心,瞧那残石断垣,那么倔强———一直坚守着夏府这最早的光荣。

该是秦代的木客为夏府点燃了第一把人间烟火吧?而唐代又该是这里最盛的年代了!岭南人宰相张九龄亲率军民修筑南粤古驿道,从九江溯水而来,夏府当是赣南境内第一段古驿道了,随后才从虔州至梅关入粤境。我展开想象的翅膀,仿佛看见如蚁似蜂的筑路队伍扰热了夏府这片净土的冷静,当大军离开夏府时,这里便留下了驿站,留下了贯通古今南北的千里赣江第一条古驿道。当然,还留下了夏府先人生存的智慧与豪迈!留下了日后的"清明上河图"景。于是,高叹着"赣石三百里,沿回千嶂间"的孟浩然在风景跌宕的历史深处紧跟着来了;于是,感慨"青山遮不住,毕竟东流去"的辛弃疾在国破河殇的风云岁月里姗姗来了;于是,各式不同身份与家渊的客家中原先民们在辗转迁徙中陆续来了;于是,从广东归京候官的戚氏祖先与老家在南京乌衣巷的谢氏祖先来了;于是,这片不大的天空热了!一个小而全、充满了人间悲欢喜乐的世界诞生了。

南行的必经之路因了古驿道成了世外桃源,歌舞升平的商业繁荣中揭开了夏府描绘"清明上河图"最辉煌的画卷的开始。这个开始,是夏府傍着十八滩的涛声,依着古驿道的热闹,更借着唐朝的极盛,上演了一出大戏———十八学士及十八花厅的故事。可惜,仅仅只有28代人族谱记载的戚氏,是无法说得清许多年之前他们祖先的传奇故事的,好在花厅痕迹犹在,可以说明这个故事并非讹传,至于年代几何,我们尽可以淡然笑之。这年,

夏府十八位儒生共赴长安赶考,临考一儒生生病改了其挑夫代考,竟然十八人皆中学士,载誉归来,全村振奋,十八家人遂商定为每人建一栋花厅以庆贺,于是,一个华丽壮观的建筑群体依着古驿道两侧形成了。传说十八花厅规格一致,风格不同,装饰各异,雕龙画凤,飞檐斗拱,照壁浮雕,花园香草,池塘金鱼,十分精美。

十八花厅,每天都上演着才子佳人的游戏,每天都有许多美丽的影子如惊鸿翩然而来,又如惊鸿翩然而去。在凝眸的霎那间,池中的清水不知溶了花样年华男女多少花样的心事?从此,十八学士及十八花厅便成为夏府的美丽园,荡漾着风情浪漫,流淌着骄傲故事,颂扬至今。

岁月无情,十八花厅终于耐不住千年风雨侵凌,当古驿道卵石被磨砺得没了棱角的年月,它也毁了。如今,当我们将追寻的目光投向它时,它已成了菜地或花生地,偶尔仍见一两只石墩或柱基从土地中露出半个头来,总是能奢侈掉我们许多情感和目光。保存最好的花厅,也只剩下一扇红砂岩石门框,矗立于大堆的残砖碎瓦中,极像个破碎的旧梦。空洞的石门,守着旧梦,也守着最后一丝气脉及最后的生命律动。看它一双失神的眼,张望着四季的天光地色,聆听着赣水的涛声依旧,吞吐着岁月的风雨雷电,欲言却不能,唯有深长如岁月一般的沉默。我理解,光荣属于历史。历史的光辉就让它尘封于夏府人代代不死的记忆里吧。

是的,十八花厅制造了夏府最早期的繁华、光荣与文明,也极度膨胀了夏府人的虚荣与欲望。走过十八花厅废墟,我在想,谁能告诉我关于这十八名学子的英名或有关他们更多的故事,谁能从那千年古迹无语的静默中解读出点什么来,譬如顽强,譬如坚韧,譬如智慧,譬如风情。

创造夏府光荣的十八花厅毁殁了,夏府的光荣并没有走漏半分。因为夏府源远流长的光荣与梦想被夏府宗祠保存着,光大着。

明代大疫后,夏府花容失色,人口骤减,一派低迷景象,一些小姓人家或殁没了或迁移别处谋生了,只留下戚、谢、欧阳、肖、李五大姓顽强地坚守了下来。他们用上帝也感到震惊的悲壮努力感动自然,用坚忍呵护着夏府的生命,用智慧维系着夏府的尊严。其中,戚氏、谢氏家族,励精图治,奋发图

强,竟成伟业。今天,走进夏府宗祠,其实就是走进戚氏与谢氏的光荣里。

我去过鹭溪河畔的白鹭村,白鹭古屋的江南风格让人以为自己错到了江浙水乡,可那用来支撑猪圈的官柱,还有绣花楼下的臭水塘让人痛心疾首,不忍看完这幅残破的画卷;我去过天龙山下的乌桕坝,李家宗祠檐拱上的图画精美得让人的思绪放飞到远古,可那危在旦夕的结构,还有现代人一点儿也叙述不出宗祠人文内容的情景,同样让人痛心疾首,不忍看它渐渐地死去。失了人文内容的古物,无疑失了生命。

夏府宗祠,显然不同凡响。我这里之所以用"不同凡响"这个词,实在是想表达我对夏府戚齐杰先生的敬重。似乎总有这么一个不成文章的道理存在:凡是古物保存得相对好的地方,必定有一个热爱与传播文化的人出现。如龙南赖村的赖观扬校长是个围屋通,赣县夏府的戚齐杰书记是个夏府通。他手里掌握着夏府所有重要景物的大门钥匙,还在胸中藏着有关夏府一砖一石、一树一木、一画一联的所有故事。随着他转悠,我们仿佛被他引领在夏府一千多年的历史长廊里漫步。

夏府现存的三座祠堂,一概地清洁如洗,一尘不染。虽说青苔不少,远离阳光,却也一并拒绝了世俗无聊。每个祠堂的结构基本类似,2000平米左右的面积,三进二天井,内里空无一物,只在不显眼处置了几块各个朝代修建宗祠的碑石,或是香台下搁着只上千年的巨大香炉,漆黑的身子告诉我们它曾经接受过太多香火的缭绕。祠堂建筑精致典雅,飞檐斗拱,图画如真,这些我都不必细说,因为国家旅游局专家们已有过称赞——夏府宗祠是江南保存得最完整的宗祠,况且之前无数文人墨客、摄影家已通过优美的文字或图片宣传过。

内厅墙壁两侧留下的四个大圆痕吸引了我的目光,一问,原来是朱熹题书的"忠孝廉节"四字,可惜在"文革"中被视为"封资修"东西铲了去,只留下无限遗憾在戚先生的喟叹中。他说,这四个字,是我们戚氏族人的家族理念呀。是呀,一个家族要靠精神、理念来维系团结与进步,一个团队乃至一个民族与国家,都离不开精神与理念。以德治国的今天,我们更迫切地需要发扬光大民族传统的美德。于是在我踱步思想间,心灵渐渐地被文

化浸染。夏府能够抵御大疫不死,依托的不正是这种弘扬正气与进步的理念作精神支柱作文化底蕴的吗!也难怪因天柱滩覆舟定居夏府的戚氏仅仅28代传人,却历史上人才俊杰出得不少,除了迁居山东蓬莱的五世祖后人戚继光,还有华侨领袖戚修琪、革命党人戚坦天……

这是我见过的最大的拴马石柱了,它拴住了戚氏宗祠数百年辉煌。而更富深意的是这棵失了伴侣仍存活的并不很古老的小叶桉树,它用高大的身躯充当宗祠的保护神,它以宽容秉性寄生出了另一棵榕树成为奇景,它的来历则无不倾泻着戚氏人爱国爱家乡的拳拳忠心。辛亥革命时期,侨居南洋的戚修琪,任华侨总代表,捐资支持孙中山,回国时,不远万里捎来两株小叶桉,嘱种好,可以其叶煮水以治乡里横行的疟疾。戚修琪堂弟戚坦天追随孙中山于同盟会革命一生。孙中山感念戚家人对革命的支持,撰联相赠,并被镌刻于宗祠,以高扬夏府人的爱国精神。

戚氏宗祠前百米的夏府中学是特殊的。它由夏府戚氏人捐资而建,中学建成,乡人请蒋经国先生为学校定名,蒋觉得夏府之前称"下釜"的古名不方便外人理解,便倡议改名夏府,于是夏府中学诞生在这块物华天宝之地,并因为改名而美了夏府人,他们自称"华夏天府",真够大气!今天,我走进有些破败的夏府中学,想象六十年前500名赣南各地的学子欢聚夏府的情景,可眼里已寻觅不到一丝半点痕迹了,倒是一张1970年3月8日的报纸赫然亮着红色娘子军的倩影,令我的思绪忽地回到了现实中。中华人

民共和国成立后,这里成为小学校直至十年前,现在成了村里办公的地方。

类似豪迈、雄浑的戚氏宗祠,谢氏宗祠有一种更贴近文化人的静雅之美。与"戚家出武官"相对应,"谢家出宰相"。谢家后人出了许多佐国之才。于宗祠里随处可见"崇文""理学名臣"等字样,无不倾泻着中原文化的光辉。而蔡元培先生的题对,整齐地镌刻在石柱上,也镌刻在了谢氏人的心中。仅仅从门厅斗拱上我便于这宗祠里感受到了更深厚更温馨的文化气息。那木雕镂花精致如画一般,六个角檐上曾分悬着灯笼、风铃。情景肯定异常美妙!我想象,当任何一次季风吹过,即红影摇曳,风铃亦脆响,浪漫风情便弥漫夏府,醉了无数人家。

离开夏府宗祠,我只说了句,还想再来。面对这些历史古宅、文化瑰宝,绝不只是感官上的满足,更是精神上的鼓励。人可以不要施舍,但不可以拒绝鼓励。了解了一副副名贤撰写的对联来历,我便理解,戚氏、谢氏乃至整个夏府人,就从不拒绝鼓励,相反,他们还积极争取鼓励。鼓励是一种远胜过受物之美的美事,是一种可以福泽千秋万代的精神财富。试想,夏府人失了这鼓励,夏府失了圣贤的精神照应,失了先祖的传奇故事,能上演《清明上河图》之类大戏吗?!

南方少有枣,而夏府枣林却迤逦壮观,自成风景。

我们难以想象,这赣江边古朴的村落里,怎么会有如此一片繁茂的枣林?是哪方仙客何时为这当年的"清明上河图"景添上的秀色呢?夏府人依旧用传说来告诉我们——是迁居山东蓬莱的戚继光家族往夏府祖地走访亲戚时捎来的大枣。吃过的枣核埋在了故土,却长出了思念之树,随着岁月久远,远方的人走往渐稀了,南方的枣却思念渐浓,终于,思念成了网,枣树便蔓成了林。到今天,夏府老迈了,枣树也思念得生出了许多寄生物,让走进枣林的寻古者们大为感叹时光的苍凉。

我们今人已无法说得清,这枣林思念的主题是什么了,是思念山东蓬莱的远亲,是思念唐古驿道的捎夫,是思念十八花厅的繁华,是思念夏府中学的热闹,是思念十八滩头的涛声和千里赣江的船帆,还是思念写意天空的飞鹭?思念的成分很杂。谁叫它曾经那么辉煌!谁叫它过去那么热

闹！谁叫它拥有如此多的故事传说、名人佳景！我注意到，也许是思念太纷乱的缘故，夏府的枣树枝叶杂乱得如同未曾梳妆的妇人头发。思念得有些疯了，朋友如是说。疯了，绝妙的比喻！那么，是江风的歌谣、山雨的舞蹈，还是林鸟的啁鸣，或真是夏府的沧桑、岁月的风尘、时光的走失，令枣树如此失魂丢魄，思念不已?!

　　我想恳请夏府的枣树宁静，把思念收藏进记忆的箱底。毕竟，辉煌成了历史，骄傲成了故事，浸润着夏府人情怀的十八花厅、骚动着夏府人激情的十八滩石，都成了岁月的老歌。枣林啊，你弯曲的身躯何必积淀如此沉重的思念。风流了千万年的雄峻赣石都不在乎它成为深渊的牺牲品，你又何必念念不忘夏府往昔的峥嵘?!我想恳请夏府的枣树自然，重新审视你的生存之地的今天吧，它迎着新千年新世纪的太阳，不是正在排演新的"清明上河图"景，正在将湖泊改造成城里人休闲的天堂，将你的林苑装点成观光客寻趣的乐园？

　　是的，我就有这种感觉。置身在无尽头的枣林，行走于蜿蜒曲折的径道，我觉得自己被放逐到美丽园。让季风任意地抚摸自己的微笑，听赣江恣意地放荡它的歌声，我又觉得自己的灵魂也随着肉体被放逐到这美丽园。

　　此番来，夏府的戚齐杰先生没遇上，田里摘花生的农妇告诉我们，戚先生与她家的狗嬉戏时被咬了，打预防针去了。戚先生没在，我们有些失落，但迷人的枣林风光给了我们好心情。文化人经常批评"瓜田李下"之类人，没想到，被爱鼓励的夏府人几句"随便吃"的鼓励话鼓励，我们一行人竟失了姿态而大胆嗦吃起夏府枣来了。枣果沉甸甸地缀满枝头，多得几乎要折断树枝了。灿烂的阳光下，枣儿熠熠闪着金黄色的光泽，有几枚红枣格外耀眼，诱人跳起来追求，而一旦摘到手，竟顾不得卫生了大口往嘴里送去。夏

府枣果肥大如巨蚕,吃起来绵绵的,味道不算甜美,却正好充饥,见我们少了赞美,乡人急告知,这类枣最能吃糖,是制蜜枣的最好材料,几百年来,赣南的蜜枣全部产于夏府呢!还有,光枣子一项便给村里人平均创造百元以上的收入呢!于是,又唤来了我们一阵欢叹。

听到这,我对枣树又有了些感慨。当夏府的辉煌只寄存于三座宗祠里,其余的文明已被赣江淹没了时,枣林以其所有,为这个曾经创造文明与辉煌的村庄,作出了它对这里守业的人们敬意的表达,以它的思念的结晶,以它生命的结晶。我忽然觉得自己有些浅薄了,我竟敢恳请充满睿智的枣树宁静或自然,真正宁静与自然的正是枣树,而时常浮躁与不安的是人类。

不是吗?江水喧嚣了千里万年,夏府人也喧嚣了千年百代,今天我们这些文化的淘金者又来平添骚扰。唯有这片枣林,是宁静与平和的,并因了前者的喧嚣而愈显宁静与平和。即使它日后有了思念,也是静静地渐渐地生长。岁月在赣江涛声中流逝,时间在风中滑翔,夏府的辉煌淡化了,几百年来始终以生命在阅读夏府的也唯有这枣林了。虽然它也渐渐地老去,但它却在老去的过程中,至死不渝地坚守一种信念一方土地,年复一年地以春华秋实演绎生命的四季,并不断孕生自己思念的新苗、新树,以至绵衍成林。

我春天来过这片枣林,那时的林子一片青翠,像在放飞一个绿色的梦想,暖阳下有明亮的思念诉诸枝头,有清晰的希望在腾升。现在是盛夏,我再次走进这片枣林,林子一片金色,思念已结成果,枣林像顺产后的产妇,轻松、幸福。我想,要是秋冬季节再来到这儿,又该从这片枣林里撷取些什么哲学之果实呢?那时的枣叶该脱尽了吧,伸展于空中的枝节会不会有些枯瘦、苍凉,枣林会不会更寂寞,而同样瘦了身子的赣江呢,是不是也会以相怜的目光抚摸这片相伴了数百年的枣林呢?

七月,四处飘荡果香与歌声,是丰收希望的季节,也是收获理想的季节。在渡口,见舟船忙碌着为赶圩的人摆渡,笑声从掌舵的童子身边泛起……我忽然有些悟了,夏府人难怪能在历史上创造《清明上河图》景式的繁荣,这是个会生活的群落呀!

围屋

一

遥望蓝天,穿过时间的隧道,我们依稀可以听见秦木客们划破原始森林的歌号声,也依稀可以看见汉灌婴大军战马踏破青山的雄姿。正是这古老而激越的歌号声、这伟岸而豪迈的雄姿,让这片有着3000年人类活动史的蛮荒之地,开始了她2200年的文明历程。

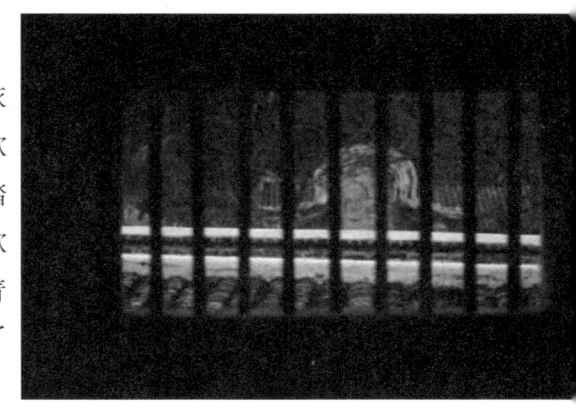

遥想西晋末年,五胡乱华,中原大地,烽火连天,刀光剑影,哀号遍野。我客家先民,为避战乱,携家带口,举族南迁。从此,拉开了千年南迁的悲壮历史画卷。

告别故乡,告别黄河,越过淮河,渡过长江,南迁,南迁,再南迁。纵然有千山万水,妻儿老小总相随;哪怕是急流险滩,身负祖牌决不丢!适彼乐土兮,驻足皖赣地。

日月轮回,斗转星移。至唐中以降,又生动乱频繁。先有安史之乱,继有黄巢农民大起义。战火烽烟,国家纷扰,客家先民,再度投南。他们或出鄱阳湖逆赣江而上,进入赣南的赣县、兴国、于都、南康、大余、信丰、安远等县;或出鄱阳湖,逆抚河,进入赣南的宁都、石城、瑞金、会昌等县;或从浙江方向越仙霞岭,沿武夷山东麓南下,进入闽西地区。闽西稍稍歇足,又通过宁都、石城—宁化,瑞金—长汀,会昌—武平等交通带双向移动,最终停下脚步,安居,创业。这是客家先民最大规模进入赣闽边区的一次迁徙,这一迁徙过程历时数十年,直至五代之际。

处子般清纯的南方,原始、丰饶,敞开她热情而宽阔的胸怀,拥抱着一批又一批颠沛流离、筚路蓝缕的客家先民。流离失所的客家先民们,在这里找到了新的希望,在这里建设新的家园,在这里与畲族瑶族人民杂居错处,相互融合……终于,两宋时期,一个新的民系——客家民系,就像十月怀胎,在这里孕育成长起来。从此,深情的客家山歌于山林溪谷间飘荡而起!从此,美丽的客家风情图在赣南大地盎然呈现!深情的山歌呵,这一唱竟唱了个千年不止!从和风细雨式的浅唱轻吟,到夹杂进采茶调、南北词、东河戏……直至演绎成热烈浪漫的多音重唱。美丽的风情图呵,这一画竟画了个万种风情!从刀耕火种式的原始蒙昧,到掺进了围屋、祠堂、门榜……直至描绘出了人杰地灵的文明大观!于是,关西、东龙、白鹭……一个个古村落,把客家人浓浓的摇篮情浓缩进围屋、祠堂、天井,至客家人的灵魂深处;门岭古道、闽粤通衢、梅岭雄关……一处处关隘,将客家人浩大的自强之梦延伸至闽粤、东南亚,至天涯海角;玉带桥、永镇桥、永宁桥……一座座风雨桥,把故园与海内外的客家人迎来送往、客去客来。

诚然,历史对这里锦绣山川、旖旎风光有着太多美好的记载,来来往往的文人墨客有太多的诗咏歌颂把这里风起云涌的故事传说流传千古。几乎每一个生长在这里的赣南人,或是来往穿越于这片风景中的旅人,都会情不自禁地为这里的迷人风情而神醉。

20世纪初,广东一个叫罗香林的学者写了一本关于客家源流的书,第一次提出了"客家"这个定义。从此,分布在赣闽粤边际地区的人被叫成客家人。客家人是一个相对概念。古时,这一带属南越,生活着大量土著居民,即今天的畲族人。从东晋起,尤其是唐末黄巢起义,天下大乱,中原汉先民举族南迁,在赣粤闽边际这块四面高山屏蔽、土地肥沃的南方山区停了下来,这些最早的汉先民,客居他乡,以山为家,是以为客家。客家人居棚寮,垦荒地,刀耕火种,繁衍生息。渐渐地,南迁来到此地的客家人多了,富了,势力大了,从山上迁到平地,从林里走到河边,从山林去往了城市

……以至今天繁衍南方各地,传播四海,有了亿万之众。

岁月如歌,沧海桑田。今天的客家人也融入时代洪流。再走进客家人生活的这块区域,客家风情已渐淡,服饰、婚丧风俗、建筑特征等特质性的文化现象正在趋于大同。伫立一个高巅注视南方的这片客家故园,这个民系至今仍坚守得相对完整的东西只剩下两种,一种是听得见的客家语言,另一种就是看得见的那一座座如丰碑般矗立于田畴中的围屋。

二

四合院可谓是北京的代表性建筑,石库门可谓是上海的代表性建筑……围屋则是赣粤闽边区客家人的最具代表性建筑了。只是时光走到文明昌盛的今天,曾经光照大地的客家围屋辉煌不再,它渐渐从现实生活中淡出,蜕变成了学者与旅行者们了解客家人过去生活与活动的重要的化石与标本。

围屋是汉民族生活在赣粤闽边际地区的一个民系的文化堡垒,是客家人客居他乡的标志物,围屋或大或小,或新或旧,里面蕴藉着一个个传奇故事。

在粤赣闽三地,围屋的形式与称谓有一定的差异。我去过广东梅州,那里的客家人喜欢在远离平原、依山面水的山坡地营造半圆半方的围拢屋,背面依傍缓坡,呈方形,衔接着山势,承接着地气,正面濒临月池,呈半圆形,养育着风水,散淡着诗意,那种朴素的田园风情很是让人生情;我也数次去过福建龙岩,由于常年承受台风的长途奔袭,那里的客家人多营造可以避风的圆形土楼,土楼依山,但不傍水,由于大尺度、大空间、大容量,形态罕见,令初入土楼者每有震撼感,据说,美国卫星第一次发现闽西土楼时,还误以为是中国的核导弹基地。

南方客家人则以走出山林为荣,为了显富,又为了防劫,多在平畴上择一阔地,凌空矗起城堡式的方围。在南方,对围屋的称谓诸多,如四角楼、土围子、围子、炮楼、炮台,其中以围屋一说最普遍。自然,与梅州、龙岩的围屋相比,此地围屋显得空间体量硕大,防御功能极强,是一种对外实行封

闭，集居住、城堡、宗教信仰、议事厅和中心广场于一体，并为一个父系大家庭的成员提供家、祠、堡三种使用功能的天井式民居。

　　说到天井，我充满倾诉的欲望。我到过赣南的许多围屋，领路人介绍时多以围屋中有多少天井来计量这围屋的体量，从而说明这围屋的豪华、气派。围屋中天井的作用很是神奇，雨天承接雨水，夏天承接阳光，讲究的人家还在天井四周养上些兰花、茶花，供养着几分清新诗意。我喜欢听淅淅沥沥的雨水从瓦面上一滴一滴敲打天井中石面时的响声，那声音颇是清脆，仿佛一种梵音，在执著而有耐心地向你传递着这个家族的某种力量。还有，阳光从天井上倾泻进来的情景很美，角度好的时候，大片的阳光呈瀑布状泻来，逆光照下的相片很有沧桑感，老围屋的古旧状态显得愈发生动。我发现，客家人对天井是格外厚爱的，不论围屋规模大小，天井是愈多愈好，多多益善。天井除了吸收阳光雨露，也汲取住家人洗濯过的生活用水，天井之间是相连的，天井的水直通往宅外的自家水田，到任何一个围屋里去，居住在里面的客家人都会告诉你所谓"肥水不流外人田"的古训。

　　建筑是凝固的音乐。南方客家围屋的实用与战备的硬性成分，与雕塑、绘画、风水等柔性的文化因素融合，可谓集建筑与美学于一体。时至今日，赣南围屋成了向现代文明社会的时尚人展示的古代文明之名片，它的

老朽不堪注定了它不能再产生什么鲜活的思想元素,但它的浮华往事注定了它是营造了一个个美丽故事的古老摇篮。在温暖的阳光下和如水的月光下,围屋有如大地的代言人,又宛若大地的神话,成为时间的浮雕、乡村的风景、岁月的丰碑。一座座围屋凝固在泛着泥土芬芳的田野上,有如历史教科书,可以让观光者在瞻望前人的创造成果的同时,领会时代的变化、社会的演进、生命的意义。

沧海桑田,不过百年光景,南方围屋大多成为空壳,成为先祖灵魂飘荡的旧居。新一代人类渐渐从围屋这个千年蛹衣中脱颖而出,走出乡村,住进了城市的高楼大厦中。这不能不算是一种进步,又不能不是一种丢失。获取现代文明成果,享受城市生活,如同北京人去纽约,乡下人为什么不可以进城?但进得城来,乡土语言在丢失,至少在边缘化,要努力去讲夹生的城市话或普通话,乡风乡俗在丢失,城市不允许玩竹篙火龙、抬故事、敬土地爷爷……所以,我在决定写围屋时,内心充满了矛盾,一方面我在竭力彰显它的不俗与辉煌,一方面我根本不能阻止围屋里的人不断走出来,远离它,抛弃它,我清楚地感觉到,我的写作速度根本赶不上围屋老去、死去的速度。

三

白鹭翻飞,闲云舒卷,千层稻浪飘花。正夏蝉鸣唱,四野人家。轻雾烟朦似海,风过处,绿舞林纱。江天阔,渔舟鸟渚,岸树汀沙。

休夸,赣南好景,一别又经年,更见繁华。笑少年淘气,水畔摸虾。长梦古围屋里,轻摇扇,乡语凉茶。而今却,高楼满城,怎奈天涯?

——简心《凤凰台上忆吹箫·故乡》

以下这一段关于客家围屋起源的叙述或许有些干涩,但又不得不说。历史的东西总是这样,于枯燥的陈述中显见峥嵘。

客家围屋的起源究竟怎样?众说纷纭,主要有两种说法,一种是传承东汉魏晋南北朝时期的坞堡说,一种是土生土长的地方产物说。

坞堡这一建筑形式,起源于西汉时期的西北边陲。

东汉末年,五胡乱华,天下动荡,相当一部分中原汉先民往南方举族逃亡,一部分留守的豪家大族则大肆修坞筑堡,抵御外侵。坞堡是在城的基础上演变过来的一种小型城堡,其重要特征是四隅建有角楼。宋以后坞堡便消亡了。今天,在赣南还有两处坞堡遗址,一处在大余县长江村寨上自然村的滔滔章江水畔,保存的是隋唐时期坞堡建筑遗址;一处在于都、宁都两县交界的于都县葛坳乡澄江村,也曾有一座建于宋代的谭氏小城。这两个地方很有地理故事。前者大余,古称南安府,明清时辖南康、崇义、上犹、大余四县,其中源于大余县河㟷的章江水为赣江支流章江之源头,赣江另一支流贡江源头在石城县的石寮㟷。后者于都葛坳地名颇有来历,传说缘于黄巢。说黄巢征战赣南期间,一夜,在一山坳地竟与随从走散,饥乏之极便往一人家求食,这家老妇人宰了家中唯一老母鸡给黄巢吃,黄巢临走见门口挂有葛藤,与大部队会合后,嘱咐凡见门口有葛藤人家不可扰之,消息传开,客家人家家门口挂上葛藤,竟然在战乱中平安无事,这个地方遂有了"葛坳"之称。可惜,四季如流,时光将这两座古堡洞蚀得一干二净,只留下残垣断基。走近这些千年前的坞堡建筑遗址,但见野草迎风劲吹,些许从野草中裸露出来的夯土断墙如同岁月的化石,无言地昭示着千年前我的客家祖先们的生活印迹,幽幽之中,不禁让人思接千载。

由坞堡及至围屋,可以说两者之间似乎呈现一定的传承关系。如形制结构上,两者的平面均为方形或矩形,外立面均为高大坚固的墙,四隅均建有角楼……且客家的迁移路线与时间及客家民系的形成时间也极为巧合,这一时间正是客家先民南迁至赣南的盛期,会不会就在这次南迁过程将这一中原地带广泛流传的建筑形式带入了赣南呢?

土生土长的地方产物说,又是怎么回事呢?赣南客家人一般称堂为"厅"或"厅厦",称一栋房子为"屋",一间房子为"房"。厅是屋的中心,许多栋"正屋"和"横屋"连在一起便组合成了一幢"厅屋组合式"的"大屋场"。这种民居实质上脱胎于古代中原庭院府第式民居。来到赣南的客家人,民居形式以此为主流,广泛分布于各县市,其中尤以"九井十八厅"最为壮

观。"九井十八厅"又有"九厅十八井"之说，天井如此之多，体量何其大，这种大规模上的建筑在进深和面阔方面有了拓展，是赣南客家人建房追求的最高境界，一个"九井十八厅"之大屋场中，可以居住数以百计的人口，这无疑是豪宅了。

　　豪宅从来都是财富的象征。"九井十八厅"或"九厅十八井"这类建筑，一般为世家大族或巨富所建。我在南康市凤岗乡董屋村和瑞金市九堡乡密溪村见过几幢保存相对完好的"九井十八厅"，绵砖（平着摆放的砖称之绵砖，为有钱有地位人家的砌墙形式）房，砖木结构，屋形高大，风火墙高耸，飞檐翘角，气派非常，内部装修以石灰粉墙、油漆门窗、雕梁画栋，富丽堂皇。"九井十八厅"或"九厅十八井"的诞生，造成了一个宗族，一个姓氏，甚至一个村落里的所有人，可以和谐地生活聚居在一个拥有数十间或数百间的一栋巨祠里。至今宁都县东龙村百间屋、石城县通天寨下的王家百间屋仍在岁月风中傲然展示着这种客家民居的雄风。

　　这时，迫于险恶的自然环境、无法约束的流民、连年不断的兵火和宗族间激烈的械斗，富有的客家家族或个人有了战备与防护的需要，他们受当地官府城堡和古山寨、村围及稍早于赣南的闽粤围楼的影响，有了筑围的考虑，将一个或数个"九井十八厅"用围墙连接在一起，并四角筑起高墙或高楼成方城以围之，如此，土生土长的客家围屋便形成了。龙南的关西新围内部就是两个"九井十八厅"连接成的巨宅。这便是"土生土长的地方产物说"。

　　其实，土生土长说也好，坞堡传承说也罢，形成于明、盛于清的赣南客家围屋之本身是客家人建筑上的一种创新结果，这是无可非议的。不幸的是，20世纪的30年代，苏区红军与白军之间的拉锯战，彼此以围屋为堡垒，最终的结果是围屋成了战争的牺牲品，曾经星罗棋布分散在赣南十八县域的数千座围屋，毁于战火，曾经拥有数以千万计的赣南围屋，现如今只有当年纯白区的赣南南部一带还有数百座围屋幸存了下来。

　　岁月如霜，风雨无情。自然风化的结果，赣南残存的围屋还在继续减少。有幸的是，自2004年第十九届"世客会"在赣州召开后，围屋开始受到

更大程度更为广泛的关爱,作为客家非物质文化遗产,客家围屋所蕴藏的丰富的建筑与文化元素正在被发掘、光大。

四

　　我喜欢行走在乡村,山岭逶迤,田畴泛绿,一条条蜿蜒的溪河旁,三三两两散落着简朴如斯的客家围屋。晚风吹过,炊烟袅袅,树叶婆娑,溪流欢歌,饭菜的香味从围屋里一家家的大门或厅堂的天井里溢出,门口溜达的看家狗便嗖地窜了回去。

　　我曾在农村担任扶贫工作组组长一年,这期间我走访了不少的古村和围屋。说实在话,事隔四年,我仍旧怀念那些扶贫的日子。因为远离城市与喧嚣,乡村予我的感觉是平实、祥和的。没有欲望、没有纷争的世界,使我的心灵呈现至极的纯净与宁静。我喜欢这种人生状态。

　　清晨、午时、夜晚,田地、山林、星空,宁静存在于乡村好多美妙的空间与时间里。我最喜欢山村午时的宁静景象了。山里人们利用这空档,午饭,休息,恢复着体力,享受着冬暖夏凉的围屋里营造出来的幽凉,也大都在这个时候迎来下乡走访的我们,这是山里人最有闲空与我们相聚的时刻。

　　我发现,许多无风的午时,乡村如同树木静如处子,屋顶滞留着炊烟,池塘里的荷花和山野的蒿草不动声色,甚至于溪涧流水也静止了湍动。此时,柿子树下的黄牛"哞"的一声叫唤,碎了一角天空,传进围屋里面嗑着瓜子聊着农事的我们,让人体验到这山里无边的静谧。此情此景中,我的心境格外清明。我想,环境的宁静,可以为人心灵的宁静提供最好的场景设置。我珍惜这短暂的宁静。便是于这短暂的宁静中,我反思人生,追寻生命的本真,用人性的眼光去关

注我身边不同命运的围屋里的人。好多回,因为走近围屋与围屋里的人,我有些感动自己心灵深处迸现的些微的思想光芒。虽然我不能尽意地用文字表述出来与思想者们共鸣,但,我记住了那些美好的片刻。

便是此刻,我仍会想起这样一种情景——围屋一隅,大树下,一头黄牛,或水牛卧在树叶的阴影里,昂着头反刍着胃里的野草,一双毫无欲念的眼睛无目的地注视着远方的水田与山峦。这一情景萦绕于我心长久,尤其是那双毫无欲望的眼睛令我难忘。当时,我曾经毫无理由地与同事一同去猜想一些问题,如它对来往的行人为什么始终无动于衷,是因为它与人类关系太密切了而把人类天然地当做了自己人,还是因为过分地从属于人类而失去了它对人类的最后一点抗争呢?还有,它反刍的动作与执著注视的眼光也很有意思,它是在反刍着它的祖辈曾经的梦想呢,还是在等待蓬草间哪只它眼熟的野兔出来饮水?人类应该不应该同情牛的命运呢?它代代为人类奴役,满眼只有服从与善良的神情,几乎看不出它有什么更高的生命要求。而因为这里的山里人贫困,这里的牛也似乎更劳苦,我想,这里的牛从它的祖辈开始就只反刍过稻草与野草的滋味,甚至都没有过吃黄豆等奢侈食品的幸福经历。

乡村的牛老实,狗倒是相当厉害。狗不似牛那般宿命。狗与人类显然更平等些,它服从于喜爱它的主人,它坚守自己的职责,它对一些来往之人都有爱憎的表现。狗是格外多情的动物,每每来过一户人家几回后,它便识了客人。见主人厚待客人,它竟也知下回再见时,并不狂叫,而只是默默地引领你走进它的主人家直到主人迎来,之后它还要绕我们转上几圈,以示亲热,也不管我们悸怕与否。有一回,亲眼见到附近的山里孩子丢了自行车落荒而逃的那幅怕狗模样,我有些得意,得意狗对自己的稔熟与亲近。我想,能够亲近山里守家的狗,是否便算是亲近了山里人呢?狗是忠诚的,它讨厌主人讨厌的人,喜欢主人喜欢的客,它敢于代替朴素的山里人发言表态,当然是用它自己的方式和语言。我向来不喜食狗肉,既怕燥,也总有不忍的隐约感觉。毕竟狗的忠诚无畏过人,它其实是人类的朋友。我到报社从事编辑工作后,正逢地方上开展新农村建设活动,时常看到一

两则关于乡村干部与群众关系好以至连狗都与他亲热的报道见诸报端,心里总有一种怀念在漾起,记忆如一只小袋鼠蓦地从母亲的口袋中跳了出来。

围屋一旦落根于田野,便充满了乡村味。我始终认为乡村味是最真实暖人的生活气息。有一回,与城里几个作家一同下乡,一个从乡土中走出的作家欢叫道:我闻到了乡村的味道。其他几位愕然:没有哇,我们只闻到了桂花香的味道。那位乡土走出的作家说,不仅仅是桂花香,是土地的味道,没有闻到?!是呀,一个人只有真切感受到了土地的味道,才真正认识了乡村。赣南围屋高耸于乡村旷野,四面空阔,小河流水,瓜果飘香。春天土地在开耕,夏天土地在泛青,秋天土地上有烧稻草的味道,冬天土地上有牛屎臭的味道。围屋里的人居住环境传统而实际。它们虽然不及城市人住宅豪华,但坚固程度绝不比城里的房差,而且,走进围屋,总是感觉在走进一种浓浓的乡情中。

我总是怀揣着这样一种美好的感觉走近农家的。撞上好日子,比如安西乡的"老爷会",或是韩坊乡的"上丁日",我们必定就要成为这场盛宴的主客了。二十四年前,我在乡村中学教书,过年时,韩坊的学生邀我去玩,没想到大年初六那天,正是村里"文革"以来的第一次"上丁日",由于间隔了近二十年时间没有举行上丁活动,期间各家各户均添了男丁。客家人的规矩是初六这天,凡添丁人家每户出一个代表携一台酒席及方桌与条凳,如此,百余户人家便是百余桌酒菜,一桌连着一桌,如同长蛇阵,两侧则坐满了村中有声望的族老和从外地回来过年的嘉宾。若有贵客或先生遇上门,则必定是坐上席无疑了。无意中撞上去的我,便如此生拉硬扯坐了一回上席。不到二十岁的我居右,年近八旬的老族长居左,下面是一长溜的上丁酒席。当老族长说完话,主持人邀我也讲话,我大概讲了一通什么这里山好、水好、人更好之类的客套话,随即酒席开始,百余户添丁人家的代表提着盛满水酒的锡壶排着队往我和族长的大瓷碗中添酒,意思是我们二人喝了才算承认敬到了酒。前面两人添得满碗的酒,我拼着年轻喝光了,但当我面对长蛇似的添酒队伍时,心里发怵了:这可如何是好呀?学生旁边看出了我的为难,告诉我不要一碗一碗喝,让每家的酒都往其中添去,只需喝最后一碗酒即可。于是,任凭客人如何劝,我都婉拒,眼看着一把把酒壶将酒往有限的碗中添去,溢满桌面,酒水如流,最后,我和族长两人举起满满的"百家酒",面向大家,一饮而尽。这种风俗如今是年年进行一次,所以我所经历的高贵礼遇是极难再有的了。

诚然,社会进步的今天,围屋原始的防御功能早已消失,一个个炮楼与一孔孔弹洞,寂寥无语,不再守望战争,唯有朗朗云天可仰,淙淙山溪可听。锁了千百年的三层铁门及巨大门锁也早已失踪,围屋内外鸡犬相闻,田里烟草泛黄,山坡脐橙流金,却并无坏事者行窃,任凭游客来来往往,探头探脑。这与城市人家各住防盗网单元房、老死不相往来、七尺斗室里远离阳光与森林的生存情景截然不同。在围屋,我最喜欢做的一件事,就是与围屋里的人聚坐一会儿,哪怕只是一小会儿。浓浓的乡村味中,一群人围着方桌,共酌一壶野参茶,听屋后蟋蟀欢鸣,看阳光斜斜侵入,当真是一种极妙的享受。若能被安排在围屋里吃上一餐便饭则最妙了。2004年第十九届"世客会"代表在龙南关西新围的"千人宴",当时被认为是整个活动最令人感动的仪式之一。当时,我作为论文提交代表参会,亲眼目睹了这一幕,也亲身感受了一回客家围屋里吃饭的美妙。好多次,我发现山里人喂猪吃的大米比城里有些人家吃的米还要好,他们自家吃的全是优质好米。每次遇上围屋里人留我们吃饭,我便满心欢喜,这种喜悦甚至胜过上五星酒店。期间,我定会赞不绝口这里的饭香,好吃。然后,我会问一个问题:你们家门楣上的那几个字什么意思呀?

于是,一个家族的故事就此演绎开来。

在客家围屋的大门上,多有围名,如乌石围、燕翼围、龙光围、粟园围、东升围、磐安围、尊三围等等。围内人家户门上空白处都要描上三四个字,当地人叫做"门榜"。在田野上有些张狂地显示自己门派的荣耀,这是赣南客家的一大特色。门榜,又叫门匾或门楣,是客家人居所大门额上的装饰性手画匾框及其题词。门榜标示一个姓氏的悠久与荣耀,家庭的辉煌与声望,家庭的礼仪与教育,做人的修养与道德,世道的称誉与希冀。因此,门

榜,已不仅仅是一种装饰,它实则上已然成为一种文化现象。

我在乡村行游时,每每为那里丰富多彩的门榜文化而着迷。这些门榜文化里,散淡着历史的厚重,流载着岁月的故事,积淀着时间的力量,彰显着家庭的内力,传播着房主的理念,并随着家庭的繁衍世代相传。门匾题词非常有学问,以郡望、姓氏的历史名人为题材,形成某姓氏专用题词的,称为匾。以古代名言警句为题材的题词,则是各个姓氏的共用品。

昭示本姓氏家族的渊源,如黄姓的"江夏渊源",揭示了黄姓的发祥地是古代的江夏郡;陈、钟、赖、邬、庾等姓的"颍川世第",说的是以上几姓均望出颍川郡;罗姓的"豫章遗风",则昭示了罗姓望出豫章郡。

显示本姓氏谱系的高贵家风或门第,如孔姓的"尼山流芳",说的是春秋时期孔氏大思想家孔丘诞生于山东的曲阜尼山,其事迹和思想彪炳史册,流芳千古。钟姓的"越国家声",说的是唐睿宗时期,钟绍京因助李隆基平定韦后之乱,爵封越国公的历史事实,钟绍京本人是赣南客家人,籍贯兴国县高兴乡,至今他的古墓前凭吊之人仍然是络绎不绝。张姓的"曲江风度""相国遗风",说的均是张姓先人张九龄的故事。张九龄为唐时韶州曲江(今韶关)人,唐玄宗时迁中书令,赣南与粤北之梅关即为他亲自督导下开通的,从某个意义来说,他是唐以来中国南方海上丝绸之路的开创人之一。此外,某些姓氏的"大夫第""司马第"等等,则是显示其高贵门第的。客家人主张"耕读传家",每每喜欢从自己祖上寻求一些可以光耀姓氏的文化内容来激励后人。

反映本姓氏谱系中名人先贤的事迹。如钟姓的"知音高风""飞鸿舞鹤",前者记录下了春秋时期钟子期和俞伯牙"高山流水"觅知音的千古佳话,后者记录了三国时期魏太傅钟繇的书法独树一帜,其书"若飞鸿戏海,舞鹤游天"的事迹。刘姓的"校书世第""禄阁光辉"指的都是西汉刘向奉汉成帝之命校正五经异同于天禄阁。张姓的"金鉴千秋"指的是唐相张九龄向玄宗上《千秋金鉴录》的史实。王姓的"三槐世德"叙述了这样的事实:宋朝王祐曾在庭院中植槐三棵,预言子孙必然显贵,后次子王旦果于太平兴国年间考中进士,后出任宰相。田姓的"紫荆传芳"说的是临潼有个田真,

兄弟三人分家,财产均分后,尚剩屋前一株紫荆树未分,约定次日斫分为三,各得其一。谁知次日早上,树已枯萎待毙,田真对两个兄弟说:"树木同株,闻将分斫,所以憔悴,是人不如木也。"说完悲不自胜。兄弟相感,不再分家,屋前的紫荆又繁茂起来。赣南人从中原南迁而来,虽然远离故土,但心系中原,骨子里沉染的仍是浓浓的中原文化,他们想尽一切可能来彰显自己的文化渊源。

显示本姓氏谱系先贤品格高尚,如黄姓的"叔度高风",反映了东汉黄叔度的高尚品行,其品行:"汪洋若千顷波,澄之不清,淆之不浊。"杨姓的"清白传家"叙述了东汉杨震为官清廉,一生清白。曾有人夜怀十金,向他行贿,杨震不接受。行贿人说:"暮夜无知者。"杨震回答说:"天知,地知,子知,我知,何谓无知者?"终不受贿。曾姓的"三省传家"取之于《论语·学而》中曾子所说的一句话:"吾日三省吾身——为人谋而不忠乎?与朋友交而不信乎?传不习乎?"以此垂诫后人要向曾子那样严格要求自己。

显示门风纯朴、吉祥、兴盛,如书写"忠厚传家""耕读传家""勤俭持家""艰苦奋斗""紫气东来""和为贵""得我所""安其居"以及"春秋鼎盛""风华正茂""桂馥兰馨""竹苞松茂""兰桂腾芳"等等。

好多回,我流连于围屋,流连于一扇扇门榜前,倾听一个个家族故事,陶醉于客家古风古韵中。在门榜前,思想的翅膀很容易展翼,掠过围屋的飞檐,飘过层叠的远山,走进岁月的长河里。

五

客家围屋以南方数量最多,保存最完整,南方可谓"围屋的故乡"。

客家围屋主要分布在龙南、定南、全南、安远、信丰、寻乌等县。这些围屋大至上万平米,内可居数百人,如龙南县武当镇的田心围,最多时曾住过九百多人;小的仅

二三百平方米,如龙南县里仁乡的猫柜围,围内仅住一户人家。

赣南围屋主要建于明清时期,民国以后便基本上不建了。现存最早的两座围屋是龙南杨村乌石村民小组的盘石围,约建于明万历年间(1573~1620),毗邻十余里的燕翼围则稍晚几十年,建于清顺治五年(1648)。

龙南县是残存围屋的最主要集中地,倍受世人夸耀,素有客家"围都"之称。从最早建筑围屋至今,时光过去了五百余年,龙南一县至今仍残留了370余座围屋,占全赣南残留围屋总数的近80%,且围屋规模之大、风格之特别、保存之完好,龙南为全国之最。究其原因,恐与龙南县所处地理位置有关联。龙南与广东毗邻,20世纪30年代,国共两党兵刃相见的岁月,陈济棠的粤军占领着龙南、信丰、赣州这一线,由于陈济棠采取不积极参战态度,红军与粤军之间的战争也相对很少,长征突围时的路线正是粤军占领区,便是这个道理。这个政治背景下,龙南一片的客家围屋得以完整保存下来,一些圮毁了的围屋也多半是岁月风雨侵蚀而自然崩塌的。

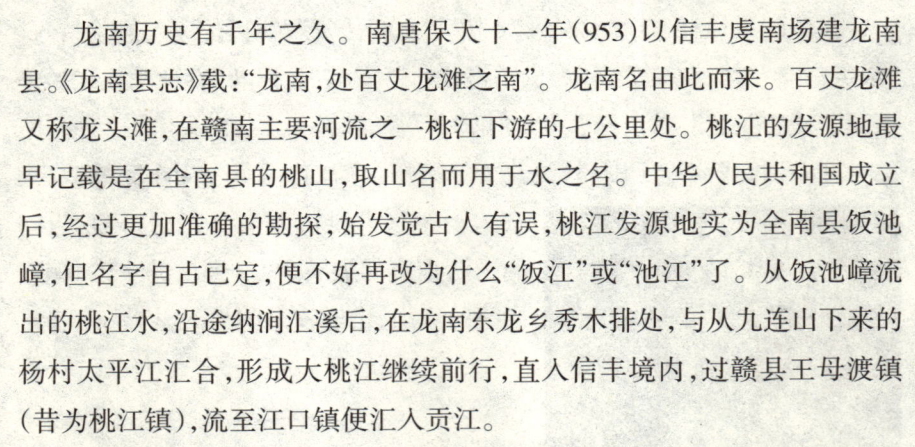

龙南历史有千年之久。南唐保大十一年(953)以信丰虔南场建龙南县。《龙南县志》载:"龙南,处百丈龙滩之南"。龙南名由此而来。百丈龙滩又称龙头滩,在赣南主要河流之一桃江下游的七公里处。桃江的发源地最早记载是在全南县的桃山,取山名而用于水之名。中华人民共和国成立后,经过更加准确的勘探,始发觉古人有误,桃江发源地实为全南县饭池嶂,但名字自古已定,便不好再改为什么"饭江"或"池江"了。从饭池嶂流出的桃江水,沿途纳涧汇溪后,在龙南东龙乡秀木排处,与从九连山下来的杨村太平江汇合,形成大桃江继续前行,直入信丰境内,过赣县王母渡镇(昔为桃江镇),流至江口镇便汇入贡江。

我探访过一次龙头滩。从龙南县城西隅的犁头咀码头上船,至龙头滩这段水路不过七公里,却有"小三峡"之称。这段桃江水,扬波逐浪,历经了九弯十八滩,其中一段礁石如牙,险象环生,落差时有,行至龙头滩,船工告诉我桃江水的落差有十四米。起起落落的感觉让人生畏,却也成就了龙南自然景观中最为丰富的探幽历险旅游精品路线。一路上,不时可见突兀于江中、岩边的危石险礁,以及不时涎着怪笑的成串成串的深潭、旋涡,桃

江两岸时为峭壁峥嵘之状,时呈茂林修竹之景。江边随处可见一只或数只白鹭栖息于岸边,偶尔飞起巡视一回江面,以一种守望者的姿态关注着它的家园和过往舟船。

便是在这滔滔桃江水两岸,丛生着赣南最丰饶的围屋。数以百计的围屋伫立风中,夜晚枕着桃江水的奔流声入眠,白天则有无数的客家高车汲取着桃江水浇灌家园。在桃江两岸众多的围屋群中,最具有代表性的是杨村燕翼围、乌石围及关西新围、里仁粟园围、桃江龙江围等。2001年2月4日,中央电视台《东方时空》栏目向全世界将龙南围屋进行了展示,使龙南乃至赣南围屋顿然声名鹊起。2003年,龙南"客家围屋"被确定为"赣南十景";同年,龙南县的关西新围、燕翼围被同时列为国家重点文物保护单位;2004年,关西新围所在的龙南县关西镇与上宝围所在的于都县上宝村、东升围所在的安远县镇岗村,还有寻乌县澄江镇周田村、瑞金市九堡镇密溪村5个古村(镇)一起被列入江西省首批历史文化名村(镇)。

1.以乌石及其乌石围出名的龙南县杨村镇乌石围村

2001年2月4日,乌石围作为中央电视台《今日中国·客家人的围屋》的现场报道背景。当时得知这一消息后,很多人在疑问:赣粤闽三省数以千计的各式围屋,乌石围被有幸中选,中选的原因何在?为什么保存最完整的龙南关西围、最负盛名的燕翼围,或是占地面积最大的安远东生围不能入选,而电视人独独看中了乌石围呢?我去过所有这些有一定名气的围屋,自然知道其中道理——乌石围质朴、自然、有故事,乌石围人有深深的爱围情结,乌石围有一块神话般的乌石,乌石围不像其他围屋伫立于平畴中,它的一侧有溪清流,有矮山可作拍摄的点……这一切,注定了乌石围是特别的。

乌石围最早的主人是明朝万历年间杨村东水人赖景星。赖景星家中田少,年轻时便开始做木材生意,数年后,赖景星做皇亲王府生意赚了几万两白银,遂成为杨村首富。于是,万历十年,他开始筹建围屋,宅基便择在嶙峋怪石散落的东水河边的乌石旁。整个工程历时28载,于万历三十八年完工。这座半圆形的围屋(与广东客家的半圆形围屋状态正好相反),正

面有两个很大的角堡分布在两侧,雄视着广阔的田野,围屋外正对着一口与围屋面积、形态相似的半月形风水塘,合风水阴阳两极之意,之间是那枚巨大的乌石、功名柱、石旗杆。乌石围巍巍然坐落于赣南山水间,客家特质昭然展现,建筑布局充满玄妙,尤其是它融自然环境与宗族聚合、抵御外强于一体的多功能、多情景,让人仿佛在阅读客家人一本丰富的画册。

乌石围的门楼是我见过的所有围屋中最具豪迈感的。这座历经风云的围屋,是龙南现存最古老的围屋之一,储积了几百年的风雨沧桑,而大门两侧一对锃亮的圆圆的抱石鼓,又以一种非凡的气派昭示着这个围子里曾经的显耀。赣南属山区,自古崇尚"耕读传家"的生存理念,非耕即读,耕读传家,这是客家人的基本生产生活方式。之所以选择这样的方式,有着深深的中原情结,中原儒家讲究重农抑商、崇德尚学的传统不会轻易丢掉。另一个更实际的原因,是客家人所处赣闽粤边区均属山域,自然环境恶劣,"大山长谷,荒翳险阻",山多田少,交通不便,商业在这里难以找到滋生发展的土壤。客家人世世代代经营着简单粗放型的山地农业,长期的生产生活实践使他们认识到:要生存,只有勤于耕稼;要发展,只有读书仕进,舍此别无他途。我在石城县岩岭乡上柏熊氏古村进行田野考察时注意到,村里至今仍保留着一处明代古遗迹,形单影只的石门斗上赫然刻着"耕读处"三字,其两边对联"力耕可以无饥,开篇自然有益"至今仍然清晰可见。读书,当官,发财,光宗耀祖,似乎成了围屋里的客家人的一种较为崇高的生命运动形式。如这乌石围人家,以巨大的抱石鼓来体现"耕读传家"的成果,来彰显家族荣耀。当然,较之江浙一带官僚家族巨宅前的抱石鼓,赣南客家围屋前的抱石鼓则小得多,如海宁陈阁老宅前的抱石鼓一人也合不了,门槛则需借助矮凳过渡才进得了门内。大凡,越牛皮的地方抱石鼓做得也越是牛气。

去乌石围是2000年的事了,当时,走近围屋的文化人相对较少,关心围屋事的人则更少。记得那天我向围里居民打听,他们大多对自己祖屋的故事一知半解,好不容易来了一位老者,才坚定地说:"没错,我们乌石围清代历史上出过一个五品官,在四川就职。"可惜,他也说不清更多的细节,而时

间匆匆,我也没来得及翻阅族谱,以致至今我也不清楚这官是哪个年代的人,姓甚名谁。是呵,岁月风吹了几百年,吹得乌石的肌肤老了、黑了,也吹得乌石围人的记忆有些老了、松了。好在还有一个乌石围"万人伞"的美好传说,让这乌石围生动起来。所谓"万人伞",即一把特制的铁伞,上面签了一代代无数族人的名字,谁去四川做客,不用介绍,有此伞,即为家乡人之证。乌石人凭着这把伞,川赣之间走了好多代的亲戚,可惜,20世纪六七十年代被无聊人做养鸟的笼子毁了这把伞,给这美好的故事一个伤感的结局。

　　围内奇迹犹存。四百多年前建造时铺就的呈花纹图案的卵石依然如花似锦,美得让人醉心,客家先民的匠心灵巧之极,让游览者除了啧啧称奇外简直找不出更多词语。透过天井看天空,阳光灿烂,将古老的围屋装满了光明。只是屋顶从前爬满了狮、象、天鹅、鲤鱼等吉祥之物的三耙檐上,如今只剩了少数的几只狮与象,沐风沥雨的百年时光流逝里,它们在坚守着古围的骄傲,还是在守望岁月的沧桑?

　　围里的后院有一小小的圆井,里面井水好得不得了,涌出的水超过了地面,好在井围足够高,水再多情还是不能漫出来。写到这里,我内心充满了对井的虔诚怀念。赣南是个多井之地,每一个祠堂每一座围屋每一个大院每一条街巷内,都有一口口井张开眼伫立于一方。围屋里外往往都有井,和平时期用围外的井水,战争时期用围内的备用井,另外围内还备有旱井,平时堆上土,战争时期掘开里面全是粮食。在赣南,每一口井都养育了一围百姓,也养育了一代代风流;每一口井都是记忆之井,无论是溢满了水或是堆满了土的井,都有一腔蓄得满满的故事。只可惜大多数的井,都随着围屋的老去而废弃,大多的井都被埋藏于深邃的厚土与历史中去了,只有少数古

井，因为还有人居住在围屋，井还存活着。这些苟且活下来的古井与老人一样，沧桑，无语，却令人震撼，总散淡着些许古老晖霭，或飘逸着些动人故事。

好在，乌石围还活着。时间过去五年，我至今仍记得当年踱步于乌石围的那种度量历史的感觉。时空飞转，古今只是瞬间事。如今围里人家走出围屋的有增无减，只有极少数忠于传统的人家在固守着古围。

乌石围前方有一开阔场地，再之前便是一泓标准长方形的大池塘，里面装储着乌石围人的风水意识，也蓄满了客家人的情感故事。围的左侧傍依着一条溪水，溪边有一棵古榕长得郁郁葱葱，一枝树干将身子弯了数十米，直往溪中探去。我在后来写的一篇文章中，把那古树执著的情景描述成它似乎想与流水亲吻，引得无数文人骚客纷纷前去寻幽。溪水里布满了大大小小乌黑的乱石，溪流撞击着顽石，发出激荡的声音，楼旁便时时有着激越的歌唱在鸣响。顽石奇形怪状，让人无端想象，这里在远古时代会是大海还是深山？这些顽石原本是藏匿深水里还是深山里？江水的歌无字，季风的唱无词。乌石围门前的乌石张开了嘴，念的也是无音的经。

乌石村以乌石围出名，乌石围以乌石而名，因此乌石较乌石围更受恩惠。五百年的乌石围终究有一天会老朽而消失的，但乌石永不会消失。乡民们爱护它，从不踩踏它，还从观念上崇拜它，视它如神石。这块巨大的形似蛤蟆状的乌黑发亮的石头，几百年来不知承受了多少人的跪叩与轻抚，它那微微张开的嘴，似一只"金口"，鼓噪着乡人生长意愿叩头求祈福运。村里神迷于它的男人、女人们，嚷嚷着那乌石嘴神灵得不得了，摸一摸都可以消灾避难除病。乌石围是最早被宣传的赣南围屋，早在1999年《江西画报》就载发了乌石及乌石围的照片，乌石围正在通过文字和电视被介绍、传播到更远的人群里，成为中国文化与世界文化的一枝一叶。其实，冷静下来，我们应当理解乌石围后人对乌石超越自然的这份爱恋——他们是借这乌石在缅怀正在老去的围屋，同时也在释放一种代代承传下来的情感呀！

2.发"洪财"赚来的关西新围

关西新围建于清嘉庆三年（1798），竣工于道光七年（1827），历时二十

九年。因规模宏大、保存最完整,而名居第一。

关西新围开基祖徐名钧,字韵彬,号渠园,排行老四,俗称徐老四。因他的姐姐嫁在燕翼围,从小便时常到姐姐家做客,每每为燕翼围的雄伟高大所神迷,内心暗藏竞争意识。长大后,姐夫赖世璋资助他做木头生意,遂有了之后的传奇故事发生。

新围,是相对老围而言。关西老围也很有名,叫"西昌围"。新建好的围一直没名,原因是新围做好没多久,主人便死了,于是,只好用了这样一个相对性的名字。

浏览古物,我以为,最好要避开喧嚣与繁杂,这样才能使心灵真正走入历史,感受到当时的那种氛围和气息。位于龙南县关西镇的关西围,建筑面积近一万平方米,空间大得很,随便一折身,就是一个新天地,很容易找到那份属于自己的欣赏空间。

我始终相信,古老的建筑都是有生命的,在宁静而用心的审视中,它曾经的堂皇与生机便会悄然复活。于关西围照壁前的空坪前,于汲水洗成的古井旁,驻足遐思,穿过幽寂的时空,借助想象,当年人欢马叫、歌舞升平的繁荣景象是很容易体验到的。

我发现,为大院遮风避雨的照壁,上面的锦簇花团已经剥落殆尽,像围屋左边的小花洲一样,曾经的风花雪月,曾经的大千气象,还有好事者无恶意的传说,一概地留给那东西两扇门洞和大院前的两对石狮了。雄石狮大张着嘴,雄性勃发,一副气吞河山的气势,这是寓意着当年骄狂得意的富绅主人吗?! 雌狮则闭合着嘴,象征着主母,一派温柔祥和的神态,而她身上附着的两只小狮子呢? 让人很自然地猜想是她的两个小孩,细细一想,又觉得不对也不像,主人富甲一乡,生有众多子孙,两个显然不对,而那两只小狮又分明有些抢眼,于是后来的外人便无端地猜测,这两只小狮是寓意着主人的两位小夫人。这猜测无从论证,但与其他传说合起来理解,又似乎有一些意思。

在关西新围,我听到一个十分有趣的传说。新屋围的主人徐老四自年轻时便是个逍遥之人,苏州、扬州等地都是他的花花世界,等到他的钱财散

尽，便带了两位张氏回家作二房、三房，过起了平淡的日子。后来，两位小夫人竭力劝他重新振作，认真经商，并以平生全部积蓄予以资助。受两位小夫人鼓励，老四做起了木排生意。开始，生意做得并不太好。一日，从赣州启程时，有一青年公子欲搭便船下南昌，众船家不愿惹麻烦均不乐意，而老四天性豪爽，却一口应允了下来。此后几日，两人一路侃谈，且酒肉款待甚盛。不日，到达洪城，公子告别，稍后，却有轿来请老四到道台府做客，到得府台，才知乘自己商船者竟是巡抚公子。为报答老四热情款待公子之恩，巡抚老爷盛情备酒，酒谈中问到有什么需要帮助，老四说，贩排生意中，沿途关卡税收太多，有些烦恼，巡抚当即颁旗一面，上书"西昌"，作令旗用，并传下令去，江西境内水域沿途见"西昌"号无需盘问收银，可以任意方便。从此，老四生意如鱼得水，呼风有风，唤雨有雨，一时间，许多排贩子纷纷依附老四，搭靠着做生意，老四乐得收些小费，遂发财而富。一年春季，上千条木排在赣江遇洪水被冲散了架，根本无法分清谁是谁非，而所有木排上都烙上了"西昌号"，结果全部木材归了徐老四，老四一夜暴富，平白多赚了数十万两银子，真正发了一笔"洪财"。

有了钱就盖房，是中国农民千古不曾改变的习俗。于是，老四动用百万巨资，耗时十余载，终于做成了这占地一万多平米、高十多米、厚一米的长方形新围。这是嘉庆、道光年间龙南轰动一时的事了。说到客家人有钱喜欢做房子，在赣南还有许多例子。安远县三百山镇的恒裔围，围里人全姓唐。围主本是一普通人家，太平天国末期的一个夜晚，一大群太平天国兵勇挑着用树叶覆盖着的沉甸甸的担子来到这户人家，这家人倾其所有，为投宿的战士做了一顿晚饭，并烧上热水为战士们泡脚去乏，还腾出家里所有的床铺给战士们休息。次日清晨，这支太平天国小部队悄然离开了农家，几十副担子全部留了下来，之外还留下了一张字条，上面说，感谢盛情款待，我们走了，若一年之内不回来，担子里的东西就全归你了。这家人掀开树叶一看，担子里全是白花花的银子。这家人等了整整十年，确定没有人来追寻这批银子了，便决定用来造了这围屋。在石城县有座围屋，叫陈年围，也有些故事。说这家两兄弟本是普通农家，一日无意中得了一笔横财,于是决定用来做围屋,后来围屋做好不久,正值太平天国残部途经这村子,或许是招待不到位还是别的什么原因,加之战争失败引发的坏心情,恼羞成怒的兵勇们竟将这围屋主人之两兄弟一并杀了,于是,世人便说,不义之财不得好报。果然,陈年围一百多年来,日渐衰弱,人口由二百多锐减至数十人,至十数年前,一幢巨大华美的围屋成了空围。就在前年我走进陈年围时,看见野草疯长没人,寒风鸣镝般呜咽,甚是凄凉,围屋宛若一个大坟场。

  徐老四不同,徐老四的财富来自两位夫人的鼓励,来自贵人相助,来自一场洪水。为了感谢两位小夫人的鼓励与支持,老四不动声色地在院子前的母狮上做了些布置,于是便出现了大小三只母狮共瞻天下的情形。而那"东门供轿走,西门供马走"的东西两扇门呢,也被好事者附上了一些说法。关西新围内的两扇东西门有些不寻常,不大的东门朝着晨阳升起的地方小心开放着,与偌大的围屋相比,它是那么的不相称,不协调,小得让我们后来人都每每要去问个究竟,真的是为了不显富,不张扬?可整个围屋伟大得已够张扬的了。西门一般的大小,这是通往小花洲的捷径,而小花洲正是老四和他的扬州、苏州夫人欢喜去的处所,另外,一般的围屋是不会有两个大门的,我们所到之处的围屋均未见两个对等大门之建筑形态。乡人笑着说,龙南人有句古话,"门朝东,妇娘养老公",老四是靠两位夫人扶持发财的。沿着这种思路理解下去,老四一定是位很有义气的男人,他疼爱帮助过他的女人,以致他造的围屋,总有些脂粉味,居家的色彩重,而防御的功能只是形式上的,围屋建筑上的一切特别之处均体现出他对两位夫人意见的尊重。据说,曾经的小花洲,简直就是一座被搬到了关西的苏州园林!围屋内那些至今依然保存完好的轩廊飞檐、画彩镏金、雕龙画凤类的东西,在惟妙惟肖地展示男人阳刚之美的同时无不泛动着女性特有的细腻之心。

  在关西新围,我是最早向当地人追寻徐老四故事的文化人之一。叙述者怎么也不曾料到,他支离破碎的叙述,经过我更多的田野考察与梳理后,竟然会成为当今流传于客家人群中的一个经典故事版本,这让我多少有些

沾沾自喜。如今，石狮依旧，东西门却老了，凝视那跨越过无数客家先人和现代寻梦人脚步的门槛，古老围屋一切的悲欢离合、一切的峥嵘岁月，都在石狮们，还有那几根横卧于风雨中的三代翰林的石刻柱在不动声色地咀嚼中成了往事。

照壁的后面是围主徐老四修的戏院。很久以前戏台就倒塌了，二OO四年为迎接第十九届"世客会"在赣州召开，戏台及整个关西围被修复如初。站在戏台前，透过岁月风尘，仿佛仍可以看到戏场当年的热闹与非凡——那拖着长音的戏腔，不知道是在表现着人生的悲壮激烈，还是缠绵悱恻，或是哀伤动人；那铿锵的锣声和刺穿青天的京胡调，把偌大的围屋撼动得几乎摇晃起来，墙酣瓦热中，看戏人的心不知不觉被引领进一个圣妙的境地；戏者天然的嗓子呼唤着围屋人灵魂里熟悉的东西，客居到赣南来的中原人呵，就这样深深被这戏曲之美所陶醉！悠扬的乐声，飞越千年时空，演绎着客家人数十代的命运，仿佛在描述这样一块乐土：这里多么宁静、安谧，这里有着长久不灭的和平、大同！

传说，每次戏开演后，当诰赠五品宜人的大夫人赖氏沉迷于戏剧中时，围屋的第一代主人徐名钧就会悄悄从西门出去，与他的两位苏州或扬州夫人到小花洲喝酒赏月。月光下，时光把酒汲干，一代代客家人陶醉在自己营造的命运里。传说，徐老四死后，分几个大门出了棺木，往数个方位埋藏，好多年后，有人掘墓却一无所得，于是传说中的传说，是徐老四可能埋葬在关西新围中的某个点……

3.高守且诗意名字的燕翼围

我可以毫不客气地说，太凡知道客家围屋的人，没有不到杨村燕翼围来的。原因很简

单,燕翼围防御姿态最显著。

杨村,是个出"匪"之地。历史上的杨村叫太平堡。在《太平堡地方志》里就有这样一句话:"太平堡太平,天下太平"。这固然有些危言耸听,但也从侧面反映出太平堡人的刚烈性格和当时太平堡地区的社会稳定情况。翻阅史书,历史上关于杨村人喜武好斗的传说不少,其中最著名的有两则。其一,南宋末年文天祥在赣州起兵勤王,杨村八百子弟急赶部队,最后全部战死沙场;其二,1926年,定南县老城廖、黄二姓发生械斗,竟然都来杨村雇用兵丁,以致血流成河,死的却大多是杨村后生。

明正德元年,粤赣边界发生农民起义,几年后,扩大到龙南,聚众五千余人,时时骚扰官府,声震朝廷,正德七年三月,王守仁奉旨任南赣巡抚,挥军进剿龙南,一举获胜。为了纪念,王守仁命在水口岭与北嶂之间的水口建"太平桥",以示天下太平,从此,桥之上游叫杨村河,下游叫太平江。太平桥的建筑风格是独特的,四拱重叠组合,桥上又建四通凉亭,亭顶还有生动的飞檐,使得它有了屋宇的态势,有了浓厚的人情味在其中。它给人的感觉,不仅仅是一座桥供人过往,还是一处憩息闲玩的好处所。亭内,清风四面而来,杨村河与太平江一气贯通,如白练苍龙从青山中游过,而桥之本身则更像一弯凌空的飞虹。滔滔杨村河及诗意太平桥,见证了百年后燕翼围的耸起!

明末清初,杨村又生匪乱。这年,家道厚实的赖福之和弟弟上赠、上球,遵祖父赖敬溪和父亲赖郁华之命外出避难,原想到黄塘高围亲戚家暂居,不料对方无义,竟杀了前行的探问人,于是改奔黄牛石避难。待匪乱平息后,兄弟几个回到家乡,只见"庐舍已为灰烬,闾井萧索,鸡犬不闻"。赖福之饮恨思痛,念及朱元璋"高筑墙,广积粮"古训,遂萌生了建造高守围的构想。清顺治七年(1650),延请丰城师傅建筑的工程正式开始。据说,仅起基就用去银元一大谷斗,整个工程因过于浩繁,竟费时二十七年,历经三代,待其长孙赖济斯三岁时,庞大的围屋才矗立起来。峻工后的燕翼围呈方形,四层高15米,长42米,宽32米,面积1368平米,房间136间,一层为膳食处,二、三层为居住,四层为战楼,每层均有内楼廊(俗称走马楼),有

58个枪眼;围门有三层,门口有一生活用井,围内有两口暗井,一为水井,一为粮库井,平时以土埋之;围之内壁均以糯米及薯粉糊墙,战备时随手掰下一块往嘴里咀嚼便可果腹。据说,围内暗井存粮和墙上的米粉可以供一个围子的人食用一年。

今年春,有一家外资企业将龙南一片森林买了下来,有意搞旅游开发,便想做点文化,于是,让人编了个电视剧本,借客家故事展示旅游风光,其中有一些情节描述的就是山大王如何与围屋里富人斗智斗勇,围屋里的女人与山里的土匪之间生存与欲望方面的故事。我不敢预测这个本子拍成电视剧后有多么吸引人,但围屋作为表征赣南客家人固守理想、生命、财富与家族荣耀的物质与精神堡垒,已是不争的事实。

林林总总的战略因素,终于令固若金汤、高大易守难攻的燕翼围有了另一个名字——"高守围"。高守围的名字直白,好理解,燕翼围的名字则太雅,有些费解。有两种解释,一是这座围屋的东北角、西南角的炮楼凸出墙体,从远处的高巅处鸟瞰,此围如飞燕展翅,煞是形象,于是有了"燕翼围"之说。另一说,据《赣州府志》记载,燕翼围的围名由道光二十九年赣州府台周玉衡所取,当时周玉衡在燕翼围小住了几日,见围中赖氏后人安康吉祥,夫妇举案齐眉,遂联想到"燕侣比翼"之古语,便从中择字择意,取了燕翼围之文绉绉的名字。

两种来历,均有些意思。周玉衡诠释的名字既讨好了主人,又显了造围人之本意,赖家人饱受战乱之苦,骨子里最向往的还是平安呀!而围形如"燕翼"之说,则让人感叹,如此高大的土石围,如此两支燕翼就可以飞得起来?匪乱频繁的年代,即使是只燕,也是终日醒着燕眼,每声呢喃都在释放紧张,每个眼色都在渴望平和。

《赖氏族谱》记载,20世纪40代初,时任江西第四行政公署专员的蒋经国先生到龙南督查工作,曾专程来访燕翼围,为燕翼围雄奇建筑所吸引,在燕翼围住了三日。期间,还到十多里外的山巅看倾斜不倒的关西塔。这段历史成为关西新围人最有嚼头的内容。

于古围里,尽可以绕廊行走,去寻觅着历史的遗迹。满目尽是时光沉

淀的痕迹,心底泛起历史的深沉感。诚然,我们无法透视一直深埋在地下的旱井,周玉衡喜悦的欢笑也早已被洞窗外辽阔的天穹所融没了,只有烟火染得乌黑的窗棂木柱昭示着岁月的久远,偶尔可见推磨用的龙头、清朝的睡床,幽古的样子,静静地藏匿于柴屋、旧屋里,它们像是围屋生命的见证人,与着古围屋一同从年轻至老迈。

还是从高处再鸟瞰一回燕翼围吧!这高处无论是历史的高巅,还是地理的高巅。唯有高处,燕翼围才有雄奇显现。尤其是头一回走近燕翼围的人,伫立高处,巍巍城堡山一般雄峙,角楼高耸,枪眼如林,凝视得久了,会有炮声呐喊声在聚啸,客家人同仇敌忾,捍卫家园与宗族荣誉的阵势在猎猎族旗下何等英武……

对杨村人来说,甚至是对所有的客家人来说,客家围屋或客家建筑及其传说,是给外人来看、来听的。数百年来,简单的生活方式已经令他们的激情平静如水,不再有所触动,每天都见得到许多的探寻者。无论你抱着怎样的目的,怀着怎样的热望,无论你现在给这里带来几多喧嚣与热闹,或回去花费几多的笔墨去大书与美化这里,这里的人一概地有些麻木不仁的态度。我本想叫几个汲水洗濯的妇女配合照几张相以作纪念,不想,妇女们始终以背影面对我,不予配合。我只有十分诚恳地为她们汲水,请求良久,也不得如愿。诚然,我们不能要求与责备她们,古老的围屋与客家文化随着岁月流逝而日渐老朽,他们世代居住在这里,自然的风吹拂着一个个春夏秋冬,吹老了客家围屋的砖与木,也吹老了依然留在围屋里人的心。当年的围主赖福之造围的最主要功能是躲与防,其用心简朴如斯,费尽了财力物力。结果呢?围屋像一个谜,让许多人不理解——究竟是占山为王、远离了村落与闹市的"匪"们赢了,还是藏匿在围屋里坚守不出的富人们赢了?

如今,燕翼围的人有许多已经觉醒,祖先的荣耀不属于今人,今人的荣耀还得自己创造。太平堡的先人豪气冲天,历史上就以种植"太平堡香菇"流芳海内外,如今的太平堡巨围里也出了众多从政者和经商致富的聪明人……犹如燕翼围那重复三道的巨门再也没有上锁的必要一般。国门开

放,山门开放,观念必须开放,才无负于时代的进步。今天,太平堡有一两万人走出了围屋,涌往广东、浙江、福建等开放地区打工、做生意,更有无数的后生在家乡创业,据说,百万以上家产的人家已有好几十户了。

值得一提的是,龙南不仅仅是围屋之都,它还有绵绵不尽的美景可以让你欣赏——景色秀丽的国家级自然保护区九连山风景区、享誉江南的南武当山丹霞景致、集文物与地理价值于一体的玉石仙岩及阳明石刻、滩险景幽的龙头滩瀑布……穿行于浓烈的客家风情中,迷醉于龙南的山光水色中,你的魂灵将被质朴的客家风净化。

六

十里冷风秋,残照霜楼,群山莽莽叹江流。千载客家风雨事,尽付田畴。
岁月染吴钩,国恨难收,英雄浩荡不回头。多少围屋烽火尽,无语虔州。
——简心《浪涛沙·秋临客家围屋》

说到"活着的历史"这个话题,我很欣赏浙江嘉兴西塘的做派。

2006年10月,我去嘉兴参加全国报纸副刊研讨会,期间参观了一些古镇和现代文明成果。其中,西塘镇最让我钟情了,因为这是一个生活了千年,而且至今还活着的古镇。

为什么这样说呢?在我们赣南,古村镇如星罗棋布散落在乡村田野,但大多古镇毁于战乱或"文革",即使少数保存得较好的古镇也都是躯体活着,魂灵死去了——其中不乏雕龙画凤的明清古宅,祠堂前也不乏林立的功名柱、高耸的旗杆石,但其中原始的生活状态随着如流的时光消解掉了,历史与文化的遗迹有了许多不经意的改变,卵石铺就的古驿道不见了踪影,宗祠雕花的础基成了垫坐石,世代相传的土语正在边缘化……

而西塘则全然不同。这个江南著名的水乡,明清建筑、民风民俗及吴侬语言基本完好地保存下来了。直至今天,西塘成了全国著名的古镇,参观的人流络绎不绝,西塘也丝毫不改自己的做派,依然故我地生活在世代

沿袭下来的生存环境与生活习惯中——临河的廊棚照旧是那么深幽那么曲折,划桨的乌篷船照旧是那样漂泊那样荡漾;月亮照旧是把影子投到河水里投到院落里,太阳照旧是从桥东面升起,桥西面落下;吴越的女儿家照旧是倚着窗棂儿梳妆打扮,人家的衣服照旧是挑在河面上迎风曼舞;闲适的人们照旧是打他们的麻将,聊他们的闲天,纵横的巷弄照旧是深深浅浅、宽宽窄窄;春天照旧是拂岸堤柳最撩人的季节,夏天照旧是"一口香粽子"最好卖的季节;秋天照旧是赏水灯看社戏最热闹的季节,冬天照旧是煮黄酒品香茗最温情的季节。

在西塘,尽管有一群一群来了又来的画家们,常年守着西塘的人和景不知疲倦地绘画速写,尽管有许多许多你来我往的游人们匆匆走过西塘的街和巷探头探脑地东张西望,林林总总的方言在这里交汇成缤纷的交响,陌生如斯的身影不断撞进西塘的怀里。然而,面对这一切外来的东西,西塘如入定的高僧,始终保持着依然故我的姿态,照样晨起暮歇、一日三餐,照样生自己的炉,喝自己的茶,画自己的画,走自己的路,读自己的书,丝毫也不做作、不骄躁,一点也不献媚、不露窘,仿佛一拨拨来去匆匆的行者只是紧一阵慢一阵的季风吹过而已。只是游人光顾得多了,西塘便做些旅行者的小生意。于是,在一面面展露风情的旗幡招引下,人们进入一个个深宅大院、花园庙堂,或流连于陈设精致的木雕馆、根艺馆、纽扣馆、瓦当陈列馆、黄酒陈列室,或陶醉于醉园的版画世界、倪宅的古色书香、西园的江南丝竹,或浸染于花雕、六月红、五香豆、八珍糕的芬芳……有的游人白天游累了,晚上干脆就住在了西塘,第二天接着游接着醉。如此,游人悠闲悠闲地逛了一巷又一弄,西塘是悠闲悠闲地过了一日又一天。这就是西塘,今天依然活着的西塘。

好在西塘就是西塘,

骨子里并不为这些追寻者迷惑从而失去些什么，西塘依旧是小桥，流水，人家。

叙述西塘，是因为我向往这种恬静、自然的生活。恣意地活着，这是生命的一种境界，也是我要借西塘，叙述在赣南的几个死去的围屋。这几个死去的围屋，与我上面批评的躯体活着魂灵却死去的围屋正好相反，它们是躯体圮毁了，魂灵却还活着……

1. 不朽的尊三围

安远地处闽、粤、赣三省交界处。九龙山是赣南采茶戏发源地，九龙茶更是久享盛誉，为历代贡品。境内的三百山是国家森林公园、国家风景名胜区，距离县城二十五公里。作为东江源头西源发祥地，在1997年香港回归时，在世界范围内搅动起了寻根溯源之热浪，便是今天这股热浪仍让人感觉到它的灼人。更何况，三百山本身山灵水秀、风光旖旎，已然列为国家森林公园，并与庐山、龙虎山、三清山、井冈山一道，并称为江西五个国家重点风景名胜区，闻名遐迩于全国。

三百山是幽然的。因为它怀抱着一座省历史文化名村——镇岗村。这座古朴、秀丽的古村，自然有着它的别致所在——它包容着三座陈氏古围，其中最富有的是东升围，最秀丽的是磐安围，最不朽的是尊三围。

东升围，建于清道光二十二年（1842），由当地二品武将陈朗庭所建，外观气势雄伟，内部结构完整，是赣南境内保存最完整、面积（约万平方米）最大的客家围屋。东升围坐东朝西，绿色相拥，一派祥和气氛，无限客家风情。围内的九井十八厅中至今仍居住着五百多居民，他们日日迎着东升的太阳或田地劳作或古井浣水或品茗岁月或洗濯时光，也天天向毗邻于左前方的磐安围和右前方的尊三围送去一份深沉的思念。

据说，磐安围与尊三围是陈朗庭的两个儿子所建。前者位于河坝一侧，后者伫于田畴之中。两围与东升围呈三角鼎立之态，互为独立，又互为遥望，时时传递着些家族的问候与关注。不谦虚地说，磐安围可谓赣南围屋中环境最美的围屋。一弯溪水从远处涌来，从围的西侧欢畅流过，留下一路清凉与欢笑。一群古树丛生于围后溪边，聚集着荫凉，聚集着风水，聚集着

诗意,让画家匆匆架起画架写生起来,让摄影家急急端起相机拍摄起来,让作家静静地用心用眼用笔记录下这里的风月与风情。围屋内倒空灵得很,极少的几户人家守着偌大一个围屋,与着流云飞雨相守相伴,写意着客家人坚忍的哲学思想。有趣的是,一户陈氏后人,极爱花草,门前的摩托车轮上满是泥土,旁边是房主自己从山野里采撷来的十数盆各色植物与花草。

至于尊三围,则充满了悲情色彩。今天它已然荡然无存了,但它所蕴藏的内容则是最为厚重的。我喜欢收集、研究地方志,为收齐赣南十八个县市的县志、地名记,可谓费了不少心机。欣慰的是,仅仅两年时间,我集全了。这些县志、地名志的收集,对我了解赣南各地的历史有了准确的依据。《安远县志》上就明确记载了尊三围的故事。20世纪30年代,该围是当时的乡苏维埃政府驻地。1933年7月初,国民党军陈济棠部对安远一带的苏维埃政权进行"围剿",以为尊三围内驻着红军主力,于是用两个团的兵力,实施重重包围。时围内只有赤卫队员六七十人,居民百余人,他们依托坚固的围屋,用少量步枪和土枪土炮,进行顽强抵抗达四十四天之久。国民党军在机枪大炮久攻不克的情况下,又派来飞机助战,也未能奏效。后国民党军收集四乡稻草浸湿后,捆成大草垛,滚推前进才接近并攻入围屋。8月14日,围破之日,恼羞成怒的国军官兵,将围屋夷为平地,围内除一个小孩从狗洞里逃生外,其余男女老少,全部虐杀。现在安远县镇岗乡尊三围遗址处还留有一片断壁残垣,仿佛向人们诉说着那悲惨的一幕。

据说,攻打尊三围的敌团长喜冲冲地向陈济棠报告战绩,原指望受到些嘉奖,岂料,当陈济棠得知围里的人尽是陈姓人氏后,恨恨地当场枪毙了这位团长,恨他灭了自己陈姓一族。又据传,那逃生的小孩在20世纪80年代回过一次故乡,来到尊三围旧址,感慨万千,黯然神伤。今天,尊三围残基作为纪念物仍突兀于田畴间,任凭野草疯长,寄托着安远客家人的一份思念。

我以为,消失了的尊三围,虽死犹荣,其蕴藏的精神意义已远远超过残存围屋的文物意义。而残存的围屋则以一种文物形式,昭示着客家先民的聪明智慧,展示着客家人不折不挠的进取精神,它所具有的意义是另一层

面的意义,即留下亘古的忆念于海内外客家人,让寻根人在凭吊围子的同时找到一种精神的寄托,还有灵魂的皈依。

2.无言的上宝围

马安,是指于都县马安乡,因乡政府附近有一座形似马鞍的石灰山而名。上宝,乃马安乡北面的一个古村落。

上宝是个藏风得水之地。天华山远远地隐在雾障中,香樟、松竹东一棵西一簇地散落在村头屋前,村子周围形状各异的池塘星罗棋布,村子里古色古香的宗祠栉比鳞次,从北边石壁塘涌来的泉水恣意地流过,房前屋后则不时闪现一堵堵宽厚偌大的古墙残垣,八根旗杆石在残垣后坚守着往昔的荣耀,一口古井在马头墙下终日与影做伴……

我去上宝的那天,是2004年的深冬。仿佛是使命使然,我执著要去上宝,打捞这古围沉淀的历史。赣南的冬天,远比北方难过得多。旷野冰冷的风疯狂地肆虐,无情地夺走生命的温度,进得室内也没好多少,温度几与外面相近。不过,听过老支书钟老先生诉说往事,看过儒雅韵味的钟氏族谱,走近浸染了红军烈士鲜血的残垣,走进一座座贮满荣耀的宗祠后……我的心兀然热了起来。

1931年12月26日,彭德怀、滕代远的红三军七师和九师展开了围攻马安上宝土围的战斗。战斗进行了二十三天,不可谓不艰难。其艰难在于上宝围坚实如磐,墙高围宽。可惜岁月无情,墙已成断垣,高度已无法想象,但从残基上可以看出其围宽接近两米,外为砖石包裹,中间夯了厚土,围墙逶迤呈八角形。

上宝土围是赣南当时最大的围屋之一,占地近一平方公里,分东、南、西、北四门设了四个堡垒,内有数十幢宗祠、巨宅、民居,外有一条从石壁塘涌来的滔滔护围河环绕。

红军攻城前,钟楷瑞的靖卫团和周围的土豪富绅尽躲藏其中,数千余名群众也被胁迫进入围中,地主武装的顽强抵抗,百姓群众的无辜被困,令战斗平添了许多难处。红军尝试着从围外隐蔽处挖地洞使用"棺材炮"来攻围,却屡次在经过护城河底时遇上塌方致河水奔涌而来,被迫放弃"地道

战",转而采用"围而不攻"之计。

果然,近万人在土围内坐吃山空,没多久,弹药不够使,水不够饮,粮不够食,盐不够吃,茅坑不够用,于是,粪便随处可见,病人愈来愈多,以致后来每天有数十人死亡。这时,在南昌的于都旅省同乡会获知情况后,电请蒋介石派飞机空援,有趣的是,飞机四次空投弹药物品,却大部分落在了围外的红军手里,毕竟围太小,在没有卫星定位系统的当时,想准确投物是不太可能的。

死守不成的靖卫团长钟楷瑞召集土豪富绅们讨论应对策略。他的意见是由富绅们提供巨饷作赏金,组成敢死队拼出条生死路来。然而,富绅们守财成性,不愿出钱。无奈,钟楷瑞最终选择了放弃、投降。1932年1月22日晚,钟的部队全部集中在东门,放开另外三门由红军攻打,上宝土围旋即告破,活捉土豪劣绅一百七十余人,俘虏靖卫团四百余人,缴获步枪四百余支,解救群众五千余人。

有一个事实,当地人始终不愿触及,后来是一位搞历史研究的朋友告诉我的。他说上宝围攻破后,红军战士极其愤恨,硬是将上宝围生生拆毁。这个细节与尊三围的命运何其相似,所不同的是攻守对象正好相反。为什么攻围一方在破围后,一定要毁之而后快?人性之弱点太昭然若揭了。这两座围屋的毁圮,完全是人为的结果,而不是战争的直接结果,我听过后一点也感觉不到快感,相反涌上心头的是一种黯然神伤。文明成果往往是毁于失于理智的战争中的某方。阿房宫如此命运,圆明园也如此命运,小小的尊三围、上宝围,相比简直是小儿科了。悲哉,人类竟然有如许多的弱点。

上宝围战斗之后,苏维埃中央政府决定把上宝周边的原属于宁都、兴国、于都几县的乡划出来,成立了胜利县。上宝,一个小小的古村,从此在一个时期的一个领域里出了名。

无疑,这是一场令上宝真正扬名的战斗。不过,从我内心而言,我喜欢文化意义上扬名的东西。翻阅族谱,我知道上宝从来名头就不小——它是兴国竹坝钟绍京的后裔的另一个发祥地!它以其得天独厚的地理条件,最先承接了从石壁塘奔涌而来的浩荡涌泉之滋润,以致明代至今有万余名钟氏后人从这里走向天南地北;它以其传统厚重的儒家思想,承传着"提倡敬宗尊祖、醮祖及时、同族和穆、耕读为本,反对不孝不悌、闲游赌博、诱人邪教、砍伐后龙……"的朴素家规和客家文化理念,以致宝溪(上宝古名)之地一时成为风气清明的礼仪之乡,甚至衍生出了独具文化特色的《百行孝为先诗》《治家格言》《家训十则》和《宝溪八景诗》。

今天,上宝土围已毁于战争风云的浸润,十八座宗祠也被岁月风侵凌得失了峥嵘,便是昔日儒雅迷人的"天华晓日、松林夜月、南池巾石、西庵钟峰、石坝涌泉、牛岭樵歌、筠阁书声、平畴春霁"的"宝溪八景"也多少失了些气势。然,石壁泉依旧奔涌如注,不竭的泉水让上宝村人浅水养鱼出了名,每年四、五月的春播时节,便是鱼肥上市之日,也便是上宝村人收获欢笑的日子。

3.失神的谭邦围

在南康市坪市乡政府西面一公里开外,有一座鲜为人知的古围——谭邦城。现名谭邦村。

这是一个颇有来历的村庄。史载:明正德六年,谭邦村人氏谭乔彻,追随右金都御史、南赣巡抚王守仁平定桶冈、横水等地起义民众,并协助王守仁建立崇义县治,功绩卓著,却不随王守仁回京受赏,情愿回老家——南康谭邦村养老。王守仁有感老将军功高一世却高风亮节,遂上书朝廷,要求犒赏谭将军。明武宗亲封"威武大将军",玺书"威武克振"匾赠谭乔彻,并敕赐建造谭邦围。于是,于这穷乡僻壤之地,平地起雷,一件撼动当世人并影响谭邦村人几十代人的宏大场景出现了!数百名工匠,开山劈石,垒墙建城,历时数载,一座气势壮观的石城诞生了。

从谭邦村族谱上绘制的古城图上我惊奇地发现,这座谭邦古城简直就是微型的明时赣州城——城墙连绵呈环抱,东南西北四座城门雄奇地瞪视

着四面旷野的逶迤大山,整个城形似巨龟,尾直抵屏风状"网形山",前面南门乃龟首,气势轩昂地目睹着稍远处的圩镇,一副王者风范。只是赣州城占地三平方公里,谭邦城占地一万平方米。谭邦河玉带状流往东边的古云桥,可惜,冬季里涓细的流水,不够宏阔,以致少了许多风情,但把浓缩的岁月风霜袒露出来也不失为另一种感觉。我是第一个寻找到谭邦城的,在此之前——谭邦诚圮毁之后的四十多年时光内,尚无一人探访这里。

时光走失的同时,也带去了谭邦城的辉煌与完整。今天的古城显然已经不完整了,东南西北四门只剩下了南门还撑着残存的威武。但,城址整个尚在,让人确信它曾经的完美。而仰望古老的南门、宗祠、老井、巨樟、池塘……一种神奇与雄性的东西会不时蹿动我们觅古者的灵魂,让我们生出绵绵思古之幽情。

古城内有七百余人仍生存其中,全是谭家族人。走进谭邦城的时候,已没有了让人进入围城的惊悚感,毕竟它已与外面的风景融为一体多年了,田野的风灌进来时,远处的车鸣声也捎来了。但,谭邦城里的人仍然醉心于我们的到来,似乎他们在等待这么一天,一个让外来文化人欣赏他们有历史辉煌之骄傲的这么一天。看他们热切的目光和急促领路、介绍不止的兴奋劲,就可以明确他们还是珍爱自己家园的。老人洗着菜停下来问候我们,孩子们前后左右的欢欣鼓舞地奔跑,年轻人捧出族谱的那份喜悦心情……真让人想象不出,假若这古城面貌依旧保存完整,谭邦城的人该是何等的高兴?

南门静默无语。便是20世纪的50年代末期,这里也还基本成形,数个城门虽无完体,残垣断壁仍积压着一份历史厚重。因为修水库,大规模的拆墙活动令今人还记忆犹新。回忆是让人痛楚的,即使孤独的南门也要失声哭泣。水库在山里深处,至今作用已大减。一座古城的躯体换了一座功能不全、少有人往的设施,历史总是如此戏笑人生!现如今,只可从南门城墙寻些威武与庄严了。南门古朴、拙重,洋溢着大山深处人的粗犷与豪迈;宽厚、规则的石块,山风将其吹染成了褐色,其中垒积着岁月的叹息、时间的刻痕,也沉浸了古城主人谭乔彻的光荣;而蔓延的藤萝丝丝缕缕,又好像

是后世人散淡开的一个无边的长梦。

谭邦城最富特征的应是环城的无数池塘了。从南门始,一路看去,只见一个个池塘依次邻比,之间仅隔着一条过道,池塘或方或圆,或大或小,逶迤绵延,蔚然成景。一打听,却原来是谭邦城的风水意识使然。谭邦城背倚如网状的"网形山",再过来是呈下山之势的虎形山,村里人以网形山为风水山,认为网要捕鱼才有生气。于是,便于这城外挖掘了众多的池塘并养着鱼,以求风水旺盛、家庭兴旺。这池塘在谭邦村是个宝,历代人只能是修补与掘建新塘,谁也不能毁塘,所以这谭邦城周围的池塘便愈来愈多,到如今倒成了一种意想不到的别致风景。

谭邦城的东门外,一段高崖之处,块石筑基,呈高台状。便是于这危石中,两棵巨大的古樟昂然而立,朝着东方的太阳每天第一个送去它们庄重的注目礼。古樟如虬,在底部猛地拧了一下身子,形成弥勒佛的巨肚状,几杆分支形成华盖探往云端,下面则左右各立一汪清彻的池塘,水面倒映着古樟的高大身形。于这种形势前,想象当年东门傲然的姿态,真有点立于古战场要塞的飒飒感。

城堡内的宗祠几经修复,旧址未改,容貌已变。与众多的家族祠堂一般,无别样特色,因为稻草堆积、老锁把门,我们也无法窥见内里的结构、物什如何。倒是门前一雕花青石,吸引了我们的目光,一问,竟是清朝乾隆年间立的贞女牌坊遗物。翻族谱才知,那年月,出了个不平凡的女人。其人名谭开姑,从小聪慧,喜读书,颇解义理,好摹帖,字端楷,一如其本人,端庄贤淑。成人后,其父母为其择一钟姓男家为婚,未想到,未及嫁过去,男人先夭。从此,她便"屏膏沐卸铅华淡素自若",再也不肯另嫁,情愿在父母身边奉守一生。直至她母亲过世的前一年,某日,开姑"沐浴整衣端坐而逝",并无一点痛苦状。安详之极,令村人大奇,时年开姑五十二岁。族人奉为

贞女、孝女。于是,捐钱为之设立巨大而精致的牌坊。牌坊光耀了好几百年,却于"文革"间最终圮毁了。

谭邦城城老,牌坊大,井亦不凡。城中心的两米见方的正方形古井,曾与左右两附井并称为奇迹。如今只剩主井了。村人告知,井水两米深,却从未枯竭过,曾经在井里有一块方形的铭文砖,井水清澈见底,砖上铭文清晰可见,井中养了不知多少年代却总也长不大的红鱼更是连虬须也可见到。后来,铭文砖失踪了,井水的清澈度便差了许多。我们伫立于古井旁许久,企求出个奇迹——铭文砖再现身影,却只有红鱼浮游出来,吐出几串泡沫,与我们招呼一番后,潜入底处去了,只留给我们深深的感叹。

其实,谭邦城在近代还有一段故事。1945年春,躲日本鬼子,从九江辗转而来到唐江躲难的光华中学师生,来到了大山深处的谭邦城。他们要借助古城的保护维护不甘做亡国奴的人格尊严。纯朴的古城拥抱了这些负笈南下的学子们。在古城,有半年的时间,他们继续着未尽的学业,也在学余之时,品味古城的坚强与质朴,玩举谭老将军留下的数人方扛举得起的大刀,登攀"网形山",饮啜老井水……留下了好多痕迹在谭邦村老人的记忆里。

谭乔彻的威武,谭邦城的雄奇,谭开姑的贞孝,光华中学的故事,本来连缀起来是一段极其壮美的历史。可叹的是,这段文明史断层损坏得太厉害了。犹如一座富矿,没有保护好,失了她吸引人开挖的价值,只留下残垣断墙,阳光下黯然失神……

当然,文化只要曾经创造,即便会老,也始终不死的。安远的尊三围、于都的上宝围、南康的谭邦城成了废墟,赣州古城外的宋时便闻名海内外的七里镇古瓷窑成了土包……但其中蕴藏的沉重历史感的故事,仍不断感动着走近并注视它的人。这些虽死犹存的围屋,绝不会因为毁圮或因为人们走近不走近而少了什么。

人类的文明进步是靠一切可能传承的形式沿袭下来的。人类总是喜欢以各种方式,希冀自己存在的这段历程,在岁月的长河里留下点值得后人怀念的痕迹,所以有文字,有建筑,有碑刻,但真正有魅力的是思想与学

说,即使自然的外力来势凶狠,也只能摧毁物的东西,学说的生命力是永远不会风化的金山。孔子让有些人淡忘了,可孔子的儒家思想学说离开了人类的生活吗?! 因此,不断的文人墨客、专家、学者们前来凭吊与记述客家围屋,尤其是文化人把它写进书本中去,我以为,这是当前对客家围屋最好的一种保护形式。

客家围屋,真实地记录着客家人生存生活场景,把客家精神凝固和浓缩。走进围都,就走进了客家人的生存家园,触及到了客家人的生命脉搏,豪迈、刚烈的客家风必定让你陶醉其中。

父亲

一

父亲的一生给我印象最深的，莫过于读书写文了。

96年的一天，家兄兴奋地告诉我，父亲的最后一本书出版了，喜悦之情溢于言表。接过父亲写的书，我心也欢然，一件牵挂了我全家人两年之久的心事终于如愿以偿了，父亲九泉之下也终于可以安息了。

94年春，一场医疗事故掠去了父亲鲜活的生命。他满脑的知识和智慧随着他生命的完结失去了光华。他是满怀对人生的热爱，对未来的遐想，微笑着走上手术台的。他甚至没有想到对妻儿叮咛半句，也没想到向这块奋斗了四十多年的赣南红土地多留恋几眼。白驹穿隙般令我们猝不及防，父亲的生命便消失了，只有呼吸停止前他眼角淌下的两行老泪，无声地诉说着他的心语、他的痛苦，也留给我们不尽的悲哀。

父亲生前，忠厚善良，淡泊一生。他为人诚实，清高，恃才傲物，从不求人。他的人生，多以写文著书的形式来表达自己的思想与观念，体现自己实践与理论的深厚，展示他的人生价值。

父亲一生酷爱读书写文。父亲的工作间，书便占据了半壁江山，还有几个粗糙的大木箱里也满是书籍。我童年的记忆中，父亲用我们拾来的旧木板自己动锯动锤钉木箱的情景，现在想起仍十分深刻而生动。因为没有刨子等工具，做出来的箱子便显得粗糙不堪。回想起父亲当时那种投入的神态，我明白了什么叫做快慰，什么叫做爱书，什么人才属于读书人。记得"文革"中，父亲为防抄家，将一些珍贵的书籍用油布裹好后深藏于树篱笆

中，果然，剩余的书被抄走大半，后来我听说在一间旧贮存间堆满了从各处抄来的书，便和几个童年的伙伴从窗棂中爬入，最终又怅然爬出，不是因为害怕，而是找不到父亲的书。

父亲写书看书很专业化，他不是学问广博类的知识分子，他属于学问精深的人物。父亲写文也全是专业著作，感情类文章都留给我来写了。印象中父亲写文章是很专注的，资料、笔记摊满桌面，眉头紧拧，香烟不断，往往一篇论文出来得花费几个月的时间。父亲的字非常独特，既滞重又松散，如行云流水，似怪松奇石，仿佛每一笔下去的同时仍在思考着问题似的，满是哲学味，因此识得他字的人甚少。我们兄弟几个参加工作前，几乎父亲的每一文稿我们都誊写过，先是句句有不识的字，抄得多了，有时父亲自己都记不得的字我们倒先识出来。当时，父亲表扬我们有些智慧，我们心里很得意。开始创作以后，我自己写完的文章极不愿意抄正，或请学生，或请打字员代抄代打，甚至宁愿自己陪在旁边一字一句念叨，这时，我才发觉，我染上了与父亲同样的坏习惯，宁写懒抄。

80年代初我在乡村教书，用一个月的工资买了部缩影片辞海。暑假带回家，父亲很钟爱便留下了，一直用到他去世。一日，我对母亲说，我想要回这部书去，因为想念父亲。于这部书里，隐匿了父亲的影子，浸满了父亲对书对知识的情爱。翻开辞海，密密匝匝的蝌蚪字恍惚中变幻成父亲慈祥的音容笑貌，我的泪不由得夺眶而出。

记忆中，父亲一生没有离开过烟酒茶。那时儿女多，家境困难，他多半只抽便宜的香烟，比如香叶牌、赣州桥牌香烟，甚至很长一段时间是购回烟草来自己卷切，或者用筷子自制卷烟筒做成香烟状。我那时尚小，也跟着哥哥学着帮父亲制过这种手工香烟。直到父亲逝世的那年，我已进入企业，收入渐渐有所提高，餐桌上总能获得一两包红塔山、玉溪类名烟，我总会攒着给父亲抽；父亲抽过后对我说，这烟真好！可惜，不到一年他就逝世了，餐桌上的烟我再也没了兴趣。

父亲好酒，却酒量不大。每顿正餐有二三两，最合他性子，稍多一点便有醉意。语无伦次，却并不失态。自然，他生性憨厚，喝酒也出过一回洋

相。那是80年代退休后的一年,他往赣县一个老学生家去做客,学生也年纪不小了,自己不大喝酒,对酒也没多少认识,中午请父亲吃饭,从柜子里取了一没有标签的酒瓶,闻了闻有酒味,便倒了一杯给父亲喝。父亲一喝,略为皱眉,却也没说什么,就着菜慢慢报着,这杯酒也被他喝光了。回家后父亲猛喝水,对母亲说,今天喝的是酒精。气得母亲要找他那老学生讨说法,父亲狠拉着没让她去,说是自己好酒、学生不懂酒,是故。

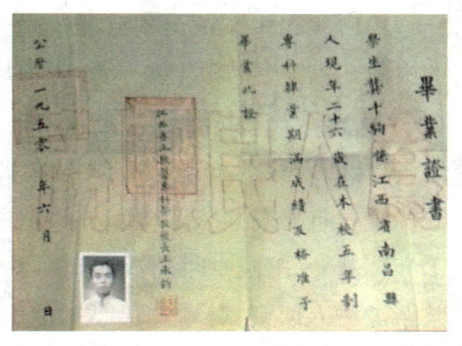

父亲对茶更是钟爱。打我记事起,就知道父亲没有一天断过茶。每天看书写文,他是茶一杯一杯地喝,烟一支一支地抽。到他去世时,茶杯积了厚厚一层垢,手指也被烟熏成了黄色。后来我想,倘若父亲只喝茶不抽烟,或许茶杯积的垢会更厚些,他的生命也会长过八十,甚至九十岁。1994年,父亲离开尘世,长眠在他的故乡——抚河边一片逶迤不见边的茶林之畔。我想,让清香的茶四季供奉父亲的灵魂,父亲在天国也会快乐的。

父亲与书与文做伴一生,虽然于其中,他并没有寻着"颜如玉"或"黄金屋",但我相信,父亲于其中得到了快乐。父亲因为沉湎于读书写书中,少了许多对人事乘除、金钱物质、荣辱得失的关心与烦恼。即使"文革"中因为学术权威被罚为养猪放牛,他仍寄托于书籍中解脱宽慰自己不少。于他来说,书如围城,外面的世界虽然很精彩,但他心甘情愿困自己于书山文海中。以书作围城作他的人生避风港,看似逃避与无奈,却也因此保持了他心灵的高洁,张扬了他生命的个性,七步斗室,当尽可以舒卷自如,焕发他无穷的创造力。这种人生方式虽是单调,近乎僧人,却个性色彩厚重。

愚夫斯人?智夫斯人?天地悠悠,但凭述说……

二

父亲是一位老实过人、命运多灾的典型的知识分子。

1913年出生于南昌郊县的一个一直不富裕的农村。十岁光景,好赌的祖父亲将家里的田土输了大半,房屋也输得只剩下几间旧土房。破落家境中,父亲艰难地成长着。之后,在一年躲日本鬼子的向南边大逃难的时候,兄妹四人分别离开了家乡,老大去了四川,父亲与其二哥、小妹随父母往抚州方向逃去。半路,遇日本飞机丢炸弹,一家人失散,父亲牵着妹妹的手狂奔逃命,等乱哄哄的情景安静下来后,却不见了父母和二哥。数月后父亲随村人回到家乡,却仍不见他们归来,便只能认为是被飞机炸死了。从家里找了件母亲留下的仿绸衣裳扎在行包里,又把旧屋托给宗亲管理。十六岁的父亲带着小妹到了南昌城里,靠替一家远房亲戚开的染坊做账,以此养活自己和小他六岁的小妹。老家的老宅,历经几十年的世事变迁,只留下了一块极小的地,甚至是被别的人家占做猪圈了,每次回老家,我有意无意地注视着这块故土时,都会生出些感动,这里就是传承一个家族血脉的根基所在呵。

　　我的姑姑,父亲的小妹十七岁那年,开染坊的亲戚家里来了一个外亲,家里也是开铺子的,人长得也算可以,只是身体显得有些病态,年轻人在染房住了一阵子以后就回去了。一日,开染房的亲戚对他兄妹二人说,那年轻人看中了小妹,小妹可愿意,令个想讨个说法。父亲自然是征求姑姑自己的意思,姑姑脸上飞出一片红霞,满脸的羞怯,跑回了房。结果,姑姑同意了这门亲事,但要未来的丈夫供她的哥哥去念书读大学。于是,选了一个吉日,小妹嫁了出去。当年,父亲也考取了南昌兽医专科学校,这一年,他二十三岁。姑姑的夫家也并不是富裕人家,承诺的事情,倒也兑了现,学费基本上由他们担当,但生活费还必须靠父亲自己利用晚上的时间,继续替亲戚做账才能对付下来,然而,便是这样,父亲便已经是很满足的了。兄妹的这份手足亲情,似乎是弥生着一种玄妙的情感,一种患难中的真情无与伦比的清丽,当后来父亲在临死的前一年为他自己的父母做好了衣冢,兄妹俩再一次一同伫立于坟前面对早已失了印象的父母的碑牌时,兄妹俩感慨万千,互相望着满头堆雪似的白发,关切的目光中又多了许多伤感。1999年,父亲死后的第五年,姑姑第一次来到赣州看望我们这些亲人。徜徉在八境台的古城墙上,望着滚滚东去的三江水,姑姑幽幽地说,不做那个衣冢,父亲就不会七十一岁就死了,父亲至少可以活到九十岁。是呵,父亲一生可是从来就没生过病的,他是替自己的父母做过坟尽过孝后,失了生的意志,才经不住后来的一场小病的折腾和无聊庸医的瞎捣才丧命的。

与父亲在逃难中失散的他的二哥的消息,很多年以后才知道一点情况。1973年,他的女人来过赣州找过父亲,也不知她是怎么打听到父亲在虎岗农校工作,可惜,等她寻来时,父亲已离开虎岗到了洋山的科研所,这样一来,她就扑了个空。辗转过来的只是她的一些话的意思。说父亲的二哥已于1969年自杀身亡,女人苦熬了三四年,有人想娶她,要她把三岁多的遗腹子交给孩子的亲人领养,可当女人了解到孩子的叔叔,我的父亲已有六个儿女,生活也并不宽裕的情况后,她与父亲面都没见就离开了赣州。为此,父亲一直很伤感,想见见二哥的骨肉,想知道与兄弟分手后更多的一些情况,可惜,世事多变,父亲再也没有找到过这个女人和她的孩子。

至于父亲的大哥,再次见面,则是十几年后临中华人民共和国成立前一些时候的事了。那时,父亲正在南昌中山大学兽医专科学习兽医,校长是从日本留学回来的动物免疫专家王止川教授。本来一心想钻研学问的父亲,想也没想到忽然回老家南昌的哥哥,给他带来同胞相聚的喜悦之后,带给他的则是日后怎么也洗不净的历史问题。父亲后来坐牛棚、放牛、养猪,这一切的苦难都来源于他的哥哥,因为他的哥哥是国民党军官。逃难那年,他的大哥与家人分手后,同几个同乡青年到了四川,入了军校,毕业后当了军官,之后娶了四川妹做老婆。当1949年国民党大势已去败逃台湾时,本可以去台湾的大哥,忽然动了思乡之心,想回老家看看父母、兄弟,于是便回了南昌。而这一回,便注定了他及其带给兄弟的厄运,他回来不到三个月,南昌解放,他很快被枪毙掉了,布告贴得很显眼。当后来我们稍大些知道这段故事后,想,这人应该是明白他的回乡的后果必定是死无疑的,这种情形下,他执意地回老家,是何种心理因素呢?父亲幽幽地说,也许是长年在外,红尘混浊,让他产生想回老家清寂的心思。是呵,离开家园的生活,就是流浪,流浪是会累的。活着的累,是

不是不如死了的轻松好呢？

父亲的大哥回老家，只做了一件值得记述的事情，就是他做主替父亲完婚。母亲淑贞那年十九岁，一个穷困潦倒的私塾先生的女儿。我们一直也没搞清楚，父母是什么人牵线成婚的。父亲一生忠厚老实，母亲却是很有些脾气的。听后来母亲回忆，成亲那时，父亲的大哥为他们租了间房，父亲的同学们凑份子，为他们办了两桌酒席，租了一组乐队、一乘花轿。婚礼上放得不停的是周旋唱的《花好月圆》的歌，母亲记事一向不记细节，但这首歌她记了一辈子，到老都喜欢听。受其大哥的影响，1950年大学毕业的很受王校长器重的父亲，与王校长挥泪告别，留下妻子和刚出生的女儿瑜在南昌，独自一个人坐了两天的烧木炭的汽车，来到了赣南。

不过一年，母亲也从南昌来到赣南。从此，开始了父亲他四十四年的异乡工作，一直到他的生命和灵魂都泯灭在这里。1994年3月10日，父亲七十一岁，死于医疗事故……（太过伤心，留给自己读吧）5月8日，遵母亲意见，父亲葬于老家坟山，一个遥望抚河、茶林蔽目的土冈上。从此，每年的清明或冬至，我们赣州的亲人都要千里奔波去故乡，捎去全家人积蕴一年的思念。年年加垒的坟土，像我们的思念年年在长高；时时生发的苦楝树苗，总是催发我们心底里的痛苦。父亲过世三年后，英年早逝的小弟又躺进了旁边的一座新坟里，与父亲做着伴，也更加深重地苦痛着我们活着的人探视的双眼与心魂。每次去，老母亲总是不能自禁，见着坟犹如见着亲人，狠狠地爬上坟头，拼命地哭喊着，仿佛哭声能唤醒他们似的。看着她这座坟头扑向那座坟头的疯了似的情景，我觉得母亲真是可怜之及。一边是亲夫，一边是爱儿，多么残酷。我同时觉得母亲也是极为坚强的女性，一个能如此面对惨烈的痛苦的女人，天下有几何？！愿我们在另一个层界的亲人，能领会到母亲的这份痛苦，还有我们的这份思念。

三

我想念故乡,因为想念父亲。

盛夏的一天,我踏上了故乡的路。故乡早已没了亲人,然而,父亲长眠在那里,长眠在那抚河岸畔的故土里。

那坟垒得踏实吗?父亲的灵魂安息吗?那碑石上的松油还在吗?村里孩儿说那是月亮的眼泪,三姐告诉我说那是父亲入葬前夜纸焰烧烤下松树上流下的松脂。强烈的渴望驱使我疾行在午时灿烂天空下的石砾路上。

眼前是大片的茶林,周缘苍翠的松树将其围成弧形,一条起伏的柏油路掠过林旁山坎直通向幽远,听说里面有万顷桑田、茶海。父亲就葬在这林头坡上,坟上的土还新鲜如昨,坟尖上草生出了新芽,四周满是不大的豆秧、玉米苗,那是父亲入葬后,我们依照父亲当年为他五十多年前亡故的母亲做衣冢时那样,在坟土上洒的五谷生出的幼芽。故乡老人说,五谷做葬,亡者灵魂不散,会眷念故土的。我于悲凉怆然的心境中闪过几丝欢慰,在松油仍鲜的碑石前叩下一串响头,祈祷父亲九泉之下灵魂安息。夏季风微微吹过,把纸钱灰烬悠悠荡起,飘然送向远方,直到我的视线之外。碑石上父亲的名字镌刻得饱满圆润,我禁不住伸手去触摸,哦,亲切,但冰冷。我明白父亲已死,止不住泪水直流,心好难受。我永远不解,人生怎么走得这么快,像一匹白驹闪电般穿隙而过,生命便消失了。哦,父亲,你那未竟的书稿谁能代作?你那超然物外的风范,我们怎么再敬仰?!

良久,我心方复平静。顾盼四野,清冷寂静,草木黯然。我感叹物亦有情,与我共悲戚。从坟前极目望去,漫漫河流玉带状由西向东蜿蜒而来,至高山处隐去,巍然铁路、公路特大桥毗邻着越过故乡的舍后田野跨江而去,两岸沃野中散落着无数屋舍,午炊的轻烟袅袅地融入苍穹,风光山水蔚然绮丽。我想,景色如此美丽,正是呷茶神游读书写文的好地方,父亲当会喜欢这里的,只是太孤寂了。

悠悠岁月,不觉又是数月过去。父亲高学超然的神形,我没有淡忘,又怎能淡忘?

我想故乡,因为想念父亲。

母亲

接着晚上喝茶,听了一则故事。一位官员从小受母亲严爱,经常因为做错事而挨揍,后来终于长大成人。若干年过去,他自己也渐渐老了。一日在家中见白发老母,忽然跪下,求母亲再打他一回,母亲不解,他却执意要母亲这般做,说想找找当年被打的感觉。于是,母亲举起苍老的手劈掌下去,几个来回,如风一般轻飘飘的,毫无力量。见此情景,这位官员顿然大哭了起来。母亲茫然,问他为何而哭。他说,母亲,您真的老了,连打我的力气都没有了,我再也找不到接受你教诲时挨打的感觉了,同时我还失去了好多应该好好孝敬你的时间。一则故事,让一桌喝茶的人一时间沉默不语。估计都在想自己的母亲或长辈。这种感觉在我们这些年近知天命之年的人身上心中体味得最为深刻。

我们这个年龄段的人,自己都多少有些感觉腿脚不利索或有些僵硬了,而自己的父母还健在的话,多半则是八十岁左右的老人了,他们的身体状况更差,眼瞀、腿跛、牙落、耳背,吃得不太多,睡得不太安稳……钱于他们已用途不大,他们最渴望的是儿女们能长绕在膝,听他们唠叨。近些年来,我与大哥一直坚持与母亲过年。每年过年,还有冬至、清明、中元三节,是母亲最难过的日子,这几个日子她都会想起逝去的父亲,以及英年早逝的文刚弟,害得我们每每临近这几个节日,便倍感惶然。然而,再伤感的日子也得面对,总不能让母亲一人独自面对、孤苦自怜。我们实在算不上大孝之人,我们至多算是懂得孝道努力做好的一类人。平常我们只是给母亲点生活费和医药费,每周去看看她,也顺便蹭蹭饭吃(母亲的鱼做得特别好

吃），偶尔请她到外面酒家吃顿饭，让她点几个她喜欢的菜，偶尔陪她去城郊的马祖岩或邻县风景区走走，更多的则是她一人孤独地生活着。我很早就写到过，我的母亲是很坚强的女人，她承受了两个亲人的离开，承受十几年孤苦一人的生活。

  我是绝少进店购物的，每每要添件衣物或购件物什，我是直奔主题，一个回合解决问题的。小年那天，听大哥说母亲不高兴，我想如何让她高兴起来呢？正好这天下午有些闲，我突然决定陪母亲逛一回国光超市。母亲养育了我几十年，我至今才还了她一个下午时间，说起来真是令人惭愧。头一回陪母亲逛超市，头一回给母亲买新袄，头一回让母亲能开心……这头一回，让我有了很深切的体会——老人需要的并不多，老人需要的并不完全是物质，更需要的是精神的抚慰，是儿女的善心善意善举。国光超市商品丰富，应有尽有，本想让她看中什么就给她买些什么，谁知她为我省钱，并没多要什么。搀扶着母亲到南河路小店吃晚饭时，她直说：今天的菜好吃，今天好高兴！其实，我只不过小小破费，哪里值得她如此高兴，我知道她是让我高兴才这样说，她是希望我今后仍有这样陪伴她的时候。拄着杖跛着腿的母亲乘公共汽车回到农业局院子，见着老邻居，一脸溢笑，主动告诉说：今天下午我儿子陪我去国光买衣服，还陪我吃了晚饭。听得我很不自在，深感惭愧，却又不忍阻止她的言说。她八十高龄的人，早已过了孔圣人说的"七十随心所欲"的年纪，她想说什么，就让她说什么吧。临别时，她说：你每次路过，邻居说你的口哨吹得好听。又说：你十八岁时，还在师专读书时，最喜欢唱邓丽君的《十八的姑娘一朵花》那首歌了。呵呵，好多我都忘记得光光的旧事，母亲却记得牢牢的。

  蓦然，我的心潮湿起来。我想，这就是母亲。

小弟

一

　　苍天乏力，终没能挽留下小弟的生命。留给平安人，也留给全家人碎心的痛楚和不尽的哀思，小弟的灵魂驾着青云奔往天国去了。

　　文刚小弟，生于公元1972年3月2日，病于公元1997年2月19日，亡于公元1997年8月20日凌晨二时。整整六个月与脑疾与死神抗争，其中一度转危为安，终因免疫机能受损而魂归天国。

　　1972年的春天，弟弟出生。这年的春天，与往年比较多了些新意。这是指政治上的一种感觉。刚过去的1971年，中国出了件天大的事情——被写进党章里的接班人林彪摔死在蒙古的温都尔汗。这一消息的传播，令大多的中国人开始了不同程度的议论与思考，"文化大革命"的热劲开始有所降温。人们普遍从狂热的政治斗争中，被这瓢冷水浇得有点清醒起来。普通人开始有了一种寻找生活真实感觉的欲望。这个时候，一直被群众视为反动学术权威的父亲，他的五年放牛生涯也开始有了转机，厄运中投胎的弟弟即将诞生。

　　三月初，母亲开始腹痛，整整三天，血水不断，终了是坐着生下弟弟的。一日，我和大哥去产房看母亲，见到了刚出生的弟弟。母亲产后，腿肿了两个月，直到老，这病都没好，时不时腿疼得不能走路。因为弟弟排行老六，正值国家开始提倡计划生育，为此父亲在大厂里挨批，好在"文革"中父亲什么苦难都经历了，这种批评也就没有太在意。记得母亲正怀着弟弟时，身为大学教授的父亲被罚在农场放牛，一日被唤去赣江边的农药厂码

头卸盐酸,不幸被盐酸烫伤,被人搀回家时,骨头都露了出来,父亲因此对生活心灰意冷,眼瞅着母亲怀里的小弟弟,对母亲说,这孩子是多余的,不过假若我死后,他可以陪母亲活下去养老。谁知,二十多年后,弟弟没有陪母亲养老,却紧跟着陪父亲去了。我的印象中,弟弟对父亲很有些依恋,在他三四岁时曾一个人走了几里路去找父亲,传为家里的奇迹。

小弟未曾成家,没有儿女,没有密友,唯有满腹的奇才杂学、百家理论。他远离亲情,缺乏友情,没有爱情,他只在自己构筑的精神家园里生息,在劣质的现实生活环境中嚼食简单的食物,过着近乎于自我摧残的生活。他不太注意修饰自己的仪表,也不爱整理自己的物品,生活散漫却少有乐趣。孤凄的人生嘉年华。如此人生,便是连家乡那赣江边无有生命的白塔也不如,白塔孤独数百年,似是落寞,却毕竟也被舟船上人如神灵般景仰了这许久。

每次面对赣江水,我都会生发对小弟的思念之情。看多情的赣江水,养育了两岸几多人家,怎么竟没能养活生于赣江源头,长于赣南土地上的小弟呢?赣江的风光水色秀丽,却不能怡悦我的心灵。每次面对赣江,我都竭力想从充满玄妙的水中观望出一些奇异来,渴望弟的影子隐现。广州治病时一位信佛的老太太说小弟生是佛来,死亦成佛,佛不是可以云游山水间的吗?可我为什么终究见不着小弟的影子呢?想到这,我忍不住悲伤起来,泪水淌了出来。我喜欢《把悲伤留给自己》这首歌,这歌很能把现实中的人与语境中的景重叠起来。可我时时不愿承认,为什么现实生活中总会有这么多的悲伤故事与我缠绵呢。

我曾为城市中心一棵孤独的古树被伐去而激愤,而小弟之死又让我联想到那树。小弟生活得不就如那孤独之树吗?恃才傲物,个性鲜明,自尊自强。他短暂的二十五年的生命履痕便也因此烙满了人间沧桑。他从读书到工作,总是一个人默默地努力着,他渴望成长、成熟、成功,他想干一番伟业,叱咤人生。他以"天行健,君子以自强不息"为警示,告诫自己"向好处看,做善人行"。

他在广东工作的三年多时间,到平安工作前的日子是很不愉快的。他曾工作过的学校的校长们,充满小农思想、地方意识,固执、偏见,轻视人,

常以庸俗眼光、混沌之心看待奇才多学简行的小弟，捉弄这个异乡青年人，给予他诸多的痛及他心灵乃至引发他致死病因的伤害。直到去世前一年夏天，他看到平安公司招收讲师的广告，高兴地说，这广告是为他设计而登的，果然，他一举中选。于是，他开始了新的人生。来到平安保险工作，这半年是他最快活的日子。他的生命的激情、工作创造力得到了充分的焕发。他深爱平安事业，他也感染全家人理解平安：平安是一种祝福，平和安宁，铭志爱心……因为弟弟进入平安，我最早与平安结缘，与平安几届老总结为朋友，最早买了平安的保险，嫂嫂及三姐也一段时间成了平安的业务员。

弟弟平日不太言语，他极善于猜谜，打扑克也总不会输，他还会变戏法，处处显得有些不同。他不懂挣钱的诀窍，也不懂花钱的快乐。幸福仿佛与他无缘。我感觉他是生活中的孤独者。

他因为不善表达爱情，至死我们也不太清楚他究竟有没有谈上或谈女朋友。去年，我在翻阅他的遗物时，非常偶然地见着了几张漂亮女孩的照片，母亲告诉我，是与他同实习的女老师给他的，照片上女孩很清秀漂亮，对弟弟显得有些依恋状态，弟弟却一付神气模样。后来，有人转告，弟弟病逝后的某天，有一位漂亮女孩来他工作过的单位找过他，听说他过世了，没有言语，匆匆离去了。

他显然也没有生活中的挚友、工作中的密友。他重病时，一个人躺在冰冷的水泥地上，一整个晚上之后，才被人发现。可见他的生活多么潦倒。我完全可以想见他的生活状态。我心里恨呀，我这可怜的弟弟，对自己的身体太不负责了。他肯定是一个个夜晚，一个个不眠之夜，一个人在寂寞与清苦中，在电脑世界与书海里度过的。那个冷冰冰的异乡，唯有内心的思想有温度，唯有电脑与图书才能给他些许心灵的快慰。

如老父亲一般，他老实过人，他宁愿伤害自己而绝不伤害别人。恨铁不成钢，他对学生有过苛求，却被刁恶的学生唆使社会流氓重打了一次，为他之后致病致死留下根源，但他只是以离开讲台的方式寻求新的生活而已。即使他病重后期，双耳失聪，脑内轰响令他痛不欲生，他也忍受着不愿

累及家人,只是默默地承受着痛苦,痛苦得忍受不了时,他只是大声吼叫几声:我要活!我要活!!当看到我们一脸的愕然与无奈时,他又复归平静,继续让无声的世界淹没自己。到了终了,他的内心肯定是想:宁愿自己痛快地死去,也不愿痛苦地生了。

他的死,令我们做哥哥姐姐的终生遗憾终生难过终生自责。为什么,为什么我们不能像厚爱自己的妻儿般厚爱他?为什么我们不能像重视自己的生命般重视他的生命?为什么?!悔呀,我们的肠都要悔青了。要是当初让他一直在广州中山医院就医,或许他慢慢就好了起来,可我们因为请不到假腾不出空就放弃了他在广州的治疗,而让他回到远远缺乏治疗能力的赣州家乡。我们为什么就不能请一个长长的假,兄弟姐妹数人,竟没有一人承担起了这责任。人生呵人生,你怎么有如此多的无奈、无知与后悔?!

在家中,小弟排行最小,学问却最深。我们全家公认小弟是位哲人,哲人、思想家许多都是生命的短暂者吗?他对生活、对事理、对自然现象、对各式理论的理解充满了哲学意味。他看过的许多深奥的西方哲学家的哲学理论或佛教类书籍,书眉留下了许多批注,体现着他独特的见地。他大学一年末便从全系末名跃进到前五名,大二即有一篇充满哲理与调侃味的文章见报发表。他被同学们尊称为"怪才"。他周围满是拥戴者,高年级、低年级的男生女生,都爱簇拥在他身边听他谈古说今,谈老子,谈释迦牟尼,谈柏拉图,谈弗洛伊德,谈培根。他学物理,却通晓作曲、音乐、佛教、哲学、文学、教育、写作与电脑。他本不该如此年纪便离开人间的,他是可以不像凡人一般为人类多做出些贡献的,他曾说他要策划一套绝无仅有不同凡响的保险条例与促销计划,他如此匆匆早逝,或许真要去学项羽,去做鬼

雄做天神？！

我记得，弟弟生病后梦中时常呓语，我和姐姐、哥哥守着他时，眼见得他不时地挥手、梦呓，形如将军在征战的沙场上。那情景不给我们丝毫振奋，相反，却令我们倍感惶恐，因为我们知道病毒侵入了他的大脑，此时的他正如同困兽，正在承受着常人无法忍受的痛苦煎熬，而我们做兄姐的却无能为力，予以他点滴的帮助。

他死在最宁静的午夜。没有外界一丝一毫的侵扰，正像他生前为人处世一般。他不显痛苦且悄无声息地阖上了生命之门，去得令我们猝不及防，只在临别前的那几秒钟用尽他全身心的最后一点气力颤抖了几回，把他远行的信息传递给被我们紧抱住的双手，之后，便是一副安详大气的佛之神态，再也不理会这个世界与我们了。

我永远不会忘记那个午夜，寂静的夜空里猛然响起了三姐凄惨的哭声，我看见那凋谢的美人蕉花也惊颤起来，院内池塘之水也被这哭声感染骤起皱纹，点点滴滴溶了二姐、大哥和我脸上不断的泪水。那夜，虽时值炎夏，却清冷寒心，无处不是凄凉。次日凌晨，我和大哥跟着推车，推车上躺着安静下来的小弟，我们心如刀剐，脸在流泪，我们一直送他送进太平间送进殡仪馆，为他试净身子为他换上新衣，再送他进入冰冷的火葬场，直至他安详如佛的面容从我们眼前消失，一道青烟把慈爱的他送往天国。

许多时间过去，我们仍不能从失去手足之痛中解脱出来。但我始终相信，小弟的生命虽然短暂光华，却自有他的深度，小弟的容貌不再，但笑容永在，灵魂不死。谨以此纪念小弟。

二

我的悲喜人生中，悲的成分占得大些，喜的东西极少。

昨天发的帖《赣江吟》是我七八年前写的旧作了。1997年，亲爱的小弟以25岁的美好年岁离开人世，留给我和一家人深深的痛。原计划将小弟的骨灰撒入江水中的，临时大哥不舍得，又将小弟埋在了家乡抚河边父亲的坟旁。

谁知，从此痛苦更甚——每次去老家南昌为父亲的坟祭奠过后，走近弟弟坟前，那种感觉简直要将人的心揪下来般难过。老家人封建，内心并不喜欢小弟葬回老家，只是奈何不了老母亲辈分高和一辈子的执拗，才不得已答应之。所以，小弟的坟做得明显有些低矮，坟包也小许多，每年冬至我们上坟时，坟上都长满了小小的苦楝树，那迎风招展的苦楝树有一两尺高了，应该是前一年路边的苦楝树种子掉落坟包，春天发起来的，长了有大半年了，旧俗中认为，坟上长出苦楝树是灵魂在诉苦呀。于是，这冬天里顽强的嫩树简直要把我们击倒，我的苦命的小弟，你生不得幸福，死也不得安宁吗？好几回，我和大哥强压抑着内心的悲苦，任凭眼泪在眼眶中打转，赤手为小弟拔去坟上疯长的野草和苦楝树苗，任凭手上的皮被擦伤，鲜血沁出，内心的苦痛才稍有缓解。我们的母亲更甚，刚扑在父亲坟上痛哭过，又扑向小弟的坟前痛哭，那撕心裂肺的哭声，长久地回荡在辽阔的茶园上空，震颤得坟上的野蒺藜花都抖动不已，这情景悲苦之极，以致让我们好长时间都难以从其中解脱出来。所以每每清明、冬至，我都有些不愿直面这两个日子。

赣江水，就这样成了我心中的永远的痛。每每临近赣江水，便会极其自然地想起我的葬在山冈上的小弟。于是悲从中生，心中无限感伤，人生也顿时觉得索然无味，一切的物质与非物质的东西，在这时都显得轻薄起来。

童年书

人像只鸟,生命有限,轨迹斑斑。鸟的一生栖息过几只窝?围绕着一只只栖息的窝发生过一些怎样的故事,掠过哪些山川,飞出怎样轨迹,开展过什么活动?人类也一样,从某个山村或城镇出发,踏上求学路,奔赴工作地,颠沛流离于这座城市与那座城市之间,终老于某个屋舍,其中娶妻生子,传宗接代,长大的儿女们又接着像只鸟一样奔波他们的一生,留下他们的人生轨迹……

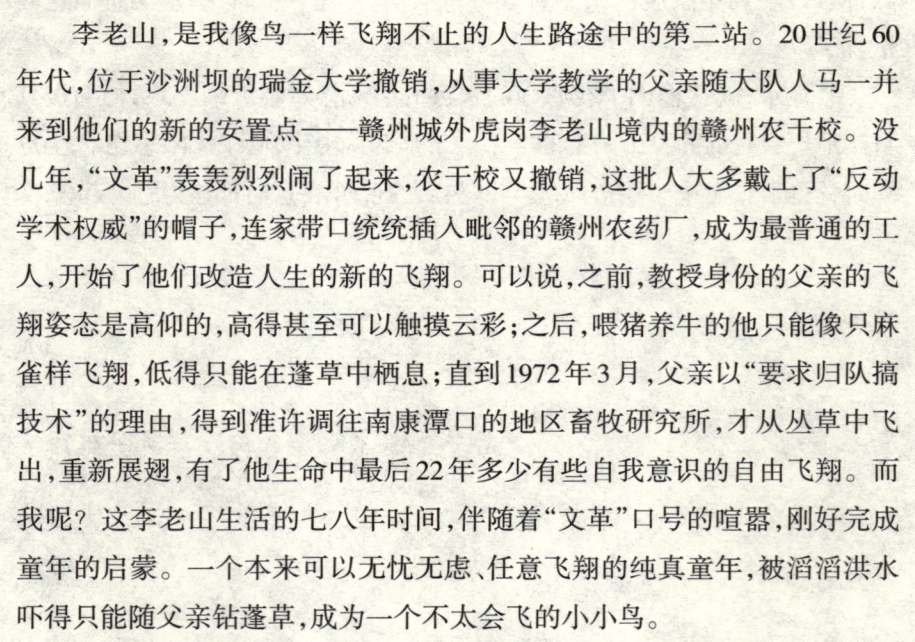

李老山,是我像鸟一样飞翔不止的人生路途中的第二站。20世纪60年代,位于沙洲坝的瑞金大学撤销,从事大学教学的父亲随大队人马一并来到他们的新的安置点——赣州城外虎岗李老山境内的赣州农干校。没几年,"文革"轰轰烈烈闹了起来,农干校又撤销,这批人大多戴上了"反动学术权威"的帽子,连家带口统统插入毗邻的赣州农药厂,成为最普通的工人,开始了他们改造人生的新的飞翔。可以说,之前,教授身份的父亲的飞翔姿态是高仰的,高得甚至可以触摸云彩;之后,喂猪养牛的他只能像只麻雀样飞翔,低得只能在蓬草中栖息;直到1972年3月,父亲以"要求归队搞技术"的理由,得到准许调往南康潭口的地区畜牧研究所,才从丛草中飞出,重新展翅,有了他生命中最后22年多少有些自我意识的自由飞翔。而我呢?这李老山生活的七八年时间,伴随着"文革"口号的喧嚣,刚好完成童年的启蒙。一个本来可以无忧无虑、任意飞翔的纯真童年,被滔滔洪水吓得只能随父亲钻蓬草,成为一个不太会飞的小小鸟。

后来,好几回我在白塔旁伫立,看赣水如玉虹长流,与童年的李老山直

面相望,许多往事如歌如泣,怀旧之幽情盎然而生。显然,对岸那片深色的青草地触动了我对李老山旧事的深重记忆……

记忆中,李老山的童年大都很忧郁。尽管有些快乐的时刻,比如李老山的盘桃好吃,扁扁的,甜甜的,脆脆的;比如李老山的樟梨好吃,模样记不得了,但浓浓的汁液黏手的感觉没忘;比如李老山村内供我启蒙的东方红小学,以及我小学三年级离开这里之前那位女同学送给我的温热、芳香的煨红薯;比如农药厂我们住的老三栋后院,那棵树上每年总是缠满了我们家种的丝瓜,有些年份丝瓜多得吃不了,便任它长老后做丝瓜布用来洗碗;比如父亲在喂猪捞水浮莲时总能为我们留下几只花鳊鱼,或者留给我们几个从番薯藤上取下的小指般大小的番薯崽;比如在白塔陪父亲放牛时,不记得是父亲怕孤独,还是我们兄弟俩主动为父亲解寂寞,赣江岸畔总有父子仨踏青逐牛的一个个生动瞬间,那时的我喜欢面对赣江看对面的白塔,做些童年的遐想;比如毗邻的莲蓬村的刘家,有一村妇每每在某天送些蔬菜给母亲,让我们家感激不尽,以至成了走往几十年的城乡亲戚……

之外,李老山给我的记忆便大多充满了黑色或深色的成分。比如一年冬天,父亲去赣江河边码头搬运盐酸时不小心被盐酸浇了脚,白得刺眼的骨头露了出来,父亲的脸痛苦得发黑;比如某年夏天,父亲被逼得戴上高帽子穿上冬袄打着赤脚在烈日下碎石上来往暴晒数天,父亲的脸晒得黑熊一样,用白纸黑字写下了绝命书给母亲,是母亲哭着求他不能死——为了我们五个孩子能活下去;比如我常常随母亲步行十里路去进赣州城,为的是能馋上一碗东北面馆的清汤喝,然而,回来时总是天将黑下来,经过虎岗前一段长长的坟地,总忆起一些鬼魂故事,将自己惊惧得不得了;记忆最深的是,我在八九岁时常常随三姐在天刚蒙蒙亮时,就去厂里的锅炉房外拾取

黑色的煤渣，也常常随大我两岁的哥哥用竹竿扎上铁钩去钩折枯了的树枝，或是常常穿过长长的楼顶隔热层去搜寻灰麻雀留下的蛋。最令人恐惧的一回，是我在老三栋后面的稻田边，用短竹竿结了根黑线去钓青蛙，结果长长的黑线将一条长长的蛇引钓了上来，蛇顺着黑线朝我直冲而来，当时的我吓得脸色发绿，连蛇带竿丢了，夺路而逃……

　　1972年，毕竟我只是个九岁刚过的孩子。苛求一个这点点年纪的儿童了解并记忆下李老山太多的事情，显然是不可能的。所以，关于李老山的许多，比如李老山的名由，比如李老山人的老祖宗李渤公及其祠堂，比如李老山人的开基祖李格及其父亲李潜、哥哥李朴、侄子李存等"一门七进士"的故事，比如明代储潭赣江边的李贤墓，比如李老山明代时期一位名叫"李老三"的传奇故事……我是压根儿就一点不知，直到20世纪90年代，在我离开李老山二三十年后，才陆续有所知晓，而对于李老山人就是李渤、李潜后人这一情况，我是直到今年6月中旬，与赣州长征户外俱乐部的李荣去丫山景区探幽，路上聊及他的家族渊源时才接触的。几天后，李荣约我，以及《精英》杂志主编、兴国埠头李氏后人李苇萱，一起往李老山寻"根"去，直到完成对李老山及其祖先李渤的追溯，写出《李老山及李渤后裔》。

1972年的碎片

有一日,全家人小聚。做大学教授的三姐夫突然问起:你们一生记忆中最好吃的东西是什么？众人沉吟间,他先答了:煨番薯！没想到这一说,竟让我想起了一段童年往事。

1972年春节刚过,母亲怀里的小弟将要出世,父亲也正准备从"牛鬼蛇神"之列回归科研队伍。这时的我,正在读小学三年级。我个子偏小,坐在教室第一排。与我同座的是一个个子也不高,长相一般,粗眉大眼宽脸的乡下女孩子,某一眼角边还有一块疤痕。当时,男女同学界线相当明显,双人桌、双人凳上的"三八线"年年都要深刻一回。印象中,我与这位女同学共读一场,却终没说过一句话。

小时候的我,沉默寡言,少有欢颜。我即将随父亲调动而转校的消息,我本人并没有告诉几个同学,更没有让同座的女同学知道。那天,正课前十分钟是早自习,她略微有些迟到,脸色因匆匆赶路而泛红,向老师报告一声后,她急急走进教室,在我身边坐了下来。我正在捧读"老三篇",却见她从鼓胀的书包中取出一个硕大的煨番薯塞进我的抽屉里,一股热热的清香顿时溢了开来。惊诧之余,我向她递过感谢的目光,顺手将滚热的煨番薯往抽屉里处推了推,以免被老师或同学看见,没收了去。

接下来的几分钟,我几乎没看进一行字

去，心全被这煨番薯的清香诱了去，只想着如何啖食它。说实在的，当时的我也算是穷人家的孩子。我出生于20世纪国家三年困难时期，据母亲回忆说，整个月子里就吃了接生婆捎来的两个鸡蛋，其他荤物竟是一星点也没沾。说到我个子矮，母亲好多次叹息——在我出生后的很长一段时间，由于定量供应的粮食有限，每餐饭都吃不饱，往往是刚吃过午饭，站在门口见瑞金大学的学生们端着饭菜走过，心里又犯馋了。那随风飘过的饭菜清香，成了今天75岁的老母亲对那个年代最难忘的记忆。

  我就是在这种紧日子中成长的。记忆中，那些年的中秋节全家人共吃一个月饼，眼见得父亲用小刀在一个月饼上一连四下地划下去，圆圆的月饼成了八个小尖角，我们犯馋的目光里满是渴望。因为上面姐姐哥哥多，我几乎没有穿过新衣。有一年冬天，母亲带个子尚未达到需要车票的我去南昌老家看外公外婆，唯一一次给我做了一套草绿色的新衣服，我高兴了一两年。自1958年以来，虽说父亲工资有90多元，在那个年代算高工资了，但全家8口人，其中4个小孩读书，还有南昌老家的外公、外婆要每月寄生活费，剩余的钱过得并不宽余，为减少家用开支，我们姐弟几个都捡过煤块、包过农药、拾过柴枝……有一家邻近的村民因为时常接济些青菜给我们家，感动了我们全家几十年，直到现在两家仍像亲戚样往来。

  试想，这种情形下，有人送一个香喷喷的煨番薯给自己吃，那无异于是享福了。下了课，我几乎是第一个跑了出去，藏在教室北面的土坎下，狼吞虎咽，将一个硕大的煨番薯啃了个精光。现在我想，那同座的女同学必定得知我将离开学校的消息，在用这种朴素的方式为我送行，而且，她那天上课迟到也必定是因为煨这番薯的缘故。可惜，当时的我，饥饿成了主题，食欲控制了思维，竟没有去想这些个为什么，甚至连感谢的话也没说。

  这个发生在1972年春天的同桌的故事，因为太质朴，使得我在之后三十多年每一次吃番薯，或谈及番薯时，都会令我回忆起这件美好的往事。我感谢这位同座的女同学，是她那份朴素的行为给我心灵种植上了一棵善良之树，是那只飘香的煨番薯芬芳了我整个的精神世界。

风月风雅 之

少年多少风流事

唯有佳人独自知

曾经的风月总是那般撩人

然而到今天一切都冷了

私藏的良辰美景

赏心悦事除自己知道以外

当年与我同乐的伊人俨如雪泥鸿爪

难以寻觅

繁华易逝

盛宴难再

一切美好的瞬间

总是稍纵即逝

农场轶事

好多回经过沙地镇,都让人忆念起学生时代在农场劳动的时光。

20世纪70年代中期的一个冬天,轮到我们初三年级去农场劳动。

赣一中的农场在沙地的坳上,离镇上往东面山里走五公里处。学校拥有两座山头、数百亩农田。食堂和老师宿舍在山的另一边,临河近些的一块开阔地,学生宿舍在两座山窝里,成"7"字形两栋,南面是男生宿舍,东面是女生宿舍。那年我十三岁,是第一次去农场,感觉很是新鲜。带队的是班主任张老师,一位十分严肃、忠厚的数学老师。

这年我们的劳动时间很短,只有两个礼拜,任务是挖水平带、挖树洞。时间虽不长,但我对农场的印象却是深入骨髓的深刻。

那年的气候特别的冷,早上起来刷牙洗脸,男生不能用热水,因为太早,烧不赢热水,有限的热水便只够女生用,男生都是从冰冷的井水里取水,刷过牙,半天牙没有知觉,洗脸则咬紧牙狠命擦几把算数。我记得那口井很特别,是敞开式的,有阶梯可容许多人同时下去,可见是专为学生设计构造的。晚上全班同学挤睡在一个大教室里,张老师让一些个子大、身体棒的同学睡在靠外边的地方,他自己则睡在离门口最近的地方,既替我们守护着安全,也替我们遮挡着透骨的北风。当时,我很为他的举动感动,同学们为之还有许多的议论,有人说他是共产党员,有人说他当过侦察兵,有人说他天天练功。我觉得他是一个很值得尊重的老师。在第二年我们高一时再来到农场劳动,发生的另一件事,则让所有人都对他生出敬重。一天劳动任务是淘厕所,勺不够用也不够长,他便带头领着十名男生下到粪

坑里，半身浸沉在粪便中，之后，他们一伙人下到池塘里去洗身子，搅得好几个山头都是臭味，他们每人用了大半块香皂，却依然好多天味道没消失。如今想起，虽然那时的行为带有革命意识，但老师或者学生们一概很单纯、质朴。

　　天性使然，劳动之余我爱上山去寻些野趣。那时，我第一次认识茶树，知道我们吃的茶油就来自这不怕冷的灌木结的果。当时，山风凛冽，茶花开得却正盛，满山都可见白色的茶花，点缀着寂寥的山岭，以一种无畏的姿态演绎着美丽。听人说茶花露甘甜可食，我们便取干枯的芦箕管做吸管，满山采蜜，有时发现一朵硕大的茶花被蜜蜂占着，便赶走蜜蜂自己独食起来，然后为山风伴奏，吹着口哨，一路摇下山去。

　　农场的伙食奇差，一个年级四百多学生，每顿饭只有四两油，帮厨的同学告诉我们，每餐几大盆菜都是煮熟的，然后在面上浇上熟油。因为没有油水，劳动量又不小，因此我们人人都特别吃得，常常是一餐不得一餐来，有时劳动结束得早，同学们便一呼噜敲着饭盆在食堂厅下等着吃饭了。那时，能参加帮厨的同学总是让人眼热，毕竟他们可以先于我们吃饭，而且还可以多沾些油水。有时，晚上还没到睡觉的时候，肚子便饿了，便只有用父母给的些许钱去附近的一个小卖部买些串了煤油味的饼干来充饥。有先知的同学，来时便让母亲准备了些炒面粉，会在人少的时候悄悄地取出来吃，而绝少分给别人吃的。那时，炒面是相当好吃的东西，青春勃发的身体太需要能量了。当然，却也因此发生了好多起带了吃的炒面、花生米，甚至是豆腐乳被撬食的现象。

人是情感的，即使是最艰苦的时候，也有欢乐同在。我们的欢乐有些什么内容呢？除了说些从大人处听来的笑话，便是同学之间寻开心。最著名的玩笑便是钓鱼。所谓钓鱼，不是举着钓竿到池塘里引鱼上当的活儿，是一种特殊形式的钓鱼，即用一根线，系上一粒盐或是一粒中午吃剩的菜丝，在一个睡沉了的同学嘴上一沾一扯的，让睡眠中的人刚沾上点味又迅速移开，几次下来后，睡眠中人就会随着逐渐往上提的饵头往上抬，当抬到一定高度，钓鱼者则迅速撤走饵物，受诱者一下失诱便会头猛地落回枕上被惊醒，这时，四周便是许多观看者一阵积蓄了好久的暴笑，而游戏者则逃之夭夭了。这种玩笑，没有生气，因为人人都可能参与进去，成为主角或配角。

在农场劳动，我是牛倌，负责喂养一头大水牛。回头想想，好像是受着一种照顾，也许是因为我年纪偏小，个头不大的原因吧，所以我逃避了与张老师一块下粪坑的遭遇，当然也失了帮厨的机会，帮厨的都是些大个子，得有力气抬饭才行。第二次来农场劳动正值夏天，我放牛来到河边，看水牛对着河水执拗的注视模样，我知道它想戏水。可河水浅得不过刚淹过小腿肚，于是我在水稍深处替牛挖了个大水坑，让水牛蹲伏下去为他洗身，牛欢快地"哞哞"叫着，向我表达着一种惬意的心情。我兴趣盎然，在旁边也为自己刨了个水坑，将衣服一扔，也泡了进去。天穹无边的蔚蓝，没有一丝云彩，只有远处的山陌、身边的流水、牛儿与我同在。这是我有生命与思想意识以来第一次如此解放自己的灵魂与肉体，与大自然融为一体，与天地共呼吸，与流水共交融。那种生命快乐无忧的感觉自此以后我是再也没有遭遇过了。

二十多年过去了，到过农场劳动的一中的同学们都是中年人了，岁月给我们曾经青春的脸庞抹上了风霜的烙印。坳上，仍旧存在着，但听说，一中的农场终究消失了，农田与山还给了农民，教室与屋舍折给了村里。可那么多的热血青年，在那里留下过一段生命的记忆。这记忆，却是不会消失的，只要生命还在。

上学记

第一个被记述的人和事本当是美好的,然而,按时间顺序,这第一个令我必须记述的人和事却是悲情式的。

进校不久就参加葬礼,这就是我们化学七八级同学的特别之特别。

没有人乐意参加葬礼,至少我不乐意。因为必须参加的葬礼必定是与自己人生有重大关系的人。而与自己人生有重大关系的人永别,这种活动怎能轻松?每次葬礼出来我都深感悲苦。葬礼予人的思想太过沉重,沉重得让生存者喘息不过来。

第一回参加的葬礼,主人公竟是我们敬爱的老师。1978年秋,我进入赣南师院就学,辅导员姓王(可惜,我竟然忘记了他的名字),人很和蔼,很斯文、学究的样子,与我们朝夕相处不到两个月,北师大录取他为研究生的通知书来到了——这是改革开放以来的首批研究生。可惜,我们刚为他欢呼过,他却在回家的途中因车祸而丧生。

噩耗传来,我们全班同学一片肃然,第一感觉是真正意义上的国家栋梁之材殁了,再一个感觉是一个人的美好前程被一个无奈的灾难顶替掉了。淌着眼泪,全班同学集体参加了他的追悼会。灵堂里哀乐声、哭泣声,声声断人肠——为我们痛失可爱的师长。

可恨,无情的岁月风把我的记忆都吹老了。怎敢把敬爱的老师的名字都淡忘了呢?愿上天原谅学生的无心。我只能是把王老师写在此文的最前头以表我的深切念想。从那时起,我刚满十六岁的年轻的心,便被灌输进了生死概念,便知道生命如此脆弱,脆弱得不堪一击,便时不时在泛映起

王老师日渐模糊的音容笑貌的同时,灵魂底处掠过死亡的阴影。这种死亡的教训,迅速成熟了我年轻的思想,三十年后我再看自己师专做学生时代的照片,发现那时的自己就有了愁容,虽然我笑容可掬的纪念照更多些。

师专读书时,我喜欢记笔记,记些并不完整的随见所想。

那时,很有些崇拜古代文人——据说,一位古人喜欢背个布口袋,外出见着个事物,一有思想感触,脑子里涌出个只言片语的好句子,便及时用物片记下来,置入袋中,日久竟结集出了部书。受这个故事影响,我师专时就培养了这种随时做笔记的习惯。这习惯维持了许久,便是1996年我独自一人上泰山、崂山、游趵突泉,以及2003年我游云南石林,甚至于今天我经常性地行走于乡村旷野,在众目睽睽之下,仍然保留着这种公共场所颇显得有些怪异的随走随写着些字句的习惯。

这些大学里记下的散乱的文字里,我感觉最深的是我们班几位男同学对一位高我们两年级的一名漂亮女同学的议论。事实上,我们甚至不知道她是哪个系哪个专业的,只知道,她是最后一届工农兵学员,与我们共过一个学年。当时,我们几个人中午不休息,在教室里解解樊映川的高等数学三千题,之外,便是习惯性地拥在窗前,俯看流动的人构筑的校园风景。

20世纪70年代末,那时的文化生活是极端贫乏的。记得有一天学校里的学生蜂拥到隔壁的纺织厂,因为传说厂里晚上放《天仙配》或是《五朵金花》的电影。这是一部被禁锢了许多年的爱情电影,这对精神长久地处于饥渴状态的人们来说,无疑是一剂兴奋剂。然而,这却是一个美丽的误传,厂里并没有准备放电影,眼看成山成海的人聚集着不散不走,厂里才临时决定随便放一部电影。最后,因为没能令观众如愿,结果仍是在一片吆喝声中散场的。我就是那群发出巨大吆喝声人群中的一员。

而这位高年级的女同学为什么让我们产生议论呢?只因为她像一个

人。谁？电影《天仙配》中的女主角扮演者严凤英。黄梅戏的唱腔、天仙配故事的美丽，让我很长一段时间把音乐与美的定义诠释为黄梅戏、严凤英。二十年后，我又从电影频道上看了一回《天仙配》，然而，时间改变了人的审美观，我是怎么也找不到当年觉得严凤英美丽的感觉，剩下的只有其唱腔的美妙依然。

我的三姐年轻时很像电影《英雄儿女》中的王芳，让我觉得很骄傲，而这位高年级同学像严凤英，则让我觉得很高贵。骄傲是为身边人和身边事所产生的一种情感，高贵的东西是令人敬仰而难以企及的，所以，我们对这位高年级女同学所能做的便只有感觉和议论。化学七八级的教室在学校的主道旁的三楼，所有的学生进出校门都得从我们教室的窗下走过。许多次，我们从窗口看她来来往往地走过。她有着一头飘逸的长发，有时编成根长辫显露出青春的清纯，有时是飘散的，散淡着生命的快乐，她的笑总带着两个深深的酒窝，让我们总觉得她如同天仙一样，是一位向人间种植美与幸福的人，她总爱踩着路边柏树的影子走路，仿佛是一只小鸟依着林子，每一次都是呈现出安静恬然的神态。路边的柚子林，冬天掉下老叶，春天长出新绿，不知有没有窃笑我们这群懵懂少年。那一年，我们只有十六岁。差不多一年的时间，我们怀着一种猎美的感觉，倚着窗子，无动于衷地看过往不断的人流，寻寻觅觅地看她进入眼帘，再用心把这幅图画构造并定格下来，容自己在清闲时慢慢地咀嚼。直到一年后，再不见她的倩影，才恍然明白这幅图画永远只能在心中重现。

一直以来，我都在想，美好的东西是永远不会丧去的，尽管可能在现实的存在中失掉它的踪影，却无论如何也不会从内心世界消失它的痕迹。但，往往会在不经意之间，那些曾经的美好的东西又会从记忆的大海里浮现，让我们身心再醉一回。

痕迹

1998年10月2日,是母校四十周年庆典的日子。

在这一天,我见到了许多阔别近二十年的同学和老师们。当年的辅导员胡乔生、实习带队老师胡跃华、教物理化学的尹力、教有机化学的朱如霖,还有余月蓉书记以及年届古稀的老主任廖咸宜老师也来到了我们同学中间。

人的一生,总有太多的故事。许多事情,会随着时光的流逝而淡去,而总有些事情,或许是因为当时对人刺激与印象太深刻的缘故,便是怎么也抹不去的,最多是被平日里繁杂的事务所喧扰,悄悄地沉于心灵底处隐慝着而已。一旦有某种因素激发,这些故事便会于无声处盎然浮现,点点滴滴让你都记忆得起来,生动得就像是发生在昨天一样。校庆日,看到诸多老师,特别是见到老主任廖咸宜,便让我忆起一段岁月往事,想起了毕业前夕实习的日子。

1981年的仲春,我们开始了为期两个月的实习生活。除了留在赣州实习的少数几个同学,全部都奔赴宁都各中学去了。

宁都赖村,这个坐落在公路边的小乡镇,在一个平常的星期天,不动声色地迎来了我们一行五人,我们的实习组长是如今的副院长、当年我们班的团支部书记陈新。汽车抛下如云的土尘,把我们留在马路旁的车站。被我们寻觅到的是一条坎坷的稀散地铺着些鹅卵石的道路,路人告诉,走到尽头便是中学。街的两侧尽是低矮的土坯房屋,只有供销社商店是火砖房子。猪、鸡、鸭被放养着,满大街随意行着方便。一些小孩瞪着好奇的眼睛

注视着我们这群肩负行李的城里人。现在想起,才知道赖村的贫穷,当时,我们谁也没在意它的褴褛,一方面,我们被即将开始的实习生活所憧憬着而没有留意环境的恶劣,更主要的是农村改革的种子还没有播撒到老区这些穷乡僻壤。

  找到学校,正是午时一时。因为是星期天,学校几乎是空的。我们散坐在水井边,一边取水洗尽风尘,一边等着校长来。就在此刻,我们看到了最动人的情景。井水里灿然呈现着一个正圆的七色彩虹,我们齐齐举头望向天空,那个圆圆的虹,竟是那样的美丽,美得让人心旌摇动,如痴如醉。我们一会儿看看天,一会儿看看井中的水,这是我生来所见过的最好看的虹。当时,我就想,是这天象来得神,还是这地方有点奇,竟以如此一份重礼来迎客!半个时辰,彩虹才缓缓散淡去,可我们的心却长久地保留着那份景致那份美感,一直到今天,到永远。

  三天后,是我平生的第一节课。然而,就在开讲前两三分钟,系里廖主任等几个领导、老师从天而降——要听我的实习课。当时我好激动好紧张,开讲初始大约有三分钟左右的光景,我明显是慌张的。但我敢肯定,之后,我竟不知不觉地自然流畅起来了,再之后,我竟有些轻松如意的洒脱了。下了课,廖主任说:"想不到,你竟有天生当老师的味道。"感激你,老主任,你或许不知道,这句话,给了我当时以至今后多少自信与鼓舞!无论是

我为人之师的十三年的光景里,还是我之后谋生他业的岁月里。我还因此懂得了学会赞扬人与事物,我相信,一定有谁也因为我的赞扬而自立自强起来。

　　后来,去宁都或南昌,许多回经过赖村,疾速掠过的车子将赖村日渐变化的外影每每摄入我的眼帘,总是激发我想再次走进它的强烈欲望。这欲望,直到前年仲冬才得以成为现实。再进中学,见着了那口老井。听说习惯盘腿而坐的宋校长已逝世多年,指导我实习的温老师已调在别处教书,领我们观古塔、上古寨、游双岩、淌河滩的《孤坟鬼影》作者高歌的儿子也人到中年了……世事变迁,物是人非,令我一时失语,不知应该说些什么才好。供我们睡觉的那栋两层楼没了,走路时楼板"吱呀"作响的声音、夜晚被三五条成纵队形态的臭虫们把我们咬醒的情景成了永远的记忆;曾经飘荡过我们年轻而激情的声音的老教室也隐入历史深处,代之而起的是几幢簇新的高楼,年轻的教师传承着,为着一代代莘莘学子。没有人记得我们了。我怅然若失,不知道哪里可找寻得到我们青春的影子。几枚宗祠前用过的红岩础柱粘滞住了我搜寻的目光,或许它记得我曾经抚摸过它吧。

　　2007年夏天,我在宁都县黄陂开展客家文化田野考察,才知道廖老师正是黄陂人。在宏大的廖氏家庙内,我意外地见到了廖咸宜老师的亲笔题字,倍感亲切,心情格外激动,往事如歌一般,桩桩件件涌上心头……

从化学到文学的路

1978年夏,父亲工作的大院里有近20个同龄人参加高考,结果只有我和另一位陈同学考取了专科。他选择了医专,我则选择了师专。那时刚刚恢复高考,大家都还没怎么从早些年推崇白卷先生的噩梦中清醒过来。到1977年底大家才回过神来,而不过半年多的时间,要把近十年来几乎没听懂一丝半点的数理化等功课学完,根本是不可能的,因此,那年的高考几乎就是考察个人的天赋。今天的中学生们完全理解不到,那年的高考是28个考生里面录取一个,较之今天,那是何等的艰难呀!而在那个年代,甚至是之后的十几年,考大学谋工作几乎是唯一的出路。

应该说,我是幸运的。那年,我凭借我幼时看小说积累下来的文学底子,高考语文拿了个全校第二,政治80多分,理科只有化学得了高分,于是我读了化学科。为什么单独化学能及格呢?也许化学是一门阐述物质多变性的学科,或许这与我敏感喜欢想象的性格有些接近吧。至今,仍有许多文友们喜欢问我,既然对文学怀着浓厚的兴趣,怎么当初又不选择文科专业?我的同时代和我的上一代人,就太清楚这其中道理了。在我们和我们父辈们生活与成长的那个年代,意识形态的斗争,使大多的文科出身及从事文科职业的人受了太多的苦难,人们从心理上普遍畏怯与文科的东西打交道。曾作为"反动学术权威"兼有"不良"出身并因此受过放牛养猪之罚的父亲,在我填报志愿时,一反处事为人懦弱的态度,很坚决地要我报考理科。而我本人尽管申辩了自己理科的薄弱,却碍于父亲的坚决态度,加上受当时的社会上流行的"学好数理化,走遍天下都不怕"的处世观之影

响,于是,内心对文学与历史充满兴趣的我不很情愿地选择了化学专业。

在师专学习的三年,我很有些特别。说实话,我内心里文学的虫蛹始终在蠕动,在努力学好化学专业的同时,我花了相当多的时间在阅读中外名著和文学理论书籍。学校图书馆的一位女老师(名字忘记了,只记得她的丈夫很高大,而她个子很娇小,夫妻俩经常结伴散步,高矮错落,形成一道美丽的风景),甚至特别允许我有两本借书证,其中一本专门用来借阅文学书籍。毕业时,我至少看了百余本文学书籍。

师专读到第二年时,兴趣所致,写了一个迎新辞当做稿件投往学校广播站,不想,这一年秋天的学校广播站就以我这篇稿为正式的迎新辞,连播了三天。其中一天恰逢母亲来学校看我,看我痴痴的样子,问我怎么啦,我告诉母亲,广播里念的是我写的文章呢!这年秋天,看了一场美国喜剧大师卓别林的电影《舞台生涯》,享受过卓别林给予的快乐之后,我第一次通过电影有了对人生的浅薄思考,随即写了影评《舞台生涯的寓意》投往当时赣州唯一的文字平台——《赣城影讯》。原以为涂鸦之作不可能发表,也就没有追踪稿件的下落,不想,临近毕业,在参观中文系学生毕业成果时,意外地见到一本名字叫《赣州影讯1949~1979影评选编》的小集子,里面选辑了29篇作品,我的那篇小小的文章竟然也列在其中。这或许要算作是我的处女作了。如此,我的文学之始当起于母校师专了。

说到写作,我得承认,还是在师专求学期间,我就对写作有过不少的尝试。出来工作好多年后的一天,母亲对我说,你的那些师专读书时和出来工作后的许多笔记和一些写了好多字的稿纸,还要不要了?我看了一遍,感觉那些文字简直幼稚得可笑,便笑着对母亲说,你帮我扔了或烧了吧。其实,我内心还是多少有些为那些文字所动心的,并不是说它有什么价值,而是里面毕竟记录了些自己年轻时一些青春的骚动和生命的履痕。

我进大学那年,刚满十六岁,读完三年专科也还不足十九岁。这个生命段里,我从一个单纯而毫无情爱意识的少年成长为一个情窦初开的青年,我从对人生、文学的粗浅认识和理解逐步开始有了更深层次的思考与向往。尽管那只是梦想,终归有了起源。师院的柚子林绿荫清明,犹如一

抹绿彩，给青春的生命造了个做梦的园地。一个青年的文学梦，随着柚子林的繁茂而逐渐地生出了翅翼。

我的文学之蛹开始脱颖而出，是1994年的事了。这年，我的第一篇散文发表在国家报刊上，从此，我开始了从化学向文学的转化，并开始了广泛的田野考察与地方史料阅读、写作。不想十数年之后的今天，我竟意外地成为对赣南山水、客家古村落、地名及宋城文化有一定研究成果的本土文化专家。我的第一部作品集《落英缤纷》出版于1999年，之后，又先后出版了《山水赣州》《客家故园》《赣州古城地名史话》等十部作品。2000年我加入江西省作协，2007年加入了中国作协，同年，选为省作协理事，受聘为赣南师院客家研究中心兼职研究员，2008年，当选为赣州市作家协会副主席兼秘书长。至今，在全国各级各类报刊发表作品逾两百万字，获得江西省新闻奖、中国报纸副刊作品奖等各类奖数十项。散文《邹家地》《秦淮河上寻桨声》《七月荷话》连续三年选载《散文选刊》，其中《秦》文入选多家中学生课外读本，入选2007年赣州市年鉴大事记；另，散文《油桐花开时》入选《2006年中国精短美文100篇》，三万字的大散文《风雨客家围屋》载入大型文学期刊《芳草》。个人创作之外，我还用大量时间为当地文学作者搭建文学平台，在完成好党报文艺副刊主编这一本职工作之余，建立博客圈，组建赣州市散文学会并任会长，主编会员作品集《第三条河》，创办《散文视界》杂志并兼任主编，鼓舞与引导更多的不畏艰难有志于文学事业的人共同前行。

化学与文学，一字之差，竟花费了我近二十年的时间才实现这一生存本质的转变。

感谢母校！没有母校，就没有我的今天。借用毛泽东主席对徐老说的一句旧话：母校过去令我尊爱，今天也令我尊爱，将来也还令我尊爱。

泛黄的春天

谷雨时节,总与诗有关。连续数天,耳边满是诗歌与诗会。真想不到,这个诗歌渐渐没落的年代,在赣南竟还有如此强盛的关于诗歌的躁动。不过,我无心参加诗人们的聚会,在宁都,我与直云兄、凌云兄及依堃老弟置身于青龙岩、伏虎岩,探幽寻禅……在瑞金,我与一叶兄、长发兄置身于高山寺,在动听的梵音中沐浴灵魂。

这个春天,于我来说毫无诗意。没有诗意的日子最好将身心交付给乡野与佛。在宁都与一位年过五十而貌似三十的苦行僧相遇,他孤独一人空守大山,自觉修行,简朴生活,不管"活也好,死也好",阐释着生死时口气轻松,言语着佛法时充满神圣。在他的面前,我自觉低微,同时深深感到尘世中人的悲哀——我们都深陷名利场中,却始终不敢面对生与死。我敬重参透了生死的人,人只能不畏死才能不畏生。我们常常为生而困惑,常常为情、为名、为利所累。2002年,我在云南石林旅游,有一石刃上题了"无欲则刚"四字,一个六七岁模样的小孩在聆听长者的解释,我记住了这小孩颌首领悟认真做笔记的神情。我当时有些感动,但愿这孩子灵魂从此在清明的内心世界中成长,直到老与死去。这年,我正好不惑之年,早已深受世俗浸染,不洁不净,满是欲望。所以感动,是因为我们不能纯洁。我们早已失去童真,唯一能做到的就是少一点欲望,多一点宽容,少一点伤害,多一点理解,少一点虚伪,多一点真诚。

清明回了趟老家,复看了一次族谱。我可怜的祖上,最隆重推出的人物不过是东海太守龚遂,还有一位就是清代感叹"不拘一格降人才"的龚自珍,现当代竟然是连地级干部也没有出过一位,而我的近亲中即使是所谓七品芝麻官也没有一个。几百户人家唯有我的父亲生前因为是全国知名中兽医专家而受到家乡人爱戴。父亲中华人民共和国成立前毕业于中正大学兽专,中华人民共和国成立后成为全国这方面的很少数几个专家学者代表人物之一,他在50年代出了专著,抢救与整理了大量珍贵的史料,并颇有创造性地运用于实践中,在学界与百姓中颇受尊重。成立于50年代末的瑞金大学是江西大学的分校,正县级建制,坐落在沙洲坝,校园内有两栋平房,每两家为一栋,其中三户人家是校领导,一户给我父亲用。这在当时充分体现了国家对知识分子的重视。前几年,市政协文史委还专门召集部分还健在的瑞金大学老同志召开了一次座谈会。我在好多场合与文章中提及父亲,是因为父亲的治学精神的确影响了我及兄弟姐妹们的成长,我们均已人到中年,都在吃文字饭,莫不是受父亲对文字的热爱之影响。

  我尊重我的父亲,我感念他的养育与教诲之恩,我的有关文学的一切都可以回归零,但我对父亲的爱永远不变,我对有伤于我对父亲感情的所有的人与事、言与行均深为痛恨。父亲长逝十有五载,我们一家人往南昌老家清明、冬至跑了三十回,一次次培土,父亲的坟被整理得清清爽爽,在一望无际的茶林面前显得很是秀丽。春天,坟包上偶尔会长出开满了白花的野刺藜,家乡人说,这物好,显性子!几乎每一本结集出来的书,我都会烧给父亲看,我自然在乎世人如何看好或看坏我的文章,但我更在乎源于内心的精神感应,我想九泉下的父亲是有知的——书页化成灰烬时,总有一阵风平地而起,把灰烬全然

卷走。那时,我觉得那些印满了铅字的书页,肯定比百千万亿的冥钱让老父亲受用得多。

　　我以为,文学的支撑力是内心对文字的自我欣赏,其社会功能与社会反响及利益所得均在其次。写文章,只要面世就注定了它的功利性,这么多文人选择了写文并让它面世,其实也就注定了文人的普遍性的功利性。只是有人在这种功利场中沉沦了,有人突围了,有人超越了。有一点让人发笑的是,这种功利性的论战多半来源于自己也在行着功利之事的自己人。

　　印象中,父亲在世时,每一篇文章问世,也总关注着它的行踪,关心着文章的发与不发,发在什么地方等等,他也没有避开名利之虚荣。不过,他那个时代的同类型人,普遍老实厚道,尊重他人劳动,尊重自己的体面,好象总是善意的声音强盛些。可惜那时没有QQ,没有BBS,否则我们搜索一番,肯定会被那时的人文精神有所触动……

琐记

　　这几天日子很平常,心却连续伤感了两回。

　　昨天是一位长兄辈的朋友刷我们调去异地,从此茫茫两地不知何日再聚,忆起一起相聚的日子,或甘或苦的时光一一浮现,情绪难以自已,临别时以短信郑重祝福之,他以前所未有的速度致谢。或许他也忆想起了过去往事的种种美好与遗憾,有了些伤感。因为明显感到这一行文字的速度来得快,原以为有了年岁早已不再有情感的起伏,不想透过文字彼此却感觉到了一种久违的至心至性的温暖,于是猛地涌出一眶泪水,为他,也为我自己。

　　或有两年没流泪了,还是前年四川汶川大地震眼见无数生命消逝时,以及去年写抗冰救灾报告文学写到那个特殊的除夕夜时流了两回泪,之后一两年便一直很平庸无聊地过着。单位效益不够景气,工作周而复始,人心随波逐流,多半是一副麻木不仁玩世不恭得过且过的生活态度,"感动"这东西早已不知何去了。甚至满以为"感动"这一词也远离了自己,不想,今天又重创了一回。

　　下午,与儿子通着电话,他隐隐约约告诉我一些家事,得知一位至亲身体有恙,惊悉之下,心底受撞击似的,猛然酸楚了起来,久久不能平静。近日,老在琢磨一句短信:对自己好一点,这一生不是很长;对身边人好一点,下辈子不一定还能遇上……是呵，马上就是本命之年的人了，生活给予自己的悲欢离合太多，文字给予自己的愉快与苦恼也不少，表面上虽是超脱，内心却始终没有放下，经历过的人或事，遭遇过的是与非，谁能放得下、忘得掉？

这正是人类的悲哀，我们明知道人的一生并不很长，却总是苛求自己；明知道下辈子不一定还能遇上，却总是计较现实中的点点滴滴。人难道真要到垂垂老矣，才知道这些生命道理。

前几日，一位平日严肃认真的领导退居二线时对我大发感慨：人生就是这个样子！生命只是一段时间与一截空间而已，于人类历史的长河而言当真是微若芥末微不足道。这样想来，人与人之间的这许多于名于利于情的计较便显得是多么的没有意义。

今天上午到唐江一农户人家做客，这家人有一户庭院，院内外种满了果树与桂树、桉树，"贵而安"的人家，恬静、淡然，享受着天光与地气的沐浴，让我们城里人钦慕得很，临到午饭还端上纯正的土鸡汤供大家啖食，谁知谈话间却流露心意：村里山林被强人独霸，而他们有意开发现代农业的一帮人却无从得到关爱与保障……原来他们过得也不安宁。淳朴的乡村并不和谐，缺少知识的农民并不缺少欲望呀。看来哪家都有一本难念的经，谁人都有一份难诉的苦。城里人如此，乡村人也不例外。

这世上有真清净之地之人之事吗？世上人真能做到爱人助人救人而绝不伤人害人欺人吗？我始终认为我是徘徊在出世与入世间的人，是俗与雅之间行走的人，既不高贵也不低贱，既不优秀也不平庸，是一个爱过又失去过爱的人，是一个不害人却助人也有限的人，是一个没救过人却也受过人欺的人。人的性格都是多面性的，至少是两面性的，人的善与恶是人内心两头兽，前者是瑞兽，后者是魔兽，前者浮现时人为善而活，后者浮现时人呈魔而现。只不过有知识修养有道德规范的人更理性些，或曰善多些恶淡些，如此而已。

前些日，市里举行辩论赛时，我就闪念，要讨论"人之初，性本善还是性本恶"这个话题才有意思呐。我坚信人之初性本善，至于为什么成长后的人会如此自私与计较，只能说明社会与成人的恶，影响并引导了初涉世之人逐步也走向恶，当然这恶不仅仅是单指杀人放火抢劫欺诈这类大恶显恶，它更大层面所指的是人对名对利的追逐导致的缺德忘义，还有对社会对他人的奉献精神与责任感的严重缺失等等方面。

  这个揪心的夜晚，我心境充满了仁慈与悲凉，纵然这世上谁也无法改变人心，但我仍然真诚地祈祷，祈祷世界大同、人间有大爱、人类有宽容，祈祷人类永远相爱永不仇恨，祈祷所有我爱的人和爱我的人健康幸福快乐，祈祷我们的文字永不叙述阴暗与丑恶、痛苦与悲哀，永远赞美阳光与善良、幸福与快乐……

  祈祷这个冬天暖阳频频，春天的步子匆匆快来！

怀想横溪

一

大学毕业，分配通知书下来，我才知道这世界上有一个地方叫横溪。离开家，经沙石，绕牛牙凿，过王母渡，沿河走十里，往东一折，便是横溪了。我们奉教的中学便在一个不大不小的盆地中央，一所历史留下来的共产主义劳动大学校舍。这是一个令人难以思议的地方——横溪。然而，也是一个让我怀想的地方。在那里，留下了我青春的履痕，飘荡过我青春的梦呓，我的生命在那里刻下过深深的轨迹。

横溪，一条横对着桃江的小山溪。它的源头在百里远的深山里，也可谓源远流长。因为养育了百里溪旁不少人家，这条溪河便在当地负着盛名，因此，溪与桃江交汇处的附近便被叫做横溪了。

乡村教书的日子是别有情趣的。因为远离城市，也因为自己比学生大不了三五岁，和学生几乎就是朋友，很少感到枯燥，便很能静下来潜心教书。那时，也许是年轻的缘故，并不觉得环境的艰苦，教学之余，还挺能自寻开心，日子过得也还逍遥。印象中，四季都被自己安排得满满的。

春天，我们上山采撷杜鹃花。那总是在下过雨的时候。此时，山上满是粉红的杜鹃花，映得山岭格外秀美。苍翠欲滴的长满新绿的树和草中，这里那里地探出一丛丛的杜鹃来，直叫我们这些城里来的人开怀得不得了，当时，我们被这"红花绿叶"的景致迷恋，欢喜得满山遍岭地奔跑，采摘着杜鹃花。可以想象，在洗得碧净的天穹下，绿草花丛间，几个痴迷的采花人，不是一幅很生动的春天图画吗？

夏天，我喜欢独自一人上山，与之共生息一段时间与空间。寻一处浓荫蔽日的草地，懒懒地伸展四肢，仰躺在绵绵的厚草上，或看看书，或望望天空，或养养神什么也不做不想，就这么静静地躺着。此时，可听见草丛中虫的啁鸣声，山风呜咽轻吟着，遐想中，仿佛山的深处传来的山的重重的呼吸把我一起一伏地摇曳着，让我舒坦得有如神仙，乐不思归。远看山，那么高大雄性，像父亲，可蜷在它的怀中，感觉它又像母亲，慈祥宽容。

秋天，我们走进更深的山里探觅，或是散步到溪与江交汇处去看秋水。深山里，古树早在我们去的十年前，大概是"大跃进"年代，便被伐尽去炼钢铁了，看见的都是新近几年补种的新树。给我印象最深的是，人家极少，只在山巅处望见三五处炊烟，让人知道山林并不孤独。溪与河的交汇处，是一处风景。贮木场每天都有的圆木下水场景，颇为壮观，高大的滑坡可同时滚下数根圆木，当巨大的圆木与江水相撞击时，发出令人惊悚的轰鸣声，惊动得连对岸的栖落在树上的鸟也纷纷散走。在溪与河边，我听流传在乡间的赣南采茶小调；我看圆木怎样被扎成排，排又怎样被放逐；我听秋水之涛声听不绝，我看秋水之深色看不穿。一个白鹭归返彩霞缤纷的秋之傍晚，我收获到了来自城里的我的初恋情书，怀揣着信，便怀抱着另一颗心，于江水的细浪涛声里，我第一次品尝到了爱的滋味。

冬天，令我最痛快的是下雪的日子。有一年的雪，奇特的大，而山里的雪又特别的白。前一夜还飘忽小雪不成气候，第二天，睁开眼一看，大大小小的山岭都成了一个个雪包包，逶迤成银蛇一般，甚为壮观。这是在城里绝对看不到的。我欢喜之极，一个人足踏水靴，奔出校门，奔往旷野，狂跑乱喊着，发着少年狂，肆无忌惮地宣泄着发自内心的一种欢乐。许久，才披着一头一身的雪痕回到学校。大自然的造化真是太美了，难怪，性情中人总是自然之子。

而最让我深入心灵之底永不会忘怀的，便是我在横溪生病险些死去的事了。那是1983年的春夏之交，由于工作太投入，熬夜过多，加之听信民间偏方用痢特灵治胃病，终于导致药物中毒，以为过敏反应的我，用中草药刚沐浴过，便昏迷过去了。迷迷糊糊中，我知道管后勤的聂主任、校医，还

有一位本家老师,用自行车载着我急急忙忙赶往乡医院,到得河边,便是本家老师背着我过桥的,刚过得对岸,我便失了知觉。次日,清醒过来,看见慈祥的老主任守在旁边,我开口便说,想吃稀饭,要红糖的。聂主任唯诺着出去了,不久便为我端来了淡褐色的甜稀饭。这是我一生中吃过的最好吃的稀饭。由于病情仍未减轻,我的脚已经肿得穿不住鞋了,当日,我又被送往县城医院。在县医院,发现白细胞剧增,紧张得连我父母都担心我会死去。然而,上天怜惜我,要我为这世上的平常事与人及自己写出些文章来,便又让我活了下来。而我既然不死,便总会想起那次生病,并从心底感激几位救援过我的同事。可惜,聂先生早已先死了,这份感激无处寄投,便只有祝福他的女儿——也是我的学生,过得安康些,以安慰他九泉下的灵魂。再到许久以后,我才知道,还有一位学生该由我致以敬意的。这是一位调皮的女学生,是所有乡村女生中,唯一与老师们交往与我交往,显得落落大方的。学校周围有许多梧桐树,每年春天,桐花开得极盛,形成华盖状,有一种富贵之美,不久,桐花生命凋零,又是一番落英缤纷的景象,非常凄美。这位女生喜欢作文,便以此为题写了篇文章,写成后,我为文章润过笔。其后不久,便是我生病。怀着对我的崇拜,也是一种可敬的勇气,这位学生默默地为我清理房间洗净衣物。之后,大约在我出院返校后不久,她便去了县城中学读书,匆忙得连我致谢的时间都没有。

  此刻,我安静地坐在电脑前,忆着往事写成文字的时候,我便想,正是那些过去了的却永远抹不了的生命历程中的某一片段,在感动着自己,鼓

动着我写作的欲望。而我钟爱以散文这种文体来写作,实在因为我想写真事,说真话,也因为我容易受感动,受了感动便得以某种形式来表达感激,比如写作。

二

因为初为人师的头三年在这里度过,因此横溪成了我生命中最早的风景地。虽然已为它写过几回文字,但每每被与横溪有关的人或事触动时,内心仍不由得会情感繁复起来。

这回,搅动我情感的是随公交旅行社组织的团队乘火车去乌鲁木齐时认识的刘汉伦师傅。刘师傅虽然做工出身,却爱好读书,尤其喜欢散文,于是从报上认识了我,又从书摊上购得我的第一本散文集《落英缤纷》,此番去乌鲁木齐市,他不忘带上书,在车上执意要我补上签名。为这份难得的读书缘、横溪缘,我将随带的《岁月如歌》一书送给他,聊表谢意,也慰藉自己横溪三年生活的那份挥之不去的怀念之情。

刘师傅是王母渡人,20世纪七八十年代正在横溪林业车队工作。而我从教的横溪中学与车队不过三五百米距离,一片茶园隔绿相望,学校在通往大山深处的路口,车队在临近桃江的桉树林下,一条尘埃不断的土路将连结彼此。可惜,当时的我并不认识刘师傅,否则通过他,或许我可以搭几回他们车队拉木头的便车回城里,或许我也就不会有冒险渡桃江的那场经历了。

80年代初的横溪与城市隔山隔水，交通极不方便。九九八十一道弯的牛轭崇之蜿蜒尚且不说，桃江四季波涛壮阔，如同天堑，隔河隔千里，才真是难过。当时这段江面上尚没有建大桥，只有浮桥供行人横跨东西，往来车辆则一概靠大铁船过渡。平常风平浪静时走走浮桥倒也悠哉，遇上刮风下暴雨的涨水日子便苦了。记忆中是1982年的国庆节，全校放假，我们三个家在赣州城的年轻老师在次日也打算回家。偏偏这日天气不好，有暴雨将至的天象。迎着逆风，头顶乌云，我们从横溪急急赶到十里外的王母渡。却不料浮桥已经拆了，只有大铁船在来来往往承载着渡客。然而，就在我们上船后，船尚未来得及启动，天风突然起飙，大铁船忽地在水中转了一个九十度，身子横着往岸边猛撞过去，船搁浅了。一船人惊恐不已，纷纷弃船上岸。大多的人都往附近找亲戚去了，只剩下我们三人一脸无奈。一看时间，离中午12点这趟班车不到半小时了，我们急了——假若赶不到12点发车的一天一趟的班车，我们今天便回不去赣州了。正在此时，一只小舟从风浪中翩然而至，从彼岸送了几位此岸的客人过来，年轻冲动的我们几乎没有考虑，便叫住了船夫，求他载我们过去，船夫见狂风浊浪，便乘机要了我们每人5元钱（要知道，我们当时一个月不过47元，这可是一个星期的伙食费呀）。于是，我们上了小舟。小舟不过两尺宽，我们四人在上面占得几乎没了空间。船夫一点竹篙舟船便离岸而去，旋即陷入波峰浪底，我们立即感到了害怕。偏偏此时风更大了，浪汹涌起来，我们用双手紧紧地抓扶住小舟的边缘，任凭浪花飞溅，心跳加快，一脸苍白。此时，除了内心祈祷平安，我们不可能有任何作为。那刻我才真正理会到所谓"一叶小舟"的真正意义，在大风大浪里，舟如叶，人则是叶上的一枚蚕虫了。不知是15元钱鼓舞之，还是本来就习惯了在大风大浪中行船，船夫并无惧色，湍急的江水中，他临风而立，船篙在他手中左右点拨，仿佛是借着江水的势头，风浪中我们一步一步漂到了对岸。

　　这次经历给我印象太过恐怖，毫无美感，它留给我的是一辈子的后怕。记得2003年五一节期间，我和朋友去深圳度假，在深圳工作的学生请我们在零丁洋坐快艇作环岛游。上艇前我就执意不肯去，无奈学生一家子

和我朋友以大家也不去为理由要挟我,我只好上了"贼船",当快艇划破大海的蔚蓝,从平静的港湾驶往波涛汹涌的岛的另一面时,大海呈现另一种情景——海浪起伏,波涛如雪,就在一个个巨大的海浪将快艇一次次抛向峰谷浪尖时,21年前曾经的那噩梦样的一幕蓦然再现了,当时我就觉得昔时的恐惧与现时的危险重叠了,内心成了一个巨大无边的黑洞,我的魂灵几乎被吸走了。

今天,因了刘师傅,忆起这段往事,竟清晰得如同昨天。时间在岁月的流逝中并没有把所有都溶蚀,大凡生命中磨难之事都很有硬度,总能在记忆的小屋里成为常客。

1984年秋离开横溪后,我先后两次再到横溪。头一次是1999年春,山上的杜鹃花和校园内散落的桐树花早已开过,我青年时的诗意境地没有寻觅到,只有自己曾经住过的土屋还在,令我惊异的是,我的住房内那张木床连位置都未曾移动,便是床头开关也还是我亲手安装的那个。今年春再进横溪,不过几年时间,学校已经变得簇新,除了昔日我们首批师生们挑土填平的操场还在,其余的场景均不复存在了,就连曾经同事的人也一个都没寻到,而新的住客则把我们彻底遗忘了。当然,两次经过桃江,都无需过渡或走浮桥了,王母渡早已架起了水泥大桥,大河彼岸的横溪,以至韩坊、小坪等地的各式行人再不用担心江水中风高浪急几何。当年冒险过渡的情景自然是一去不复返了。

再进赖村

1981年4月,我们同学5人分配在赖村实习,遂于赖村结缘。

赖村留给我的记忆已成碎片。然而,尽管是碎片,积淀胸中久了,竟也成了一种挥之不去的重负,以致到了非得再走近它方能释放的境地。当年我19岁,正是青春中人,对生活与工作充满激情,且单纯如水,一切都以挚诚的心面对。结果,无意中收获到了人生中的最美好。浮华现实中已习惯种种人间冷暖的我,此刻回忆起来赖村中学实习的日子,竟没有一丝杂质。

此番再进中学,见着了那口老井。听说习惯盘腿而坐的宋校长已逝多年,指导我实习的温老师已调在别处教书,领我们观古塔、上古寨、游双岩、淌河滩的《孤坟鬼影》作者高歌的儿子也人到中年了……世事变迁,物是人非,令我一时失语,不知应该说些什么才好。

老井模样依旧,只是不再起作用,学校早已改用自来水了。引颈望去,但见井内壁长满了青苔、杂草,井面上漂浮着许多杂物,也沉淀着逝去的时光与岁月。遥想当年我们背着行李初到赖村时,就在这井边汲水洗濯。时值正午,我们惊觉平静的井水中竟印了圆圆的太阳,圆圆的太阳四周则是一圈圆圆的彩虹,抬头看天,这情景如诗如画,令我们欢呼不已,青春的声音长久回荡在天穹、井窿。后来,读地方史志多些,才知道我们遇到的是异祥之景,在古代是可以入史入志的。说到彩虹,同行的宁都诗人直云兄说,他见过横跨天之东西两头的巨大彩虹;帆云兄则说,他年少时见过在眼前蓦然而生的彩虹,人甚至可以走进其中,融入彩虹。

供我们睡觉的那栋两层楼没了,走路时楼板吱呀作响的声音、夜晚被三五条成纵队形态的臭虫们把我们咬醒的情景成了永远的记忆;曾经飘荡过我们年轻而激情的声音的老教室也隐入历史深处,代之而起的是几幢簇新的高楼,年轻的教师传承着,为着一代代莘莘学子。我怅然若失,不知道哪里可找寻得到我们青春的影子。几枚宗祠前用过的红岩础柱粘滞住了我搜寻的目光,或许它记得我曾经抚摸过它吧。

在圩市繁荣、街道一新的赖村,宋氏宗祠显然有些不太协调——偌大如古董,沧桑、老迈,风雨浸淫下摇摇欲坠。宋氏宗祠在人民公社时期曾经做过电影院,现在搁在一边,成了一种凭吊之物。赣南是客家摇篮,宁都更是赣南客家早期发祥地之一,姓氏渊源、流变成为一项专门的学问。赖村名不符实,只在僻远的地方还有一两户赖姓人家,整个赖村早已成了宋氏天下。数百年以来,赖村四处张扬的都是宋氏的骄傲与辉煌——青塘河畔,樟林丛生,古径通幽,往昔破落不堪的经纬阁从最早的木式建筑蠹变成了水泥架构的高大楼台,我们当年见过的"地主成分"的那家人早已不知去向;傍着奔流不息的青塘水,万寿宫香火缭绕,冬闲的农人在这里释放着一种质朴的对美好生活的祈望;远处松林如涛,九层步青塔高矗于山巅,雾霭中若隐若现,营造出赖村悠然的山水意蕴和深远的历史感。

哲人说,阅历丰富可以使人明智。我不敢自诩二十多年后重来赖村的自己比以往智慧了多少,但对赖村的再认识至少多了一种历史感,有了对它本身及蕴藏其中的更深层次的了解的渴望。当

年在赖村实习了四十多天,虽没有古代文人之风雅,不懂吟风弄月,却总是喜欢徜徉于山水间。只是不钻研历史,守着历史视而不见,既不去追溯赖村的历史渊源,也不去考究赖村何以以赖氏为名却宋氏为盛,甚至不知道河对岸山巅的步青塔实为赖村文峰塔、风水塔,既是一座水口镇压妖邪庇护平安之塔,也是寓征赖村人祈望族人"平步青云"的一座文峰之塔,更不知道赖村清史上曾出过一代名士——咏遍山水,文传后世,承传易堂九子之文脉的一代举子宋应桂,便是我们游历过的一座座山寨,我们也仅仅是踏步而过,全然不知它们建成于何代、衰于何时、背景如何。去赖村宛如去西域,直到去过赖村,见过经纬阁、步青塔,听过举子宋应桂的故事……才知道经常路过的赖村竟也是易堂遗风甚浓、人文道德深厚的一处胜地。

行走中的惶然

此刻,离上班还早,打开电脑想写一段文字,可面对白屏如同面对一页白纸,心底一片茫然,不知该写何物也,不禁有些悲从中起。

多年来,一直有一种激情在催动着自己前进,哪怕明知一切的作为都是"行走在消逝中",也依然故我。现如今,激情消失后的"行走在消逝中",便有些令人惶惶然。不知为什么行走,不知如何行走,不知前行的目的是什么,眼见时光一天天在消逝,白发一天天在生长,能不惶然?

前日见省文联刘主席,也是白发多多。虽然染过,但雪样的发根的白是掩不住的。他一本书接一本书地出,出书的速度似乎与他白发的速度一般,眼见得地位高了,作品多了,人也老了。为了文学为了文字,我们付出了太多。

穿过时光隧道,不妨想象一下,百年后、千年后,我们的成为纸质的作品还剩余多少?我们的博客上飞扬的文字还在网络空间飘荡吗?我们对文学的爱之热度还余下几多?春秋已过,数以百亿的人灰飞烟灭,一部分帝王将相和文人墨客的名字或文字留了下来,但清点一下,历历在目者太过有限,众生如烟云消失殆尽。从概率上来说,我们千年后还有名字或文字留存的可能性几乎为零,所以我们眼下的一切都没有历史意义。但文字与其他工具操纵者比较,它稍稍多了些优势——历史毕竟是文人记载的,帝王将相是文人用文字记载的,因此,文人趁写帝王将相时将自己钟爱的文字植入,结果文人因此有了比其他职业者多了些遗留后世的机会与可能,从这个角度理解,选择文字又有点历史意义。

正因为理解到这一点,文字工作者自古以来潮来潮涌,层出不穷——谋当世的福,求后世的名。因此,文字者当有所努力,努力使自己的文字功力炉火纯青,努力写些可能成为经典之作,努力写些与志与传有关的人物事,努力写些历史与未来这两者之间有一定联结的这个时代的命运之物事。于是,又觉得有些难了,大家都在努力,有几人能努力成功?仅就散文而言,每年有若干个版本的年度排行榜,有若干个版本的美文百篇,一百年后,仅列入百篇的作者就好几万,再过一个百年,出一个上一世纪散文百篇美文,一万人变得只剩一百人,再过四百年,出一个近五百年散文百篇美文,最早的那一万人只剩了二十人或许还不到,再过五百年,距现在一千年的时候,出一个近千年散文百篇美文,最早那一万人恐怕只剩了三五人,再过另一个千年,只剩下类似于孔子般的宗师与圣祖了,最早的那一万人早已不为世知。人类活动几万年了,未来还有无数年,如同野草生生死死,中间是不尽的出生与死亡——人类生命的轮回,人类的种种创造物的轮回。

游荡在城墙根下

记得小老张写过《城墙根下的周敦颐》，不想，昨夜，我成了一回城墙根下游走的人。

家里有些清冷，忽然想起许久没有亲近城墙了。于是，穿过生佛坛前、灶儿巷、六合铺、坛前，走进建春门。不记得昏黄的路灯下有没有投影了，反正没有往日嘈杂的人流，偌大的城门第一次容我一个人穿过。浮桥横陈东西，行人可数。夜色中，一只辨别不出名的鸟在浮桥上空盘旋，借着风势，飞翔得很潇洒、轻松，几分钟后，见没几个人欣赏它的舞姿便倏然隐入黑暗中去了。在城门口，我将外衣领竖了起来，北风愈显凛冽，以致贡江倒涌着，浊浪一波一波往上走，直走往霓虹闪烁的东河大桥。

城墙如长蛇逶迤，往北往南两端伸展，我稍加观察，北面有人在游动，南面无人。我喜欢清静，自然往南面去了。顺着城墙根，我夜游在贡水一侧。江水有些呜咽的感觉，对岸的巨榕全被夜色掩蔽，只有稍远处万松山旁的肿瘤医院张着红眼绿睛，让人触目惊心，那可是寄住临死的灵魂的地方，其实仅从这名字就让人看出赣州的低俗，医院名字为什么不可以人文化给世界留点空白呢，直通通的，毫不隐晦它的商业野心。刮了好些日的冷风把江边一溜柳树的液体抽得所剩无几，叶子枯枯的，全然没了夏日的柔媚，却还挣扎着不肯脱离母体。

射灯有规律地摆放着，柔和的灯光将古老的城墙映得发绿。其实这光有些功利，它泛着光芒，只为彰显城墙的旅游价值，吸引南来北往的外地人的眼球，眼巴巴地热望这些外地人走近它，留下点银两给这座发展中的城

市。这光还有些浪费,实际上它并没有吸引来更多的外地游人,只是住在附近的城里人散步有个光可借。城墙究竟如何利用为好,这是个大题目,我曾经专门为之写出建议,不过文人意气罢了,官僚们是只利用文人的激情而不重视文人的责任的。仅就这射灯而言,依我看就不如不要,我以为原来那种若明若暗的感觉最好,这种韵致下,人充分自由,随心所欲地行走,与江水共酌与城墙对话与自己的灵魂独语,不像如此光亮下,远远便看见了某个熟悉人,躲也躲不掉,只有挤出一堆笑来热情地招呼。要知道,在城墙根下不需要客气与虚伪,城墙根下没有尊卑与上下。城墙根见识过太多的人物故事,现代人再如何努力也演绎不出什么惊天动地惊心动魄的故事来。还好,大多游逛城墙的人,尤其是走城墙根的人,不论官僚与否,一概都休闲随意,官架子留在了家里。

　　无数回,我沿着城墙行走时,总会与各式各样的人打照面,其中最多一类是有些寂寞有些情愫有些郁闷的人,怀着这样那样的在家里或单位里带来的郁闷,往宽阔的城墙上或平坦的城墙根下行走,一边数数脚步,数数墙垛,数数铭文砖,一边看看贡水,看看浮桥,看看马祖岩,带来的郁闷渐渐会

散去。不知道哪去了——被城墙吸收了,被贡水溶解了,被另一种心情蚕食了?临近东河大桥下那棵孤独的老榕被做秀了,一只巨大的射灯为它施着光艳,早先许多的在它附近散步或拥抱的情侣们不见了,人们抒发爱情时都不喜欢有旁观者,他们往没有射灯的城墙根下去了。江水随着我的步子将波浪溯送回来,直到东河大桥墩下——当年的百胜门城门。就在这一江波浪回溯的时候,我正小心地行走在窄窄的水泥坎上,左边是冰冷的江水,右边是坎坷不平的泥地。我如此贴近江水,是想贴近曾经温暖与激动我心房的一些人物,比如周敦颐、苏东坡,他们都从这里泛舟至东岸登马祖岩,比如文天祥,知赣州期间,从这里奔赴兴国、会昌勤王抗金,比如常遇春,从这面江上攻城三月,比如彭德怀率红军打开百胜门一个角,比如我的小弟,当年若魂洒赣江,今天也肯定随波溯回与我平行……

  几声犬吠叫,方知过了桥。一只黄狗立于屋顶,将静夜吠破。贡江留在了身后,波浪仍在溯送中拍响岸堤。

我们的人生：行走或聚散

有时想，人是为行走而生的——有时行走于江湖，阅尽人间沧桑；有时行走于乡野，阅尽自然风光；有时行走于街巷，阅尽市井风情；有时行走于政坛，阅尽世事万象；有时行走于商海，阅尽钱来财去；有时行走于红尘，阅尽人间风月；有时行走于闹市，阅尽世上冷暖；有时行走于他乡，阅尽思乡之苦；有时行走于远山，阅尽天地清然；有时行走于历史，阅尽遥远的过去；有时行走于现实，阅尽灿然的今天。

这种种行走，我还是最喜欢行走于家乡的感觉——这种行走中，因为亲切而不会厌倦，因为稔熟而没有距离，因为生于斯长于斯而随意拾掇得起一串串故事与传说。比如在赣州，我喜欢行走在城墙根下，沿着贡水上行或下行，看对岸迤逦榕树，或是眺望更远处佛日峰马祖禅影。当然，更多时间，我喜欢在城墙上走完一圈，或是陪着朋友或是独自一人，从东河桥下原百胜门旧址起步，用整整两个小时的时间把3660米残存的宋代古城墙踏尽，其中一路踏步一路收拾文化与历史的残金碎银。比如，当我的目光落在对岸时，我会复述一遍北宋知州赵卞嘉济庙祈雨"当夜贡水清涨三尺"的传奇故事给同伴听；当我们路过建春门时，我会习惯性地咀嚼一回常遇春"杀黄百万，出太平街"的传说；当我的脚步掠过东门浮桥时，我会遥念一回南宋洪迈造浮桥著《容斋随笔》的情景；当我走近涌金门时，我会畅想一回宋朝时期虔州城"商贾如云，货物如雨，冬无寒土，万足践履"的繁荣景象；当我登上八境台时，我会感怀一回孔宗翰指点虔州八景的多情模样；当我经过莲池时，我会想象一回周敦颐虔州清溪书院讲学归来临池观莲吟咏

《爱莲说》的思考状:当我走过蒋经国旧居时,我会伫立片刻感受一回那棵贮满蒋经国先生情怀的白玉兰树飘来的花香;当我经过郁孤台时,我会想起白鹿先生李渤任虔州刺史时为郁孤台写下的绝联"郁结千古事,孤悬天地心";当我从西门城墙残址结束这趟行走时,我会因为太过沉醉于历史风中而一时半刻不能回到现实的城市喧嚣中来。其实,并不是不能回到现实中来,而是内心有一种本能的抵触——实在是不愿意回到这现实中来——这现实充斥了这么多的计较、争斗、名利、物欲、情色……五光十色,缤纷艳俗——而这些都是与古老与质朴的历史文化不可交融的呵。

有时想,人是为聚散离合而生的——有时是与父母聚散,有时是与妻儿聚散,有时是与兄弟聚散,有时是与姐妹聚散,有时是与同学聚散,有时是与师长聚散,有时是与同事聚散,有时是与朋友聚散……有时是为生日而聚,有时是为葬礼而聚,有时是为婚庆而聚……有时是为求学而远离父母,有时是为求职而远离故土,有时是为求财而远离家乡……有时是为聚而聚,有时是为离而聚……

这种种的聚散离合,一次次令我们动情,一次次令我们伤感,一次次令我们惆怅,一次次令我们无奈。当临近知天命之年,我蓦然觉得,我们人类多么可怜,总是在行走中,总是在聚散中——一天天行走在时光的消逝中,一次次聚散在情感的波折中。上周休假回到赣州,几个旧友聚在茶庄品茗,谈及天地自然与人的欲望,谈及人道天道与人的失道,喟叹之间,我忽地发现,我们这些聚了七八年的朋友,除了境界更为高远眼界更为开阔之外,竟然一概地有了些沧桑味道了——或人届中年胖了身子,或思虑过多添了华发,或劳碌不止显了憔悴……时光就这样,在我们喝茶饮酒之间一点点地消逝掉了,我们的光华岁月也就在我们对世事不断地感叹声中流逝掉了。每聚合一回,我们畅谈一回人生、本色一回生命,却也在这充满生命本色意义的畅谈中,我们不断地感伤时光的老去、世态的炎凉、世事的繁复、生活的无奈、生命的微弱……试想,这种纯友情的聚散尚且带给人如此深重的伤感,若是与爱情与婚姻与血缘有关的聚散,那种伤感之深之重岂不是更加不堪想象了?有时,我故意将自己置身于繁重的工作中去,以逃避的姿态回避与情感交接的时间与空间。如此似乎获取了些心境上的高远与表情上的淡定,但那藏匿于自己灵魂深处的与情感有关的种种疼痛却仍会时不时不经意地触动着你的记忆。

记忆如井,往事如风,岁月如歌。我记得以《记忆》为题我写过一篇散文,记载了我父亲不幸去世与小弟英年早逝的悲怆家事,《往事如风》也做过我的一篇文章名,记的是我12岁时到沙地农场劳动的不读书只劳动的少年情景,《岁月如歌》则是我的一本书的书名,它记述了我和我家族更多的情感故事。感谢文字——幸好有了文字,我们才能把个人及其家族的情感故事一一记载,甚至让它与帝王将相、名人角儿们的成长史、创业史、建功史一并传承于未来。

风致风韵 之

风致是一种修为

风雅是一种气度

花总是看半开

酒总是饮微醺

风致使人肃然起敬

风雅使人心醉神迷

清明记

清明时节,窗外小雨,我独自无语。

母亲与大哥去了南昌,带着我们一家人年复一年的思念。不知父亲那坟上的苦楝子树苗可有像往年那般疯长?不知坟前那无垠的茶园是否依然那般青葱如林?

刚读了两件朋友的电子邮件,一位朋友诉说着被误解与肢解的友情,字字如诗,句句有情,满是伤感,我无以安慰——人生本就是这样,因缘聚而走近,因缘散而分离;一位朋友诉说着事业的彷徨,借助乡村质朴而美好的事物,宣泄着现实予以的种种不快、不平,我仍然是无以安慰——人生本就是这样,得不到的人未必是不应该得到,得到的人未必是应该得到的。

昨夜,巧遇一位从正处岗位退下来两年的领导,多年前我们一同往延安、广安、重庆等地结伴旅游过。聊及往事,他说起在任时曾有过一句名

言:领导与作家一样,是做排列组合工作的,作家将几千个汉字排列组合成各种各样的文体,领导是将手下人发挥其最大极致地排列组合到这人应该到的位置上去。其实,作家与领导还是有巨大差异的,作家排列的只是文字,美或不美,你爱看不看;而领导则不同,他排列的是生命及其前途命运,排列得对不对,影响人的一生。

　　昨夜,连续三天看完了《鲜花朵朵》34集连续剧,这部由《蜗居》原班人马出演的长剧,通过七个女儿的人生命运,将社会现象剖析得无比透彻。人一生都在追求理想,但最终却是不得不屈从命运。尽管生活并不尽如人意,但日子总得一天天过下去。人活着为什么?人为活着而活着——这话很无聊,却又当真是那么回事。

　　窗外雨不歇,甚至是随着我的敲打而渐显急促。点点滴滴敲打着雨棚,也敲打着人心。大自然的声音铿锵有序,衍及心灵则成交响了。

春节杂记

我是愈来愈不喜欢热闹了。一方面是身体原因，酒喝不得，吃也挑剔，而春节去人家除了吃喝其他内容就没什么内容了；另一方面是心态因素，自觉这是年轻人与老年人的节日，年轻人带来热闹，老年人喜欢人带来热闹，我是既不能带去热闹，也不太喜欢人带来热闹。好在我还不至于老朽、变态，我不喜欢吃喝，但并不反对别人吃喝，我自己不喜欢热闹，但并不反对别人热闹。因此，我会很自觉地将吃喝、热闹的时空让出来，同时把自己放置于一个不妨碍他人又合乎自己心态的另一个时空中。

这是一个异常宁静的郊外，长长的河堤一直向七里镇方向延去，对岸是包容着热闹的城市，脚下是草滩、菜地，一个中年男人穿着长袄系着红围巾，在河堤上独自前行着。那人就是我。正把自己放逐到属于自己的那个时空去的我。

这段行程是从东河大桥底下的古榕树开始的。好多年前的夏天，我陪朋友曾来这榕树下守望过江流。当时有人在不远处捕鱼，一网一网下去，我们的心思也一网一网地铺开。那是黄昏时分，我们就这么没有主题地有一句没一句地闲聊着，直到捕鱼人消失，直到夕阳西下的余晖铺满江面，直到榕树斑驳的影子将我们缠绵住。江水无声地流淌，我们的心思也随之流淌。记得当时我们由古人及今人，由人及江水，聊到了守望，聊到了《守望如一首歌》这样一首流行歌。时过境迁，我再也找不到当时的那种自由飘逸的心情了。我们当初守望的仅仅只是一江清流。流水早归于大海，眼前的流水又是深山里的新的一段泉脉了。其实，我们内心都明白，任何时候

人类的守望都是很柔弱的,好在江水也没有指望人能为之守望多久,也没有指望人为之守望出什么结果来。较之江水而言,它是亘古永恒的,人类是短暂的,不管是生命本身还是情感。人对江河赋予的一切感慨其实都是浅薄与粗放的,即便是面对滔滔江水发出"逝者如斯夫"感叹的孔子。他以七十二岁之一生,颠沛流离,四处宣扬他的治国安邦平天下的哲学思想,可以说,他一生都在守望一个"仁爱"帝国的诞生。结果,两千多年了,他的哲学思想被放大被崇拜,被一代代帝王用来做了政治统治的辅佐工具,把一代代百姓奴役驱使,而"仁爱"并没有得到真正的普及,人与自然的和谐也不是越来越近,相反却是愈来愈远了。孔子的理想尚如此缥缈,何况我等凡人俗子?莫说江水,即使是岸边的古榕它也有资格嘲笑人类的多情——至少它比人类坚守得认真些,至少它固守着一个点,至少它守望着一条江,至少它在一个相对稳定的空间与时间里记忆下了自然与社会的种种。哪像浮躁的人类,昨天往官场中奔,今天往商场中跑,明天往情场中转,早晨还在诗歌散文中陶醉,晚上却在酒色财气中醉倒。古榕面前,我深感惭愧,人太缺乏定力了。

有位哲学家说过,人类一思考,上帝就发笑。年轻时不太理解这句话,如今觉得这话太简约、高妙了。最近读了《沉思录》一、二两册,知道对于人类的种种行为与思想,两千年前的古罗马哲学家就替我们人类思考过并下过结论了。春节前与几位文友偶然聊及创作话题,我又想到这句话,我说:写散文还真应该多写写山水自然,这样的文字或许更永恒些,千万少发议论少哲理些,我们的人生感悟太粗陋了,我们自以为可以给世人一点点警觉与提醒,其实老祖宗们在几千年前就已经为我们阐明了,只是我们阅读

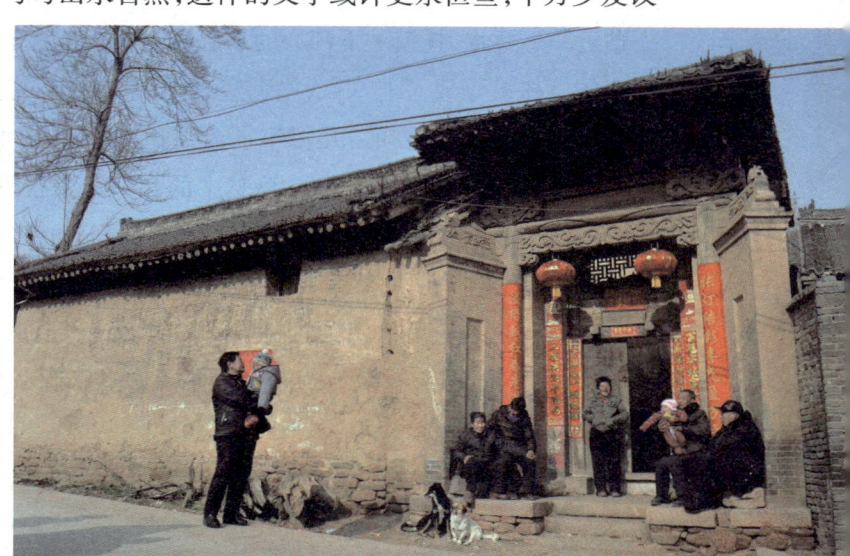

太少太孤陋寡闻罢了。

联想到写作,有些文体是不是应该受到冷落了呢?比如报告文学与纪实散文类,与当代人物与事件太接近,太过美化,太过夸张,多半经不住时间检验,每每过不了多久其中赞美的某人就成了反面人物。至今仍有笑话,十年前的一本名为《冲向二十一世纪》报告文学集,其中一半多人不过几年都冲进监狱里去了。不过,报告文学也有长寿的,比如徐刚写生态自然,因为绝不讴歌,反而是批判与思考居多,着眼点又多在生态与自然这个永恒话题,便自然可以长寿些。所以,我们的创作或要有个清醒的态度,为创收写点现实稿无可厚非,为文学还是多写纯文字的东西为好。中国散文近年有一批才俊一反传统,以表现文字为创作目的。这会不会是新时期散文的一个方向呢?主题性太强,时代感太强,散文的味道就自然有了矫情的成分。让散文只有散文味,让矫情远去,让文字成为散文的魂灵。我想,当下散文太过旺盛,枝繁叶茂,道路丛生,反倒没有一条明路了。

昨天的我独自一人溯贡江走了整整两个小时,一路上古榕做伴,当然时不时时间公园内的豪宅会探出个飞檐、凉台来诱惑人的目光,河面时宽时窄,时有几只鸟儿在早开的桃树上闹春,叽叽喳喳的声音让郊外的静生动地显现了出来,偶尔遇上一两个当地走亲戚的农民,面无表情地与我擦肩而过,即使我口袋里手机发出美妙的音乐声也没能打动他们。江面上水被阻隔了起来,只留了中间一段水口,巨大的筑桥机械比比皆是,原来这里是新建贡江大桥的工地。人们说,最温暖人的是人心。江心呢?很想走上去贴近一下贡水,抚摸一下江心的水温暖与否。正对桥路的岸上一棵叫不出名的巨树被锯成了七八截,横七竖八地睡在地上,旁边两棵子孙模样的树低垂着头,也许在伤心:几百年了,它们一直平和地生活在贡水边,今天祖爷爷终于被人车裂了。倒是草丛中的几丛芦苇很飘逸的样子,迎着季风,高扬着头颅,像是在诉说着什么。凛然的早春,山河依然清冷,绿色还在孕育,因此,这不屈的芦苇便成了我眼中唯一的风景了。

再前行就是七里古镇了,那里还有仙娘庙、真君庙。我从江边折进曲巷深处,意外地见着许多瓷山包,还见着了许多口清水塘,真不知传说中的

将军塘是哪口。寻思中,又与仙娘庙撞了个正着。七里人非常崇拜仙娘,年年祭祀这位传说中的七仙姑,与我一路上交错而过的一群一群人往仙娘庙奔去,说是给娘娘拜年去。七仙姑,非天上神仙,也是一方地方神,传说是唐代虔州刺史李渤之七女,因善于施药救人,故有七仙姑之称。城里七姑庙即指纪念其人。由此看来,古代人是很讲忠义的,只要谁对当地有贡献,人也可以列仙班可立牌坊。比如岳飞救了一城百姓,城里人建岳王庙、精忠祠纪念之;七姑施药百姓,城里人建七姑庙,乡下人建仙娘庙纪念之;赵清献祈水救民、周敦颐理学于赣南、刘彝筑福寿沟、文天祥赣州勤王,城里人筑四贤坊纪念之。

与人为善,为社会多做功德,必然赢得百姓爱戴与社会尊崇。只是古代被祭拜的名人显然比今天要多些,是今人不会做功德了,还是今人不知感恩了?

关于理想主义者

有人说，20世纪60年代出生的人是最后一代理想主义者。不能否认，当代乃至今后理想主义者仍将存在，但在物欲主义横行的背景下，理想主义者只可能是愈来愈少，这是无可非议的。在我的身边，多是文化人，文化人是理想主义附着的可能性最大的一群人，然而，时至今天，即使是一些道德文章或情感文章写得很好的人也无法保持他的纯粹的理想高度了。并不是文化人沦落了，是这个社会的功利性、势利化导致人对理想与崇高的逐步放弃。文化人并没有高贵到哪里去，文化人也是人，也要吃喝拉撒，也要生存。在高价位的住房与飞涨的物价面前，谁人清高得起来，除了骂娘骂得文明点，文化人一点儿也崇高不到哪里去。

我在琢磨，说60年代出生的人是最后一代理想主义者的人，必定是仍在坚守理想追求坚守道德高度的人。之前，50年代出生的人接受的完全正统的革命教育，经历了"大跃进"、困难三年、"文革"十年、下放、回城、下岗等诸多特殊时代，不管生活是如何艰难，他们苦过来了，他们有过怨恨但更多的是忍受，他们有过失望但更多的是接受，他们有过无奈但始终没有放弃，曾经栽种下的理想的种子早已开花结果深扎在他们的灵魂深处，他们在理想主义光影中走过了一点儿也不辉煌的一生。时至今日，即使他们中的有些人已经觉悟到什么或者想改变点什么，我想也为时晚了，至少对大多数人是可以下这样结论的。我的大姐就是50年代初出生的那一代人中的一员，她初中下放到赣南最远的寻乌桂竹帽垦殖场，"文革"期间十八岁的她随夫嫁到了外省，四十多岁的她下岗又携丈夫儿女回到了赣州，守着折子上每月打过来的三五百元生活费，过着简朴得不能再简朴的生活。然而，有一点我很惊异，她相当坚强，虽然也有抱怨，但她却时常有着她自己的快乐生活的方式，比如她早晨去公园跳跳舞，每天上下课的时间来回去接送读小学的孙女，天天为患重病的丈夫进行灸疗、按摩，隔三差五地与远方的儿女们在电话里聊聊心事……年轻时她也很有理想，想当兵，想有一个美好的家庭，想有一个稳定的正式工作……今天看来，她的并不崇高的理想似乎没有一个很美好地实现了。十多年前，她回到赣州时，面貌显老，四十多岁的人苍老得如同五十大几，我为她找过几份临时工，她都事先将身份证复印件设法做假做小些年龄，每次看到她的做了假的复印件身份证时，我都很辛酸，其实用人单位都是冲着她是我姐而录用她的，他们并没有谁在意她的年龄大小。后来，在酒店洗碗的她终于被洗衣粉洗涤剂等害得全身过敏，洗碗工是干不了了，当时我正好在一家企业做办公室负责人，利用小小的职权，单位请清洁工时我让老姐来了，不料没几天老总发现漂亮的办公区多了一个又老又黑的老女人，硬是让老姐立马走人。我第一次求人，我对着老总说：就算帮我吧，我姐是下岗工人，命也不好，而且她除了长得不好看，人很勤劳的，她什么活都干得了。然而，我的恳求并没有打动老总，老姐泪汪汪地走了，我也是眼含泪水出门的。我为无力帮助弱势的老姐充满自责。今天这件事过了有十多年了，然而，我仍记忆犹新。我感到了自己的弱势，弱势的无奈让人太惶然深切。其实，姐在年轻时是很漂亮的，身材高挑，脸蛋漂亮，虽然显黑，在垦殖场是有名的"黑美人"。三十多年后的一天，我巧遇上了当年他们知青队的带队干部，他告诉我，姐当时让人很迷恋，他说什么时

候再见见她,我婉拒了,我想让他保留点对我姐美好的印象,让老姐在他记忆中始终是"黑美人"吧。很多时候我想,人可以不助人,但至少可以不伤人。而助人其实就是助己。佛家说,做善事就是积德。积德才能积福积寿。最近,读某人博客时,有一种最低层面的"无伤害"的"理想主义者"的说法。我想,做为人起码得坚守着这理想的最底线吧。

昨天,遇了从西部过来的一位成吉思汗的后裔,他说自己的公司正在筹备上市,有几个亿的资本,但担心自己的德不够,上了市之后,公司发达后,自己或后人承受不了,且自己也不想独自享受祖上的荫庇。因此辗转中原数月,未果,又循着杨救贫的足迹来到赣南,想到江西形势派中寻找一位大师去他的家乡,为他家族的祖坟做些风水,以庇护他的整个家族。他反复强调他要为家族积千秋功德。我不能肯定他的企业有多大实力,他的家族有多久远的辉煌,但仅从他乐意个人出资为整个家族做功德这一点而言,他显然是一个有相当成分的理想主义者,尽管他的理想已不是五六十年代出生的人的那种深刻了时代烙印的理想,尽管他的理想也不乏虚荣与骄傲色彩,但至少他懂得——人要有德,有德才能承受功利,有德才能承受未来,有德才能承受重任。于这点来说,这位七十年代末出生的年轻人的理想同样是令人尊重的。

宽容

人总是一个矛盾体。善良、残忍，美好、丑恶，忠诚、背叛，勤劳、懒惰，贪婪、放弃，嗔怪、宽容，痴呆、聪明，智慧、愚蠢……这些人性的东西，总是存在在一些人身上，或存在于一个人的不同时候。

记得十一二年前，当时我步入银行业不几年，听说全国某银行系统召集一伙会计科长们在四川峨眉山开神仙会，期间聚餐吃了顿活猴脑，即将一只活猴卡住脑袋于一餐桌上，用利器破开天灵盖，露出里面鲜活跳动的脑子来，大家你一下我一下地用匙舀下活生生的猴脑，往桌上的火锅中煨熟后直接食用。甚至美其名叫什么吃"猴三叫"，即破天灵盖时猴儿惨叫一次，取第一匙时猴再惨叫一次，什么时候令猴绝命时最后一声惨叫。如此残忍之吃法，只有人类才做得出来。有意思的是，不到一年时间内，这伙吃活猴脑的会计科长们一个个得怪病先后死去。这或许就叫做因果报应吧——善有善报，恶有恶报，不是不报，时候未到，时候一到，马上报应。

可见，人还是相信点因果报应的好。施善施慧施美施恩于他人，其实是施回自己。今天上午接一作者来信，说给别人当了回无名枪手。作者很有些感慨与伤感。我回信说，我们送出的是文字，并不是智慧。智慧在我们自己的脑中、心里。况且送了可以再出新作。送文字也是一种助人的形式。

其实，我们总是习惯于宽慰别人，当自己遇到类似事件时，恐怕一样地感慨一样地有情愫。今天，我看过自己的文字被别人剽用，且用于商业文本，便不由自主地生嗔发怒了。其实，我们几乎是没有办法维护自己的著

作权、创作版权，赣州几个杂志，如《房地产》《城市经纬》《精英》均有类似整段整篇剽用的现象，如何追究得了？大家都彼此熟悉。有的有身份的人物甚至还一段段录用到杂志或书上去，见面时也不脸红。我在《宝葫芦风情录》《赣州古城地名史话》的序言中，用散文语言对赣州历史进行了通俗化演绎，结果被某用在报告文学中用来表述赣州城历史脉络。这是我的风格的语言文字呀。为什么他自己不可以翻开赣州府志，根据城市历史大事记，逐条逐条用自己风格的语言文字描述一回呢？

中午为此事，给相关人物打个电话，正在情绪中，忽然断电了。平常什么事，我会再度打过去，这回我没有复打过去。我在想，恐怕是佛在阻止我为此生嗔发怒吧。这以前，我经历过许多回这样的"断电"事件。十年前第一次写的自传体的小说，大约写了三四万字时，突然电脑出故障，再度开机后一个字也不见了，我认为这是天意，于是我决定从此不再写小说；去年，为某件事我曾经满怀情绪写了一长长的博文，大发了一通感慨，结果因为时间太长文字太长而一时发不出，敲击几个回车键后，文字竟然没了，于是我决定不再提这件事；今天也类似，事情讲到关键处，手机断电。我相信冥冥中有佛在察看我们每一个人的言行，在用某种方式暗示或引导我们不要继续犯错。只是我们有没有察觉到，会不会去理会这种暗示。

由此可见，解决这类问题有两个途径，一是与对方计较，让对方认错，二是调整自己的态度。而调整自己、凡事宽容起来，是最好的通途，是符合佛理的。宽容别人，就是宽容自己。

昨晚，广东回来一个老学生，诸多同学与之聚会，请我参与。期间，一学生要我介绍认识什么人什么人做业务，我说，介绍人做业务可以，得先学佛，只有接受了因果轮回的理念，只有现实生活中多行善积德施恩，自然福报多多、财源滚滚。

慧

　　净空法师在讲课中提及，我们人类需要的是真善美慧的人生。我们过去多讲"真善美"，少有提及"慧"。净空法师总是高人一筹。我理解，他在真善美的基础上补充"慧"，是希望我们不能太愚痴。

　　净空法师不反对科学，相反他对科学还有相当的理解，他所主张的是"科学发展到适度才好，过度了人类则要付出代价"。我记得他举了一个交通发达的例子，他说，过去交通不便利，一切只能靠步行，或乘船骑马，"轻舟已过万重山"不过是人的美好心境的表达而已，千里之行，甚至要十日才能完成。如此艰难之旅的千里相会，无不喜形于色，人与人之间感情何等珍贵。现如今，现代化的飞机、动车，让人千里不过一两个小时，刚才还通着电话，一会儿人就见上面了，如此便捷的结果，相会根本没有喜悦之情，人的感情不是淡薄了吗。很有意思的表述。交通太便捷，除了给

人时间的节省之外,真是无益情感的深化。古人云,距离产生美,太过便捷的通信与交通,让人距离渐渐缩小,却也让人的情感渐渐变淡。

　　念旧,是走向衰老的表征,但也是回归纯真的开始。自然规律不可抗拒,人近五十无不在往老的道途走去,有趣的是,一些童年、少年、青年时成长路上一路丢弃的纯真自然朴实的东西,又被日渐年老的我们一一拾回。

　　十年前,我与华林老市长交往,时常夸奖他是一个好领导,如此亲民如此宽仁如此智慧,然后又略带埋怨地说,怎么你当市长时就不与我们交往,也好提携提携我们这些小老弟呀!他不回答,只是抿嘴淡笑。随后,我们渐渐老过来,他的那种淡淡的笑竟很让人懂得——这就是人生,年轻时事业中天,年老时睿智如斯。

　　只是人生也真奇怪,非得老了才睿智。想想也是,那些年轻时便被人称为睿智的人当真是很少,即便是那些极度聪明的人物也通常是不用睿智一词来比喻的。可见,睿智是一种属于岁月浸染深厚的东西。年轻时的王蒙写《组织部新来的年轻人》时,人们夸他聪明;年长的王蒙讲国学,人们夸他睿智,这便是最好的事例了。韩寒影响力如此巨大,博客访问量全国第一,评价他时没人说他睿智,只说他率性、聪明……也是这个道理。说及睿智,我想前些时日与之打交道的日本建设设计家渡边先生还真够得上用这词。我只不过向任何人一样地向他说了一回赣州的本土文化,他却非常敏感地从中汲取出有用元素运用到市民中心的设计中,从而赢得了这次设计中标。风过痕在,雁过听声。他有点像风的捕捉者。

歇息魂灵

每年初一，往东边去，马祖岩登高去，坚持好多年了。东边是日出之地，迎着新生的太阳而去，一年也让人充满活力、激情；登高，令人胸怀宽广，更何况是往马祖岩这一禅宗祖地而去，补充些佛禅的思想与顿悟，何其美好。所以，大年初一往东边的马祖岩去，我觉得是极好的选择，新年首日，做些积极向上、向善的行走、行为，一年都受益，一年都有能量。

除夕夜，二姐说道：现在的人们浮躁得不得了，唯有春节还让人感觉有些人性美好。是呵，今天的人已经没有几人还本色人生地活着了，要么成为财奴，要么为物所役，要么为情色所困。是呵，现如今，自由、自在、自我，纯粹、纯净、纯洁，平静、平和、平淡……这些词语都远离了尘世中忙碌的人们，最多不过尚存些理想情怀的少数人还存着些许的追求。

下午，我们几人在楚容的新家聊及这些话题时，我说，我最喜欢的词是：静好。

是的，我们浮躁得没有静好的情怀了，即使是文人是僧人是教授是农民……不信，我们每个人都可以扪心责询自己一回：自己还有静好的内心世界吗？自己静好的时刻有多少？当下的处境与静好的美好境界相距有多远？静好的情怀在我们的心灵里这片空间有多大？记得前些年，赣州一位文学挚友在我的一次生日时发短信给我，就三个字：祝静好！简洁的问候，深刻的提示，感动了我许久，以至"静好"二字从此铭刻于心，时时提醒与警示我不要太远离这一状态。

所以，我对春节回家的人们有着另一层的理解。我以为，春节形式上

大家是回家与亲朋好友相聚，是释放一年的相思或思乡之苦，实质上还有一个实际功能——那就是借机搁放身体内那颗躁动不堪，浮躁得要奔跳出来的烦躁不已、疲乏不已的心！试想，离乡背井，投身职场，身陷竞争与生存的压力环境，一年到头奔波不止，生命活动全是"酒色财气"四字，人性扭曲得毫无本色，好不容易一年365天过完了，大家过年了，多好！所有的人尽可以在只属于自己的这几天里，彻底与繁复的事务短别，彻底地让灵魂歇歇，安顿一回灵魂，宁静一回心灵，静好一回身心。如此，充电，补充生命能量，贮备足以去面对去应付下一年的纷繁日子、纷繁事务的能量。这就是人生，繁复，轮回——奔跑、歇息、复奔跑、复歇息。而且这种循环往复的生命运动中，奔跑的日子往往更多，歇息的时刻每每更少，以致我们承受的苦难往往更多，享受的静好每每更少。

　　参透了，我们是不是应该尝试着调整一下我们的生活态度呢？努力地将奔跑的日子减少些，努力地将歇息的时刻增加些；努力地将人生的苦难淡化些，努力地将静好的时刻多培植些。或许生存与生活的重压逼迫得我们不能将奔跑的日子减少，但至少我们要可以提醒自己——在奔跑的过程中学会调整出些空间与时间来，歇息、安顿一会躁动的灵魂呵。否则，内里这颗心是要破碎的。

　　天人合一，是自然法则。假如人人都只有索求物、满足欲的行为，甚至是浮躁得一味地是不讲道的索求与满足，人道就丧失殆尽了。当人道丧尽，天道就要出来主持公道，人类就要受惩罚了。人类的灾难就真正是离得不远了。今天在马祖岩，楚容请来许愿带，让我们各人写上祝福语挂在吉祥树上。我写的是：祈求天下人幸福。口气很大，但充满了真诚。难道不是吗？天下太平，天下人才有幸福；天下人幸福，自然也就包含了我的幸福。

　　但愿这世界没有战争，但愿金融危机早日结束，但愿中国实体经济早日复苏，但愿中国的房价早日回归理性，但愿我们人人都多些静好的时刻……

卑微与高贵

人与动物的区别在哪里？人有思想有分辨有执著心，动物不会思想不会分辨不会执著，至少这方面没有人的深度、高度与广度。据科学观察，最接近人的是猩猩，它是少数几种可以认得出镜子里的自己的动物之一。而猩猩是有了直立趋势的动物之一。进化论告诉我们，动物的直立姿态是进化的一种标志，我以为其直立姿态还是动物中有着高贵概念的标志性态度。

猪是脏腑结构与人最相近的动物，可是猪却是蠢、笨、懒的代名词，而人却是万物之灵，时常自诩为"昂着高贵的头颅的人"。猪的头一点儿也高贵不起来，它与大多数动物一样，头与屁股前后对称着，一前一后，进食口与排泄口几乎平行，而人的一进一出则是上下对称。上下对称的这种自上而下式的进出，符合地心引力的概念，本身就是一种科学、进步的表现；横着进食、排出的生理状态只会让食物积累、脂肪积累，也从此注定了猪是长肉的动物，是生来被宰被食的对象。

所以，相对猪这类愚蠢的动物而言，人是自然万物中的高贵的动物。

但，高贵其实也只是相对的概念。不是因为头颅在上而一定高贵。高贵的人是与高贵的灵魂相匹配的。只有高贵灵魂的人才显现出高贵的品相，委琐的人即使有着一颗长在上方的头颅他也是卑微可怜的。人的卑微与可怜，有时甚至是连一株草一头猪也不如。前些日看过一个科普片，说一头母野猪为了保护刚生下来不久的猪宝宝的生命安全，毅然舍身喂狼，临死前的搏斗中一瞬，它昂起喘息不止的头颅，长啸着，向寂静的原野放大着它的悲愤，对峙少许，最终奉献给四面群攻的狼群们。它昂首长啸的样

子，颇有些高贵的姿态，长久让人震撼。有一日，我行走于冬日暖阳下，荒莽的冬季不见一丝青葱，满目枯竭的样子，连高贵的银杏也萧瑟不止，却喜见季风中一株卑微的叫不出名的野草长得正盛，于清然世界中显现出一种卓尔不凡的凛然姿容，颇有些另类的高贵。而人不高贵的时候其实太多太多，比如为着欲望的驱使，面对财富与美色，人会失了高贵，流下垂涎；因了害怕的本能，面对邪恶与凶残，人会低下高贵的头颅，露出求生的惧相。真正的英雄连死也是高贵地死去，怯弱的人即使活着也是卑微地活着……一切的高贵都会在某一环境不高贵，一切的卑微都可能在某一时刻显高贵。

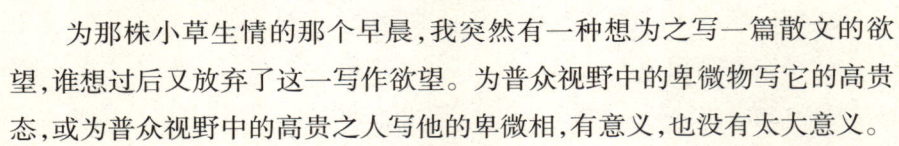

　　为那株小草生情的那个早晨，我突然有一种想为之写一篇散文的欲望，谁想过后又放弃了这一写作欲望。为普众视野中的卑微物写它的高贵态，或为普众视野中的高贵之人写他的卑微相，有意义，也没有太大意义。

　　真正有意义的是对事物的认识。这个世界，太多人为的标准，为什么虫草类体量小的物体被视为卑微，而虎象类体量大的物体则被视为高贵，为什么会有好人坏人之分，有主人仆人之分，有上下左右之分，有高低贵贱之分……这些因为分辨心存在而形成的标准，缘于人类愈来愈加膨胀的欲望，缘于一些政治家或思想家们想控制人们的欲望，他们制定出这样那样的标准来影响人束缚人规范人的道德行为，以标准来奴役被统治的子民们，从而达到规范他的领地以及这个世界的所谓正常运转。所以，我们可以假想一下，人类在一万年前那个没有国家没有统治没有阶级没有公私没有货币没有法律没有政治的时代，因为没有所谓的标准，人们自由地捕猎、生活、交配、繁衍，完全是自然中的普通一物，与草木虎豹一般无二，只为生存而生存，自由地呼吸自由地活动，那种生活虽没有奢华，却因为自然而异常快乐。一万年后的今天，人类有了财富的差异，富人们为过着奢华的生活而迷醉，穷人们还在为疾病、就学而生愁。但富人们、穷人们仍不快乐，

富人们担心哪天被清算,于是想投资移民,但种种标准限制下目的不易达成,富人也有些愁;穷人们想改变贫苦,于是想背井离乡进城去,但种种标准限制下进城生活也不易,于是穷人更愁,等等。欲望呀,老想着与他人平等,老想着过得更好,老想着别人可以的自己也要变得可以……

自从有了标准,这个社会、这个世界与人类的关系变得复杂纷繁,人活得愈来愈累,清静下来,有钱人没钱人一概地感慨——活得累!标准限制下的不自由的生活,岂能不累。联想到晋之陶潜不为五斗米折腰,他肯定也体味到了这种标准社会里的种种不自由不自在,他追求他的悠然南山下的桃源生活去了;联想到周敦颐选择在庐山脚下的溪涧旁养老,他肯定也体味到了现实世界中种种标准限制下的不快乐不清静,他追求他的出淤泥而不染的爱莲生活去了……参透了标准之罪过的人,无不想办法逃避标准化的世界,无不向往并遁入那只有自我没有任何标准的自然的一隅。

吾年近五十,古人俗语中"有一把年岁的人"。我想,这个年龄的人,人人都可看破世界的几乎所有;这个年龄的人,大多不会太在意所谓高贵的人或物或事,也不会随意高昂起自己这颗所谓"高昂的头";不会随便陷入所谓卑微的状态,也不会去耻笑大众眼里某人所谓卑微的举止。不亢,不卑;不鄙视卑微,也不迷醉高贵;一切求自然,一切求平和……虽然不成状态,至少在往这个境界里靠拢吧。

仁者

"以仁得仁",是《孔子》电影中孔子的一句感叹之言。说这话的时候,孔子在家乡鲁国的政治抱负功亏一篑,正独自出家漂泊他乡,其时,他面对追赶而来的得意弟子颜回相拥垂泪,夫子问:"我错在哪里?"颜回答:"错在你把全部的理想押在鲁君一人身上。"孔子静默少许后,发出"以仁得仁"的感叹——孔子毕竟是孔子,如此胸襟,两千年无几人可比,难怪他能成为宗师太祖。他把一切的结果——不论好坏,均视为必然。故此,孔子的"以仁得仁",其实已升华为仁者无敌。

不知南子一角为何如此塑造?——漂亮、风流、聪明集于一身,卫国国君老且风流,甚至将国家付之于她。她和孔子的一段对话太过高妙——南子以《诗经》中爱情诗来挑逗夫子,夫子以一句"情爱深深,没有邪念"馈之,南子以"世人都能理解夫子所承受的痛苦,却没有人能知道夫子于痛苦中成就的境界",以及之后一深深的长跪,引发孔夫子的震惊和还礼性的长跪。

孔子永远是孔子,后来人无数,只能是望其项背。孔子"以仁得仁"的境界在他之后,只见衰竭,不见超越。到今世更是世风日下,甚至是不行仁不谈仁不知仁。

孔子说,仁者乐山,智者乐水。经常容易被人搞混成"智者若山,仁者乐水",因为智或仁均是美意,山和水均是美物。但山就是山,水就是水。山宽厚、沉稳,如仁爱之人,可包容万物而不伤害一物;水无形、灵变,如智慧之物,可载舟亦可覆舟。至少我是更喜欢大山而更畏惧流水的,这种对山水的理解的差异，甚至影响到我的人生。

比如我喜欢爬山，哪怕爬不上山巅，我只会认为我缺乏脚力，无缘亲近山巅美景，假若爬上了山巅，我也根本不会认为我征服了大山，大山永远是宽容的，它包容无知且弱小的人类，它对那些发出征服类狂言的人轻蔑得简直不屑一顾。

比如我也亲近水，但我只喜欢踏岸而歌或是快走浮桥的感觉，让我乘舟踏浪或是乘快艇飞渡江海，我是一点美感也没的，况且我本身有过数次乘船遇险的经历，因此水于我来说竟是"敬而远之"的心态。赣南的山水，我多半踏步过，但我多半写山多些，也是这个道理。尽管有些山缺水，如赣县寨九坳，让人总觉得那九狮拜象的山峦奇景有些生硬姿态，但毕竟比起一条无山依靠放任狂奔的野河来，更让人有些好感。毕竟山里有幽静，有洞天，有石笋，有异景，野河有什么？有奔腾得悚人的河流喘息声，还有来去无踪的蛇虫。当然，河流安静时的感觉很美，否则梭罗也不会在瓦尔登湖这样悠然的水边独自生活几年，否则当今那些房地产商也不会以"静水美庐"类广告语来诱惑人。

2010年7月内退以来，我经历了两个新公司新职业，一个是城投集团，一个是双胞胎集团。这两个公司均给了我前所未有的感慨，前者在林董事长的领导下仅仅转制一年就实现一百多亿的资产积累，后者在鲍董事长的领导下仅仅三年就实现了中国猪饲料销量全国第一的超速进步；前者有着国有企业少有的竞争与向上的大姿态，后者有着民营企业所共有的竞争与向上的大姿态。从某点上来说我是幸运的，我在几个月内为两家即将上市的大企业创办了刊物，我在见证两家不同性质却相同姿态的公司的大踏步成长、创造伟业的最关键过程，以一名文字匠的

角色踏入经济大浪,并没有呛水,反而如鱼得水,很快与之融合,并在其中深感创造的快乐。

我理解,文字服务于文学,也服务于经济,这本身并没有错。即使有错,也不是文字的错,而是玩文字的人的错。以仁得仁,种豆得豆,这是先贤说的人生哲理。我花一二十年时间研究赣州书写赣州,赣州给予了我诸多的回报,这种回报不论我满足与否,都是一种必然结果,这就是我的以仁得仁吧。泱泱四万平方公里的赣州,如故土一般生长并养育了我,却最终让我选择了离开她,内心多少有些凄迷,毕竟理想远去、追求淡远。幸好"前有孔子,后有来者",给人一丝丝慰藉。孔子执著一生追求礼教,虽没能治好哪国,却赢得了如颜回、冉求、子路、子贡一批忠诚如斯的贤子弟,赢得了后世千秋万代的敬仰。

我们只选择生存,选择从生存中谋求简朴而平俗的快乐。再次想起一次电视中的对话,人为什么活着?为活着而活着。静静地理解,还真是这么回事。假若爆发一场战争,假若哪国动用核武器,假若南极冰层融化地球淹没,假若全球流行瘟疫……人类没了,家园没了,我们今天所贪婪追求的一切,如人人都喜欢的金钱、色相、官名,即使是有所谓传承意义的作品或文字,以及科学和文明带给我们所有的所有,不是变得毫无意义了吗?孔子梦寐以求的礼义国度不仅没有渐近,反而是愈来愈远了。

阿弥陀佛,净空法师说,人人都念这句佛语——人类世界才可以长寿!